네토라 레이코
용모 단정, 문무 겸비, 순진무구. 흠잡을 데 없는 완벽한 미소녀. 하지만 그 정체는 오직 '네토라레'를 한결같이 사랑하며 이상적 네토라레를 실현시키기 위해 노력하는 소녀. 이 작품의 주인공.
"모, 목욕. 아직 안 했으니까, 싫어…….."
타치바나 유우키
레이코의 소꿉친구. 레이코의 네토라레 계획의 남자 친구 후보 1위. 레이코를 좋아해서 그녀에게 잘 어울리는 남자가 되려고 꾸준히 노력하는 순수한 소년.

시라세 유리

내성적이고 소극적인 소녀. 완벽한 미소녀인 레이코를 동경한다. 동성애 기질이 있어서 레이코의 달콤한 말을 듣고 언제나 가슴 설레어한다.

쿠루시마 후유키

유우키의 절친. 레이코의 네토라레 계획의 외간 남자 후보. 축구부에 소속된 스포츠맨이자 우정을 중시하는 소년. 그러나 레이코의 온갖 은근한 유혹이 계속 이어지자, 그도 점점 특별한 마음을 품게 되는데———.

"후유키, 너 눈은 제대로 달려 있는 거야? 나도 분명히 있거든?!"

"아, 아니, 야, 바보야, 뭔 짓을……?!"

레이는 잡고 있던 내 손을 놓더니 앞으로 좀 뛰어갔다.
그리고 웃는 얼굴로 이쪽을 돌아봤다.
──한순간, 그 웃음이 몹시 일그러져 보였다.

"──변해가는 내 모습을, 가장 가까운 곳에서……
　　　　　　　　　　　　　　지　켜　봐　줘."

니혼메 에비텐만
ILLUST. 사토 포테

TS 전생 미소녀
네토라 레이코는
빼앗기고 싶어

TS TENSEI BISYOJO
NETORA REIKO HA
NETORARETAI

CONTENTS

나 자신이 네토라레 여자가 되는 것이다

"미안…… 난 이미, 이 사람이 아니면 안 돼…….."

"마, 말도 안 돼…… 아키, 거짓말이지……?! 제발 거짓말이라고 해줘! 우리는 사귀는 사이잖아?!"

퍼붓는 빗속에서 한 남자가 우산도 쓰지 않고 통곡했다.

고등학생일까. 교복은 빗물과 흙탕물로 푹 젖어 있었다. 보기만 해도 동정심을 불러일으키는 불쌍한 모습이었다.

——그리고 그의 시선 끝에는 죄책감과 황홀감이 뒤섞인 복잡한 표정을 짓고 있는 소녀와, 그 소녀를 품에 안은 채 비웃음을 흘리고 있는 단정한 외모의 남자가 있었다.

"나 참, 이제 그만 현실을 직시하지 그래? 나랑 너 중에서…… 누가 더 '남자'로서 우수한지. 아직도 모르겠어?"

"아, 아아아…… 시, 싫어…… 가지 마, 아키…….."

쫄딱 젖은 남자가 빗물과 눈물로 엉망이 된 얼굴로 애인에게——아니, 옛 애인에게 손을 내밀었다. 그러나 소녀는 눈을 내리깔고 잔혹한 이별을 고했다.

"정말 미안해……. 안녕. 히로."

"자, 이제 이해했지? 더 이상 '나의' 아키한테 집적거리지 말아줘. 알았지? 그럼 갈까, 아키?"

"으, 응……♥"

남자가 자기 어깨를 가까이 끌어당기자 소녀는 뺨을 붉

히더니, 한 우산 아래에서 남자와 서로 껴안은 채 그곳을
떠났다.

"아…… 아아…… 아아아아아아아아아아아아아아아아
아아아아아아아아."

과시하는 듯한 광경. 그걸 본 남자의 목구멍에서는 정신
의 균형이 무너져버린 단말마 같은 소리가 흘러나왔다. 그
것은 이윽고 피를 토하는 듯한 절규로 변해갔다.

"으아아아아아아아아아아아아아아아아아아아아아아아
아아아아아아!!"

"……………………."

"왜 그래?"

남자가 갑자기 멈춰 서자, 소녀가 그를 쳐다봤다.

그는 한때 소녀의 애인이었던 남자가 쓰러져 울고 있는
장면을 바라보는 것 같았다.

"어, 아무것도 아냐. 그런데 너 젖겠다. 좀 더 이쪽으로
가까이 와."

"꺅♥ 이, 이렇게 딱 달라붙으면 걷기 힘들잖아♥"

음탕한 열기에 휩싸여 흥분해버린 소녀는 눈치채지 못
했다.

남자의 눈이 소녀를 보고 있지 않다는 것을.

그 시선은 오로지 꼴사납게 쓰러져 울고 있는 남자를 바
라보고 있다는 것을.

“……………………후후.”

그리고 그 시선에는 어둡고 끈적끈적한 열정이 깃들어 있다는 것을.

“그럼 내일 학교에서 보자.”

“으, 응…… ♥ 내일 또 봐…… ♥”

소녀를 집까지 바래다준 후 남자는 자기 집으로 돌아가기 시작했다.

“……자, 그러면.”

남자는 교복 주머니를 뒤적거리다가 이어폰을 꺼냈다.

아르바이트로 돈을 모아서 얼마 전에 큰맘 먹고 산 고급품이었다. 그는 소리에는 까다로운 타입이었다.

손에 든 이어폰을 휴대폰에 연결했다.

“……빨리. 빨리, 빨리…….”

남자의 손가락이 바쁘게 움직였다.

그 손가락이 홈 화면에서 기동시킨 것은 게임 앱도 아니고, 동영상 사이트도 아니었다.

【음성 녹음기】

【재생】

『미안…… 난 이미, 이 사람이 아니면 안 돼…….』

『마, 말도 안 돼…… 아키, 거짓말이지……?! 제발 거짓말이라고 해줘! 우리는 사귀는 사이잖아?!』

【빨리감기】

『아, 아아아…… 시, 싫어…… 가지 마, 아키…….』

【빨리감기】

『――정말 미안해……. 안녕. 히로.』

【빨리감기】

『아…… 아아…… 아아아아아아아아아아아아아아아아아아아아아아아아아.』

『으아아아아아아아아아아아아아아아아아아아아아아아아아아아아아!!』

【되감기】

『으아아아아아아아아아아아아아아아아아아아아아아아아아아아아!!』

【되감기】

『으아아아아아아아아아아아아아아아아아아아아아아아아아아아아!!』

녹음 데이터를 들은 남자의 단정한 얼굴이 히쭉, 하고 질척한 소리를 내면서 일그러졌다.

"…………아아아아~~ 뇌가 파괴되는 소리는 진짜 최고로 좋구나~~~~."

그는 인격 파탄자이자 인간쓰레기였다.

덤으로 여자가 되고 싶다는 소망까지 가지고 있었다. 여자로서 애인과 건전한 교제를 하다가, 외간 남자한테 네토라레(NTR)*를 당하고 싶다. 그런 제정신이 아닌 성적 취향

————
* 남에게 내 배우자나 애인을 강탈당하는 것.

까지 가지고 있었다.

하지만 남자의 몸으로는 그 꿈을 이룰 수 없다. 그래서 그는 자기 주위에 존재하는 커플들을 일일이 파괴하면서 남의 여자를 가로채고 남자의 뇌를 파괴했다. 그런 식으로 해소할 수 없는 갈증을 조금이나마 해결해보려고 노력한 것이다. 그야말로 어디 내놔도 부끄럽기만 한 궁극의 변태였다.

"히로의 통곡, 아주 좋아~~ 최고야! 아키의 쉬운 여자 같은 행동도 거의 아카데미상 급이야~~."

그런데 참 고약하게도 이 남자는 그렇게 애인을 빼앗아 파괴해버린 커플에 대해서는 딱히 악의를 가지고 있진 않았으니, 그 점이 최악이라 할 만했다.

아니, 심지어 멋진 뇌 파괴 장면을 보여준 그들에게 그는 고마워하기까지 했다. 아마 필요하다면 돈이라도 내고 싶은 심정일 것이다.

아무리 잘 말해줘도, 빨리 죽는 편이 이 세상 전체의 행복 향상에 도움이 될 것 같은 쓰레기였다.

"————어?"

그런 세상의 기원이 마침내 하늘에 닿았는지.

아니면 휴대폰을 만지면서 길을 걷는다는 행위가 교통안전을 중시하시는 신의 역린을 건드렸는지.

신호를 무시한 트럭이 맹렬한 속도로 자신을 향해 달려오는 것이, 그가 마지막으로 본 광경이었다.

＊

　──그런데 악을 멸하는 신이 있다면, 사악한 존재를 살리려고 하는 악마가 있는 것도 또 필연이리라.

　트럭에 치여 수백 미터나 끌려가는 바람에 현대예술 같은 꼴이 되었던 그는 문득 정신을 차려보니 갓난아기가 되어 있었다. 응애.

　그리고 간신히 가눌 수 있게 된 목을 꾸물꾸물 움직여 자신의 가랑이를 확인해봤다. 그랬더니 전생에 달려 있던 막대기가 없었다.

　아마도 그는 여자로 다시 태어난 것 같았다.

　그── 아니, 그녀는 신에게 감사했다.

　전생에는 결코 이룰 수 없었던 원대한 꿈을 이룰 기회가 주어진 것이다.

　애인과 더없이 순수한 연애를 하는 도중에, 옆에서 불쑥 끼어든 외간 남자에게 네토라레를 당하고 싶다는 소망!

　전생에는 유감스럽게도 외간 남자 역할에 적당히 만족할 수밖에 없었다. 하지만 이번 삶에서 자신은 여자가 되었다. 즉, NTR물의 주인공이 될 수 있는 것이다! 이거 너무 매력적인데?!

　할리우드 대작 영화의 주연 자리를 꿰찬 신인 배우처럼 흥분되었다. 그리하여 세상에서 제일 사악한 아기의 투지는 어둠보다도 더 어둡게 불타올랐다.

아마 악마도 '아, 역시 전생시키지 말 걸 그랬나?' 하고 약간 고개를 갸웃거리지 않았을까.

자, 어쨌든 정보부터 정리해보자.

이 몸—— 아니, 나의 새로운 이름은 네토라 레이코.

나이는 약 한 살. 가끔 기분 나쁘게 히쭉~ 하고 웃지만, 그래도 어디에서나 흔히 볼 수 있는 여자아이였다.

당연히 남자였던 전생과는 이름도 다르고 성별도 달랐다. 부모님도 모르는 사람이었다.

얼마 전부터 겨우 혼자 걸을 수 있게 되었으므로, 아장아장 걸어가서 거실에 방치되어 있는 신문이나 TV 등을 통해 정보를 수집해봤다. 그 결과에 의하면 나는 아무래도 전생의 세계와 '매우 비슷한' 패러렐 월드의 현대 일본에서 다시 태어난 것 같았다.

왜냐하면 신형 바이러스의 유행이라든가 해외의 뒤숭숭한 사건 사고 등등, 시기상 당연히 발생했어야 할 이벤트들이 죄다 없는 것처럼 취급당하고 있었기 때문이다.

그 외에도 자잘한 차이점이 있을지도 모르지만, 대충 봤을 때에는 전생의 세계와 거의 똑같은 현대 일본처럼 보이니까 아마 큰 문제는 아닐 것이다.

역사상의 차이점은 의무교육이 시작된 다음에 확인하면 되겠지. 나는 깊이 생각하지 않기로 했다.

신문을 펼쳐놓고 들여다보는 나의 모습을 웃으면서 지

켜보는 어머니. 나는 그 시선을 등으로 받아내면서 앞으로의 인생 설계에 관해 생각해봤다.

아무튼 나는 꼭 네토라레 여자가 되고 싶다.

남자였던 과거에는 결코 이룰 수 없었던 꿈. 그것을 이번에야말로 이 손으로 거머쥐는 것이다.

그런데 NTR이라고 싸잡아 말해도 그 안에는 온갖 다양한 상황이 존재한다.

화간인가, 강간인가. 네토라레를 시도하는 남자는 잘생긴 미남인가, 지저분한 아저씨인가. 네토라레를 당하는 히로인은 청순한 타입인가, 악녀 타입인가.

그 외에도 요소를 열거하자면 끝도 없다. 그런데 나는 그렇게 수많은 NTR 상황들 중에서 자신이 출연할 상황을 딱 하나만 골라야 한다. 정말 고민스러운 일이다.

전생 보너스로 '죽으면 회귀하는 능력'이라도 받았다면 NTR 장면을 만끽한 후 할복이라도 해서 다시 시작하면 됐을 텐데. 아쉽게도 나는 신과 면담을 한 기억은 없었다. 치트 능력은 못 받았다고 생각하는 편이 좋을 것이다.

나는 어머니가 내민 젖병의 젖꼭지를 빨면서 생각했다. 내가 목표로 해야 할 영광의 길(NTR 루트)에 대하여.

자, 여기까지 길게 설명했는데, 사실 난 대략적인 루트는 이미 정해놓았다.

모처럼 갓난아기로 다시 태어났으니까. 그럼 당연히 NTR의 정석이자 꽃인 '소꿉친구 NTR'을 목표로 해야 하지 않겠는가.

남녀가 어린 시절부터 시간과 애정을 들여 차곡차곡 쌓아온 것이, 불쑥 끼어든 외간 남자에 의해 엉망진창으로 무너져버리는 것이다.

이건 거의 섹스를 뛰어넘는 쾌락이다.

고로 '네토라레 당하는 남자' 역할을 맡길 만한 소꿉친구를 확보하는 것이 급선무다.

와인과 마찬가지로 시간을 들이면 들일수록 향기롭고 맛있게 숙성되는 것이 NTR이다. 가능하다면 유치원에 다니는 동안 훌륭한 인재를 찾아내 확보하고 싶다.

네토라레를 시도하는 외간 남자 역할은, 글쎄, 최악의 경우에는 그냥 근처에 있는 적당한 양아치를 대충 가져다 써도 된다. 하지만 네토라레를 당하는 남자에 관해서만은 결코 타협할 수 없다. 이걸 적당한 사람으로 대충 때워버리는 녀석은 평생 사회적으로 성공할 수 없다. 나는 그렇게 생각한다.

머릿속으로 일장 연설을 늘어놓다 보니 어느새 젖병의 젖꼭지를 빠는 입에도 힘이 들어가 있었다.

아무튼 내가 NTR 루트를 향해 움직이기 시작할 수 있는 것은 좀 더 나중일 것이다. 지금은 아기로서 건강하게 쑥쑥 크는 데 전념해야 한다.

배가 부르자 잠이 솔솔 왔다. 나는 이상적인 NTR 상황을 망상하면서 낮잠을 자기 시작했다. 새근새근.

*

이럭저럭 시간이 흘러 무럭무럭 자란 나는 집 근처에 있는 '달리아 유치원'에 들어가게 되었다.

참고로 달리아의 꽃말에는 '변덕' '배신'이 있다.

정말 좋은 예감이 드는 이름의 유치원에 들어가게 되었다. 나도 기뻐서 히죽 웃었다.

자, 지금부터가 진짜 시작이다.

드디어 어느 정도 자유행동을 할 수 있는 나이가 되었다. 이제 머릿속에서만 NTR 상황을 망상하면서 참고 견디는 시기는 끝난 것이다.

앞으로는 그 망상을 실현하기 위해 스스로 움직일 수 있다. 한시라도 빨리 나와 함께 영광의 NTR 로드를 걸어줄 네토라레 남자를 찾아내야 한다.

하지만 초조함은 금물이다.

'유치원 시절부터 알고 지낸 소꿉친구'라는 강력한 NTR 속성. 그것을 대충 고른 남자한테 주는 것은 너무 아까운 짓이니까.

우선 차분하고 끈기 있게 인재를 선별할 필요가 있을 것이다. 여기선 초조해하지 말고 '관조'의 자세를 취해야 한다.

그리고 네토라레 남자 선별과 병행해 나 자신의 매력을 갈고닦는 것도 급선무였다.

최고의 NTR에서는 '이렇게 멋진 상대를 빼앗기고 싶지 않다' '무슨 수를 써서라도 저 여자를 빼앗고 싶다'란 생각을 불러일으키는 네토라레 여자의 매력도 중요한 요소일 것이다. 나는 그렇게 생각한다.

그래서 필연적으로 나 자신도 완벽한 미소녀가 되기 위해 절차탁마할 수밖에 없었다.

뭐, 그래도 이런 유치원 시절부터 미용이나 패션 같은 분야에는 손댈 수 없지만. 경제적인 이유도 있으니 말이다. 일단 인간적인 매력을 갈고닦는 것부터 시작해야겠다.

나는 전생에 바람둥이 외간 남자로 살면서 습득했던 의사소통 능력을 구사하여 우선 모두에게 사랑받는 인기인이 되기로 했다.

그런 유치원생 생활을 시작한 지 몇 달 후. 나는 한 남자아이를 타깃으로 삼았다.

그의 이름은 타치바나 유우키.

특별히 잘생기지도 않았고 몸도 좀 통통한 편인 평범한 남자아이였다.

조금 소극적이고 내향적인 것이 단점이지만, 그래도 꽃과 동물을 사랑하고 곤경에 처한 사람에게는 망설임 없이 도움의 손길을 내밀어주는 고운 마음씨를 지닌 다정한 남자애였다.

그야말로 여자 친구를 빼앗기기 위해 태어난 것 같은 인재라서 나는 군침을 삼켰다.

그의 집도 우리 집에서 몇 분만 걸어가면 될 정도로 가깝다는 것은 이미 조사해뒀다.

이왕이면 창문 너머로 대화를 나눌 수 있는 옆집 친구인 것이 이상적일 테지만, 그렇게까지 운이 좋을 수는 없었나 보다. 뭐, 이 정도는 그냥 타협하자.

내가 네토라레 남자에게 원하는 것은 단 하나. '고운 마음씨'밖에 없다.

외모는 별로 상관없다. 아니, 오히려 외모는 좀 수수한 편이 여러모로 도움이 될 정도다. 자기 자신에게 열등감을 가지고 있는 남자는 네토라레 여자에게 의존하게 만들기가 더 쉽고, 그런 의존 대상인 여자를 딴 남자한테 빼앗겼을 때에는 아주 멋진 뇌 파괴음을 들려줄 테니까.

애초에 이 나이대의 어린애의 외모는 장래에 얼마든지 변할 수 있기도 하고.

그런 생각을 하면서 나는 다른 유치원생들과는 떨어져서 혼자 놀고 있는 유우키에게 말을 걸었다.

"저기, 유우키. 나도 너랑 같이 놀아도 돼?"

"……뭐?"

나는 자신의 사악한 내면을 완벽하게 숨기고 꽃처럼 화사한 미소를 지으며 남자애를 쳐다봤다.

*

　나――타치바나 유우키에게는 아주 엄청나게 귀여운 소꿉친구가 있다.

　"안녕? 유우."

　"흐아암…… 안녕? 레이."

　이른 아침. 집 앞에서 하품을 삼키는 나를 보면서 꽃같이 아름다운 미소를 짓는 여자아이.

　이 아이의 이름은 네토라 레이코. 유치원에 다닐 때부터 계속 내 곁에 있어줬던 아주 소중한 내 친구다.

　"앗, 잠깐만. 유우. 머리가 뻗쳤어. 내가 만져줄 테니까 가만히 있어 봐."

　"돼, 됐어, 머리 좀 뻗쳐도 상관없어……."

　"안 돼. 아이참, 움직이지 마."

　이 아이는 남을 돌봐주길 좋아했다.

　도대체 나의 어떤 점이 마음에 들었는지는 모르겠지만, 어릴 때부터 소극적이라 유치원에서도 제대로 적응하지 못했던 나에게 말을 걸어준 그날부터 이 아이는 좀 지나칠 정도로 친근하게 나한테 잘해줬다.

　그 덕분에 나는 유치원과 초등학교에 잘 적응할 수 있었다. 그 점에 대해서는 당연히 고마워하고 있지만…….

　"어휴, 움직이지 말라니까."

TS 전생 미소녀
네토라레이콘는
빼앗기고 싶어
니혼메 에비텐만
ILLUST. 사토 포테
1
초판 한정
쇼트스토리
©NihonmeEbitenman
Originally published by HOBBY JAPAN
Illustration Pote Satou
NOT FOR SALE

■『네토라는 이렇게 말했다』

네, 전자책 구입 특전의 시간이 왔습니다.

안녕하세요, 네토라 레이코입니다.

어, 그러니까~ 한마디로 말해 보너스 트랙이란 거지. 애니메이션 오리지널 극장판 영화 같은 데서는 흔히 "이 녀석이 동료인 것을 보면 그 보스를 해치운 다음이란 거잖아? 그걸 계기로 주인공이 각성했는데, 저 녀석은 살아 있으니…… 이거 시간 순서가 어떻게 된 거야?"란 의문이 생기곤 하는데, 그런 사소한 문제는 넘어가주길 바라. 눈치를 발휘하라고. 분위기 파악 좀 해라~. 내 분위기를 말이야~.

나는 그렇게 한바탕 서론을 늘어놓은 다음에 문예부 동아리실에 비치되어 있는 접이식 의자에 떡하니 앉았다.

흠…… 마침 좋은 기회가 왔으니 무대 뒤 시점에서 자기소개라도 좀 해볼까.

이런 기회가 아니면 캐릭터를 평가할 타이밍은 없을 테니까. 나는 엄지로 척! 하고 자기를 가리켰다.

네토라 레이코.

우리의 주인공이자 독자 여러분의 아바타. 즉, 나다.

인정이 넘치고, 꿈을 이루기 위해 노력을 아끼지 않는 빛의 슈퍼 히로인…… 자타 공인 우정, 노력, 승리 계열의 주인공이다.

그야말로 누구나 감정이입을 하기 쉬운 주인공이지. 찬양해라……!

뭐, 그건 그렇고. 오늘은 문예부에서 가볍게 회의를 하기로 했는데, 유우와 유리는 다른 볼일이 있어서 좀 늦는 것 같았다.

혼자라서 심심해진 나는 동아리실에 있는 책꽂이에서 아무 책이나 한 권 꺼내 봤다. 그리고 딱히 읽지도 않으면서 페이지를 팔락팔락 넘겼다.

……그런데 설마 진짜 책으로 나올 줄은 몰랐다니까.

나는 감회에 젖어 돌이켜봤다. 이번 서적화 사건을.

이 작품은 HJ 소설 대상이라는 콘테스트에서 눈에 띄어 책으로 만들어지게 되었다. ……그런데 그 뭐랄까, 원안인 웹소설 쪽은 좀 내용이 독특하다고나 할까? 그 뭐냐, 말하자면 그런 거야. 남의 집 마당에서 제멋대로 바비큐 파티를 하는 듯한 느낌…… 으음~~ 더 이상 자세히 말하라고 하지 마. 알아서 눈치채라고. 나는 그렇게 분위기 파악을 강요했다.

"레, 레이, 너무 가까이 붙었잖아……."

여자애한테 돌봄을 받는 게 부끄러워서 나는 좀 멀리 떨어지려고 했다. 그러나 레이는 거의 매달리듯이 나를 붙잡았다.

나도 레이도 이제는 초등학교 6학년이다.

레이의 몸도 여기저기 여자답게 변하고 있었다. 그 감촉 때문에 뺨이 붉어진 것을 들키지 않으려고 나는 고개를 숙여버렸다.

"어머나, 레이코. 늘 신세만 져서 미안해. 네가 언제나 유우키를 돌봐줘서 아줌마는 너무 좋단다."

"안녕하세요? 아주머니. 제가 좋아서 유우를 돌봐주는 거니까요. 너무 신경 쓰지 마세요."

요즘 들어 특히 심하게 나와 레이의 관계를 놀리고 있는 어머니. 그런 어머니와 레이의 대화를 들으면서 나는 몸을 작게 움츠리고 있었고, 그러는 사이에도 레이는 대체 어디서 꺼냈는지 모를 분무기와 빗을 들고 내 헤어스타일을 완성해줬다.

"좋아, 다 됐어. 응, 응! 오늘도 멋져. 유우♪"

"고, 고마워, 레이……."

……넉살 좋게 칭찬해주는 레이한테는 미안하지만, 내 외모는 사실 남에게 칭찬받을 만한 수준은 아니었다.

같은 또래 남자애들과 비교해 봐도 평범한 얼굴. 비만이라고 할 정도는 아니지만 좀 통통한 체형.

한편 내 옆에 서 있는 레이는 용모도 단정하고 문무를 겸비한 인기인이었다. 학급을 뛰어넘어 우리 학교 전체에서 제일 예쁜 미소녀라고 소문도 났다. 그에 비해 나는…… 하고 자기혐오를 느끼는 것은 일상다반사였다.

"저기, 유우? 빨리 가지 않으면 지각한다?"

그런 내 생각을 방해하듯이 레이의 따뜻한 손이 내 손을 잡았다.

"나, 나도 알아. 그러니까 손 좀 놔줘……."

"그럼 다녀오겠습니다. 아주머니."

"그래~ 차 조심해~."

내 말은 못 들은 걸까, 무시한 걸까. 레이는 잡고 있는 손을 놓지 않고 성큼성큼 앞으로 걸어갔다.

나는 레이의 부드러운 손의 감촉 때문에 당황하여 쩔쩔매면서 통학로를 걸었다. 그러자 지나가던 학교 친구들 몇 명이 우리를 보고 놀려댔다.

"와, 오늘도 부부 사이 좋네~."

"어휴~ 뜨거워."

아마도 우리들 같은 나이대에는 대체로 남녀가 필요 이상으로 사이좋게 지내면 다소나마 악의적으로 공격당하기 쉬울 것이다. 그런데 의외로 우리를 놀리는 애들의 목소리에서는 그런 음습한 분위기는 느껴지지 않았다.

그것도 다 레이의 밝고 선량한 성격 덕분일 것이다. 레이한테는 왠지 악의를 가지고 대하기 어려운 것이다.

“뭐, 뭐야, 왜 그래! 그런 거 아니라니까?! 가자, 유우!”

레이의 뺨이 살짝 붉어졌다. 그걸 본 나는 아주 조금 자만할 뻔했다.

사랑이니 연애니 하는 것은 솔직히 말하자면 잘 모르겠지만, 적어도 레이는 나를 싫어하진 않았다.

자랑스러운 소꿉친구가 나를 좋게 생각해주고 있다. 그런 사소한 이유만으로도 나는 나 자신을 조금은 좋아할 수 있게 될 것 같았다.

“…………좋아. 아주 좋아. 주변 사람들한테는 거의 공인 커플. 이 얼마나 강렬한 NTR의 복선인지……!”

——한순간 레이의 얼굴이 마치 딴사람같이 일그러진 것처럼 보였다.

“어, 레이? 방금 무슨 말 했어?”

“——아니? 아무 말도 안 했는데?”

내 목소리를 듣고 이쪽을 돌아본 레이는 어리둥절한 표정을 짓고 있었다.

……역시 내가 뭘 잘못 봤나 보다.

모두가 좋아하는 인기인이자 더할 나위 없이 귀엽고 착한 나의 자랑스러운 소꿉친구. 그런 아이가 마치 일요일 아침에 방송되는 특촬물의 사악한 괴인처럼 보였다니…… 아직 잠이 덜 깬 걸지도 모른다.

나는 잠기운을 떨쳐내려고 비비적비비적 자기 눈을 비
볐다.

——그리고 방과 후.

언제나 같이 하교하는 레이가 미안해하는 얼굴로 내 자
리에 찾아왔다. 무슨 일이라도 있는 걸까?

"미안, 유우. 오늘은 볼일이 좀 있거든. 먼저 집에 가지
않을래?"

"그래? 뭔가 내가 도와줄 게 있다면……."

"아~…… 아니야. 그런 거 아니니까 걱정하지 마. 그럼
내일 봐!"

레이는 빠르게 그런 말을 하더니 서둘러 교실 밖으로 나
갔다.

평소와는 영 다른 태도였다. 나는 살짝 고개를 갸웃거
렸다.

"……혼자 집에 가는 건 오랜만이네."

레이와 같이 가지 못해서 조금 아쉬워하면서 나는 집에
돌아가려고 했다. 그런데 돌연 뭔가가 뒤에서 나를 확 덮
쳤다.

"유우키! 집에 같이 가자~!"

"으아악?! 후, 후유키?"

뒤를 돌아보니 그곳에는 몇 안 되는 나의 친구 중 하나
인 쿠루시마 후유키가 있었다. 나를 보고 상쾌한 미소를

지으면서.

그는 축구부 에이스이자 상쾌한 미남인데 나는 내향적인 인도어파다. 즉, 공통점이 별로 없는 신기한 조합이지만, 레이라는 공통된 친구의 존재를 계기로 우리는 친구가 될 수 있었다.

그리고 우리는 의외로 죽이 잘 맞는 관계였다. 그는 서슴없이 나를 '절친'이라고 불러주기도 했다. 나한테는 레이만큼이나 소중한 친구였다.

"응, 나야 좋은데…… 너 축구부는 어쩌고?"

"아―, 실은 체육 시간에 발을 좀 삐었거든. 뭐, 별건 아니지만 혹시 모르니까 쉬라고 하더라고."

"뭐?! 괘, 괜찮아?!"

"하하, 별거 아니라니까? 유우키. 호들갑이 너무 심하다. ……그런데 레이 걘 어디 갔냐?"

후유키는 두리번두리번 주위를 둘러보면서 레이를 찾았다. 실은 레이도 그의 절친이었다.

내가 사정을 설명하자 그는 미심쩍어하는 표정을 지었다.

"레이가 유우키보다 우선시하는 볼일이 있다고? 흠……뭔~가 좀 수상한데."

"수상하다니? 뭐가?"

"그 녀석이라면 '집에 같이 가고 싶으니까 볼일이 끝날 때까지 기다려줘~'라고 하든가, 시간이 오래 걸릴 것 같은 일이라면 너한테 내용을 설명하고 나서 갈 것 같은데. 안 그래? 너에 대한 레이의 과보호는 장난이 아니니까.”

“으, 으~음…… 그런가……?”

“그렇다니까. ……가방은 책상에 두고 갔네. 그럼 레이가 학교 안에 있다는 뜻이잖아? ……좋아! 유우키, 우리 가볍게 탐정 놀이나 해보자! 추적이야, 추적!”

TV 드라마의 영향이라도 받은 걸까. 후유키가 반짝반짝 눈을 빛내면서 그런 말을 꺼냈는데, 나는 반사적으로 머뭇거렸다.

“뭐어~? ……그런 짓 하면 레이가 화내지 않을까……?”

“그때는 같이 미안하다고 사과하면 되는 거지. 유우키, 너도 레이가 몰래 무슨 짓을 하는지 궁금하지 않아?”

“윽…… 그, 그건 그렇지만…….”

이런 식으로 결국 끝까지 거절하지 못한 나는 후유키한테 반쯤 끌려가면서 레이의 행방을 찾아보게 되었다.

“네토라? 어, 아까 옥상으로 가는 걸 본 것 같은데…….”

몇 번쯤 물어보고 다니다가 마침내 레이가 옥상으로 간 것 같다는 정보를 입수한 나와 후유키는 살금살금 학교 건물의 옥상으로 올라갔다.

“……오, 저거 봐. 레이가 있어.”

후유키가 옥상으로 이어지는 문을 소리 나지 않게 천천히 열더니 레이의 모습을 발견했다.

그가 가까이 오라고 손짓했다. 나는 발소리를 죽이고 후유키 곁으로 다가갔다. 그리고 그가 시키는 대로 어두운 그늘 속에 숨어 옥상을 살짝 엿봤다.

그곳에는 낯선 남자아이와 단둘이 마주 보고 있는 레이가 있었다.

“어? 같이 있는 저 남자애는 누구지? 저건…… 아, 농구부 녀석인가?”

“…………으, 응. 그렇네.”

후유키는 의아한 표정을 지었지만, 나는 무슨 일이 일어나고 있는지 한눈에 알아챘다.

당연한 이야기지만 레이는 무척 인기가 많았다.

그런 레이가 남자와 단둘이 옥상에 있다? 그렇다면 무슨 일이 일어나고 있는지는 생각해볼 것도 없었다.

“……후유키, 이제 그만 가자.”

“뭐? 하지만…….”

“제발 부탁이야…….”

나는 목소리가 떨리지 않도록 필사적으로 이를 악물고 후유키와 함께 그곳을 떠나려고 했다.

저 남자는 외모가 굉장히 멋있었다. 나 같은 놈보다 훨씬 더 레이와 잘 어울렸다.

……이대로 여기 있으면, 나는 틀림없이 비참함을 못 견디고 울음을 터뜨려버릴 것이다.

“나랑 사귀어주지 않을래?”

레이와 마주 보고 있는 남자의 목소리가 들렸다.

싫어. 더 이상 여기 있고 싶지 않아. 나는 치명적인 말을 듣기 전에 귀를 막으려고 했다.

그러나 내가 행동하기도 전에 레이의 목소리가 먼저 울려 퍼졌다.

"미안. 너랑은 사귈 수 없어."

내 귀에 닿은 목소리를 인식한 순간, 나는 저절로 딱딱하게 굳어버렸다.

"……왜?"

"그건…… 말할 수 없어."

"……그 녀석 때문이야? 언제나 네 옆에 착 달라붙어 있는 그 녀석? 그렇게 공부도 운동도 못하는 수수하고 뚱한 녀석이 뭐가 좋아?!"

그는 격분한 것처럼 소리를 질렀다. 그가 도대체 누구 이야기를 하고 있는지는 나 자신이 제일 잘 알았다.

나와 레이는 딱히 커플도 아니다. 하지만 그가 그런 식으로 말하는 것도 이해는 갔다.

대놓고 확실하게 그런 말을 들은 적은 없지만, 실은 누가 봐도 나와 레이는 모든 면에서 어울리지 않는 한 쌍이니까.

……그런 것은 내가 제일 잘 알고 있…….

찰싹!!

공기를 가르는 소리. 그리고 방금 레이에게 맞은 뺨을 붙잡고 멍하니 있는 남자의 모습이 보였다.

"유우를 무시하면 절대로 용서하지 않을 거야!!"

"아, 어……."

"나한테 유우는 그 무엇보다도 소중한…… 둘도 없이 소중한 남자애란 말이야! 처음 만난 날부터 쭉, 계속…… 진심으로 아껴온, 누구보다도 소중한 사람이야!"

처음 들어보는 감정을 폭발시키는 레이의 목소리. 그것은 틀림없이 뺨을 맞은 저 남자보다도, 나에게 더 큰 충격을 줬을 것이다.

그 무엇보다도 소중하다고?

처음 만난 날부터 계속 진심으로 아껴왔다고?

나는 무의식중에 그 자리를 박차고 도망쳤다.

"앗, 유, 유우키!"

등을 두드리는 후유키의 목소리도 귀에 들어오지 않았다.

자신이 지금 울고 있는지, 웃고 있는지. 그것조차 알 수 없었다.

이렇게 꼴사납고 한심한 나를 그녀는 왜 그렇게 소중히 여겨주는 걸까.

그 답은 역시 나로선 알 수 없었다.

"……하지만, 그래도!"

그 마음에 걸맞은 사람이 되고 싶다.

레이 곁에 당당하게 설 수 있는 남자가 되자.

내가 레이를 '자랑스러운 소꿉친구'라고 생각하는 것처럼, 레이도 나를 '자랑스러운 소꿉친구'라고 가슴을 펴고 말할 수 있는 존재가 되자.

레이의 다정함만 믿고 스스로 변할 생각을 안 했던 나 자신한테는 이제 마침표를 찍자!

이날 분명히 타치바나 유우키는 두 번째 탄생의 첫울음을 터뜨렸을 것이다.

*

"…………어우, 위험했다~. 하마터면 벌써부터 실수로 NTR 루트로 들어갈 뻔했네……."

뺨 맞고 전의를 상실한 남자를 쫓아낸 나——네토라 레이코는 하마터면 순간적인 욕망에 패배할 뻔했던 나 자신의 몸을 옥상에서 홀로 끌어안았다.

아니, 아무리 그래도 초등학생 단계에서 NTR 루트로 들어가는 것은 너무 빠르잖은가.

지금은 나이가 어려도 너무 어리니까, NTR 이후의 상황 전개의 폭이 극단적으로 좁아질 수밖에 없다. NTR 뇌 파괴에 필요한 유우의 인격적 숙성이 아직은 턱없이 부족하다는 것쯤은 나도 잘 알고 있었을 텐데…….

최고의 네토라레 남자인 유우를 코앞에 둔 채 계속 참고 기다리다 보니, 나도 모르게 외간 남자(어린애)의 NTR 유혹에 마음이 흔들려버렸던 것이다.

그런 눈앞의 쾌락에 넘어가려고 하는 자기 자신을 억제하기 위해서 아까 그 모르는 남자애한테는 반사적으로 지독한 짓을 하고 말았다. 응, 반성하자.

아니, 하지만 잘못한 사람은 내가 아니야! 유우야!

사실 나는 일찌감치 눈치채고 있었다. 유우가 몰래 그늘에 숨어서 이쪽을 훔쳐보고 있다는 것을.

좋아하는 소꿉친구를 잘 모르는 남자한테 빼앗길 것 같은 상황을 알아버린 유우의 그 눈동자!! 그 표정!! 그 절망!!

아아, 당장이라도 너를…… 망가뜨리고 싶어……♥

나는 혀로 날름 입술을 핥았다. 그리고 흥분한 사고를 가라앉히기 위해 고개를 흔들었다.

그래, 좋은 기회다. 상황 정리도 할 겸 앞으로의 NTR 루트에 관해 재확인을 해보자.

우선 내가 언제 NTR을 당하느냐가 문제인데. 나는 고등학생 때 당할 계획을 세우고 있다.

기본적으로 숙성 기간이 길면 길수록 감칠맛이 우러나는 것이 NTR인데, 그와 동시에 '준비' 기간이 길면 길수록 예측 불가능한 돌발 이벤트가 발생해 모든 것이 물거품이 되어버릴 가능성도 높아진다.

극단적으로 말하자면 유우가 어느 날 교통사고라도 당해서 세상을 떠나면 그 순간 모든 것이 무너져버리는 것이다.

……저 유우가. 내가 소중하게 심혈을 기울여 키워낸 네토라레 남자가 그런 일을 당한다면…… 생각만 해도 무서워서 온몸이 부르르 떨렸다.

안 돼, 난 도저히 참을 수 없어. 그렇게 되면 나도 분명히 그를 뒤따라 자살할 거야.

뭐, 실은 그게 아니더라도 유우라는 최고의 네토라레 남자를 코앞에 두고서 지나치게 오래 참았다간 내가 엉뚱한 데서 폭발해버릴 가능성도 있다. 그러니 고등학생 정도가 아슬아슬한 한계선일 것이다.

내년에는 나와 유우도 둘 다 중학생이 된다.

아르바이트가 허용되는 고등학생에 비하면 좀 아쉬운 점은 있지만, 그래도 자유행동의 범위도 넓어지고 경제적 여유도 다소나마 생길 것이다.

지금도 용돈과 세뱃돈은 모조리 스킨케어 용품이나 트레이닝 기구나 영양제 등을 구입하면서 자기개발에 투자하고 있는데, 앞으로는 좀 더 완벽한 네토라레 미소녀로 레벨업을 하는 데 힘을 쏟을 수 있을 것이다.

돈을 어린아이답게 쓰지 않는 나를 보고 부모님은 가끔 걱정스런 표정을 짓는다. 하지만 이게 다 유우에게 지고의 NTR 체험을 선사하기 위해서라고 생각하면 나로서는 전혀 괴롭지 않았다. 오히려 내가 미소녀가 되면 될수록 유우의 절망은 더욱 깊어질 거라고 생각하니, 너무 즐거워서 저절로 히쭉히쭉 미소가 새어나올 정도였다.

아무튼 유치원 때부터 초등학교에 걸쳐 10년이 조금 안 되는 세월 동안, 나는 나에 대한 유우의 호감도와 의존도를 한계까지 끌어올리는 데 성공했다고 본다. 지금부터는 굳이 따지자면 나 자신의 자기개발이 중요해지는 단계일 것이다.

학업에 관해서는 전생에 이미 공부해둔 것이 있으므로 여유가 있었다. 게다가 극단적으로 성적이 차이가 나면 유우와 같은 고등학교에 진학하지 못할 가능성이 있다. 그러니까 나 자신의 성적을 올리는 것보다는 유우의 학업을 도와주는 것을 우선시하도록 하자.

운동은 어떤가 하면, NTR 미소녀에게 중요한 미용 스킬 트리와는 궁합이 안 좋은 것이 많아서 적당히 하기로 했다. 게다가 운동 동아리에 들어갔다가 만에 하나 고릴라 같은 코치를 만나기라도 한다면, NTR계의 4번 타자인 근거리 파워형 NTR 루트의 매력에 내가 저항하지 못하게 될 위험성이 있다. 그러니 동아리도 문화예술 쪽을 선택하는 게 무난할 것이다.

그리고 중학생이라는 새로운 인간관계가 구축되는 기간에 내가 꼭 수행해야만 하는 중요한 임무가 있었다.

그것은 외간 남자 후보를 선별하는 것이다.

이미 절친 NTR 루트로서, 유우의 열등감을 자극하는 상쾌한 스포츠맨 계열의 미남인 쿠루시마 후유키에게 나는 마수를 뻗고 있었다.

사실 내향적인 인도어파 유우와 철저한 아웃도어파 후유키는 서로 마음이 안 맞을 가능성도 충분히 있었다. 그러나 여기에는 내가 있었다. NTR에 대한 비정상적인 집착심을 불태우는 극도의 변태인 내가 말이다.

NTR을 위해서라면 남자애 둘을 친하게 만들어주는 것쯤은 식은 죽 먹기였다.

나는 두 사람 사이에 자리를 잡고, 은근슬쩍 유우를 상대로는 게임, 만화, 애니메이션 등을 통해 후유키가 좋아하는 축구에 대한 흥미와 관심을 가지도록 유도했다.

그리고 반대로 후유키를 상대로는, 본디 오락은 뭐든지 좋아하는 타입이라서 유우가 좋아하는 서브컬처 장르 중에서도 후유키가 좋아할 만한 작품을 은근히 추천함으로써 유우와의 공통된 화제를 가지게 해주었다.

그다음에는 내가 사이에 끼어 셋이서 같이 놀 기회를 늘렸더니, 유우와 후유키의 선량한 성격도 빛을 발하여 두 사람은 순식간에 의기투합하게 되었다.

응, 그래. 유우는 친구가 적은 편이니까 후유키와 친구가 되었을 때 무척 기뻐했었지. 언젠가 내가 그에게 네토라레를 당할 때를 위해서라도, 부디 BL 일보 직전 수준으로 친하게 지내줬으면 좋겠다……

물론 단순히 두 사람을 친구 관계로 만들어봤자 의미가 없으므로, 후유키가 언젠가는 나를 빼앗고 싶다고 생각하게 되게끔 나는 그와도 친하게 지내고 있었다.

이 나이대의 남자애는 대체로 실력을 보여주면 호의를 품는다. 강한 사람을 좋아하는 싸움꾼 기질이 있는 것이다. 그래서 그의 전문 분야인 축구에서 나는 실력의 차이를 '똑똑히 알게' 해줬다.

이런 상황도 고려해서 나는 어릴 때부터 유명한 스포츠 전반에 관해서는 평균 이상으로 해낼 수 있도록 꾸준히 트레이닝을 계속해왔다. 완벽한 NTR 여자는 무예 전반에 능한 것이다. 뭐, 그게 아니어도 초등학생 때에는 본디 남자보다 여자가 더 신체능력이 좋은 경우가 많기도 하고.

자신의 특기 분야에서 나한테 완벽하게 져버린 후유키는 내 계획대로 나를 라이벌로 인정하게 되었다.

때로는 호적수로서 열 올리며 경쟁하기도 하고, 때로는 교내 최고의 미소녀로서 매력을 발휘해 그를 당황하게 만들기도 하고…… 그렇게 내 손바닥 위에서 장난감 핸드스피너처럼 빙글빙글 돌아가던 그는 우리가 만난 지 1년쯤 지났을 때에는 이미 나에 대한 짝사랑의 감정을 조금씩 보여주게 되었다.

귀여운 소년의 순정을 가지고 노는 것에 대해서는, 소셜 게임 출석 보너스보다도 더 작은 나의 양심이 물론 아픔을 호소하기는 했다. 하지만 이것은 전부 다 유우의 지고의 네토라레 체험을 위한 것이니까. 어쩔 수 없겠지?

아무튼 나는 이렇게 외간 남자 후보 한 명을 일찌감치 확보했다. 그런데 나는 리스크 관리를 할 줄 아는 여자다.

매사에 예비란 것은 꼭 필요하다.

초등학교에서는 후유키보다 더 나은 인재를 찾지 못해 일단 보류해뒀지만, 중학교에서는 새로운 외간 남자 후보를 확보해두고 싶다.

물론 어느 날 불쑥 튀어나온 낯선 남자한테 갑작스럽게 네토라레를 당하는 것도 나름대로 깊은 맛이 있긴 하다. 하지만 모처럼 시간적인 유예가 있으니까. 외간 남자 역할도 신중하게 음미하고 또 음미해서 뛰어난 인재를 다수 확보해두고 싶다. 외간 남자는 많으면 많을수록 좋으니까.

스스로 말해놓고 이러기도 좀 뭐하지만, 정말 지옥 같은 가치관이구나.

자, 이제 중학생 편이다.

오늘은 날씨도 좋아서 그야말로 완벽한 입학식 날이었다.

나는 새로 산 세일러복을 입고 어머니와 함께 유우를 데리러 갔다.

유우의 집 초인종을 누르자, 잠시 후 스탠드칼라가 달린 남학생 교복을 입은 유우와 그의 어머니가 문 너머에서 나타났다.

"안녕, 유우! 아주머니, 안녕하세요!"

"안녕? 레이."

"안녕? 레이코. 어머나, 세상에. 세일러복 입으니까 너무 예쁘다~."

"우후후, 감사합니다. 유우, 너도 교복 입으니까 아주 멋있어♪"

"으, 응. 고마워……."

나의 솔직한 칭찬과 이 청순가련한 세일러복 차림의 더블 펀치가 작렬하자, 유우는 아침부터 얼굴이 빨개졌다.

아아~~ 빨리 이 귀엽고 사랑스러운 유우의 뇌를 파괴하고 싶어~~.

참고로 유우가 멋있어진 것은 사실이기도 했다.

초등학교 6학년 중간부터였을까. 무슨 심경의 변화라도 있었는지, 그는 갑자기 공부도 운동도 열심히 하기 시작했다.

마침 그때가 성장기였으므로 좀 통통했던 그의 몸은 모조리 키와 근육으로 발전했다. 그래서 정신 차려 보니 어느새 늘씬한 남자애가 되어 있었다. 몸단장이나 치장에도 신경 쓰게 되어서 이제는 제법 괜찮은 미소년이 되었다고 할 수 있을 것이다.

……아니, '되어버렸다'고 해야 하나.

솔직히 말하면 이전의 별 볼 일 없는 외모의 유우가 나한테는 좀 더 여러모로 편리한 존재이기는 했다. 그래서 나는 틈만 나면 "너무 무리하는 거 아냐?" "유우는 그냥 지금처럼 있어도 괜찮은데?" 하고 편한 길로 유혹하려고 했었다. 그러나 그는 "아니, 앞으로도 레이 곁에 있으려면 이것도 꼭 필요한 일이니까"라고 하면서 내 제안을 물리쳤다. 쳇.

나는 유우의 마음을 바꿔놓는 것은 포기했다. 깔끔하게 미련을 버리고, 그 대신 유우에게 은혜를 베푸는 방향으로 작전을 변경했다.

그에게 패션과 스킨케어에 관한 조언을 해주기도 하고, 조깅 같은 것도 함께 해줬다. 유우가 멋진 미남이 될 수 있도록 아낌없이 힘을 빌려준 것이다.

『헉……! 헉……!』

『유우, 정신 차려! 이제 한 바퀴 남았어! 파이팅♥ 파이

『레, 레이…… 그 응원은 뭔가 좀, 이상하지 않아……?』

『남자애도 선크림은 잘 발라야 해, 알았지? 자, 내가 발라줄 테니까 이쪽 봐. 응?』
『가, 간지러워, 레이…….』

덤으로 유우 육성 계획이라는 명목으로 찰싹 붙어 꽁냥꽁냥 놀면서 그의 호감도를 올리기도 했다. 물론 이것은 뇌 파괴를 위한 사전작업이었다.

노력한 보람이 있어 유우는 무사히 미남에 가까운 외모를 손에 넣었다.

이토록 급격하게 자기 외모에 대한 자신감이 생기면 다소 성격이 오만해질 수도 있을 텐데, 나의 세뇌…… 아니, 교육의 성과 덕분인지 여전히 그 성격은 겸허하고 소극적인 착한 소년이었다. 그야 뭐, 네토라레 남자니까. 다소 그럴 수밖에 없겠지?

아무튼 내가 이렇게 회상을 하는 동안에도 입학식은 무탈하게 진행되고 있었다.

교장 선생님의 정형화된 연설을 대충 흘려듣고, 새로운 반 친구들끼리 모여서 단체 사진을 찍거나 하면서 정해진 이벤트를 소화해낸 우리는 점심때 하교를 하게 되었다.

"유우, 같은 반이 되어서 다행이야!"

"응, 레이. 나도 너랑 같은 반이라 기뻐."

하교 후 나랑 우리 어머니, 유우와 아주머니는 다 같이 모여 패밀리 레스토랑에서 점심을 먹고 있었다.

아이들끼리 워낙 친하다 보니 네토라 가족과 타치바나 가족은 단체로 사이좋게 지내고 있었다. 심지어 유우의 어머니는 나를 장래의 며느리로 생각하는 것 같기도 했다. 나도 온 힘을 다해 그런 마음가짐으로 역할극을 수행하고 있었고.

뭐, 최종적으로는 더할 나위 없이 지독하게 네토라레를 당해서 유우의 뇌를 완전히 박살낼 예정이지만. 그러면 두 가족의 관계는 참으로 어색해질 것이다. 스스로 생각해봐도 자연재해 같은 여자구나.

"후유키도 같은 반이니까. 또 셋이서 같이 잘 지내보자♪"

"그러게. 나만 다른 반이 되지 않아서 정말 다행이야. 너희 둘이 없으면 나는 친구도 못 사귈지도 몰라……."

"어휴, 그런 한심한 소리 하지 마. 유우, 네가 장점이 얼마나 많은데. 나나 후유키가 없어도 새 친구를 많이 사귈 수 있을 거야."

NTR의 신에게 사랑받는 나는 당연하게도 유우와 같은 반이 되는 데 성공했다.

하기야 다른 반이 되어도 어떻게든 해결할 방법은 얼마든지 있지만. 같은 반이라면 더할 나위 없는 것이다.

절친 NTR 후보인 후유키도 같은 반이 된 것은 뜻밖의 행운이었다. 앞으로 셋이서 같이 행동할 기회를 늘려 질척질척한 삼각관계를 형성시켜주마.

미리 마음의 준비를 해두세요. 머잖아 네토라레를 당할 겁니다. 트라우마도 심어줄 겁니다. 영상 편지도 가차 없이 보낼 겁니다. 꼴사납게 엉엉 울면서 쓰러질 준비도 해두세요!

당신은 네토라레 남자입니다. 뇌를 파괴당하는 그 순간을 기대해주세요. 알겠죠?!

"……저기, 그런데 유우? 나한테 뭔가 할 말 없어?"

"뭐?"

"아이참…… 이래 봬도 나 오늘 상당히 공들이고 왔는데?"

나는 토라진 것처럼 뺨을 부풀리고 보란 듯이 교복 리본을 만지작거렸다.

그제야 겨우 내가 원하는 것이 무엇인지 깨달은 유우는 부끄러운지 뺨을 붉적이면서 말했다.

"……저기, 레이."

"네. 왜요?"

"교, 교복. 정말 잘 어울려."

"……그걸로 끝이야?"

"윽…… 예, 예쁘다고 생각해."

"응, 합격."

유우의 말을 듣고 나는 만족스럽게 미소를 지었다.

그 모습을 보고 싱글벙글 웃는 어머니와 아주머니.

"어머, 세상에…… 유우키는 나중에 레이코한테 꽉 잡혀 살겠네~."

"우리 딸이 폐를 끼쳐서 미안해요. 유우키도 불만이 있으면 확실하게 말해도 돼, 알았지? 이 아이는 의외로 강압적인 걸 좋아하는 것 같으니까."

"어, 엄마! 유우한테 이상한 말 하지 마!"

미안하지만 어머니. 그것은 내가 좋아하는 NTR 스토리에 관한 이야기야.

중학교 생활이 시작된 지 며칠 후.

나는 방과 후 교실에서 같은 반 여자애들과 화기애애하게 잡담을 나누고 있었다.

"레이코, 너 동아리는 이미 정했어?"

"으~음. 실은 아직 고민 중이야. 문화예술 쪽 동아리에 들어갈까 하는데……."

향후 NTR 루트를 위해서 나는 유우와 후유키라는 미남 두 명을 확보하고 있어야 한다. 보통 그런 짓을 했다가는 여자들의 질투를 살 것이다. 그런 불필요한 갈등을 피하기 위해서라도 나는 전생에 길러둔 의사소통 능력을 발휘해 일찌감치 교내 계급 피라미드의 상위권을 차지하는 데 성공했다. 이래 봬도 전생에 바람둥이 외간 남자로서 커플들을 마구 파괴하고 다닌 능력자란 말이지. 응, 이거 쓰레기 같은 놈이구먼.

"뭐~? 레이코, 넌 운동 잘하잖아? 아깝지 않아? 농구부나 배구부 선배한테 스카우트당하지 않았어?"

"아하하, 그야 뭐, 운동은 좀 잘하는 편이기는 한데. 동아리 활동을 하기에는 나는 끈기와 열정이 부족하거든."

"어휴, 겸손이 지나치시네요~."

경박해 보이는 여자애의 농담 같은 한마디. 나는 난처한 듯한 미소를 지었다.

그러자 주위에 있는 여자들과, 이성과의 대화를 두려워하지 않는 유쾌한 남자들까지도 동조하여 나를 치켜세우면서 반쯤 놀리듯이 공세를 펼쳤다.

일견 매우 훈훈한 광경이었다. 그러나 나는 머릿속으로 냉정하게 상황을 분석했다.

어린애라도 기본적으로 이해득실 정도는 따질 수 있다. 어릴 때부터 갈고닦은 나의 외모 점수와 선량해 보이는 외면. 내가 그런 무기들을 마구 사용한 결과, 같은 반 소녀들은 대부분 나와 대립하기보다는 내 밑에 들어와 편안하게 꿀을 빨자는 식으로 방침을 정한 것 같았다. 물론 남자들은 말할 것도 없고.

내가 그런 생각을 하고 있는데 누군가가 우리의 대화에 끼어들었다. 네토라레를 시도할 절친 후보인 후유키와, 사랑스런 네토라레 남자 유우였다.

"아~ 여자 축구부가 있었으면 레이와 함께 연습할 수 있었을지도 모르는데~.”

“그래, 레이랑 후유키는 자주 같이 축구하잖아.”

“그거 알아? 레이는 여자인데도 나보다 더 축구를 잘한다니까?”

“대체 언제 적 이야기야? 아무리 그래도 이제는 후유키한테는 못 이긴다고.”

“……이건 진지하게 하는 이야기인데. 레이가 운동을 안 하는 건 진짜로 아까운 일이라고 생각해. ……그, 뭐냐. 축구부에서 매, 매니저 같은 걸 해도 되지 않아?”

어이쿠, 이것 참 향기로운 NTR의 냄새구나.

축구부 매니저로서 유우 몰래 후유키와 질척질척하고 끈적끈적한 문란한 관계를 맺는 것도 싫진 않지만, 유감스럽게도 중학교에서 네토라레를 당할 예정은 없으므로 어쩔 수 없이 사퇴해야겠네요. 애드리브는 허술함의 온상이니까. 하는 수 없지.

“으~음, 매니저……? 관심이 없진 않지만…….”

“하긴, 레이는 그런 영양 관리나 코칭에 관한 지식도 엄청나게 많이 가지고 있잖아? 매니저가 되면 후유키나 축구부 사람들도 다 기뻐하지 않을까?”

유우는 유우 개조 계획을 통해서 내가 그런 지식이 풍부하다는 사실을 알고 있었다. 그래서 그는 후유키를 위한 엄호사격을 개시했다. 후유키의 사악한 속내를 전혀 눈치채지 못한 것 같구나. 과연 네토라레 남자다운 둔감함과 멍청함이다. 아아, 좋아.

물론 나도 나 자신의 코칭 지식이 제법 대단하다고 자부하고는 있었다. 유우의 특훈을 위해 전문서적을 몇 권이나 읽었고, 유우에게 위험하진 않은지 내 몸으로 직접 인체실험도 해봤으니 말이다. 일류 네토라레 여자는 지식 면에서도 타협을 하지 않는 것이다. 뭐, 그런 것을 자랑스럽게 과시할 마음은 없지만.

"내 코칭이란 것은 어차피 아마추어의 지식일 뿐이야. 지도교사나 선배님들처럼 제대로 공부한 사람과는 비교가 안 된다고. 미안, 후유키. 역시 난 문화예술 쪽 동아리에 들어가고 싶어. 실은 오늘도 지금부터 유우와 함께 여기저기 견학을 다니기로 했어."

"그래? 으음, 뭐, 억지로 강요할 수는 없지. 너희 둘 다 좋은 동아리를 찾길 바랄게."

"응, 고마워! 자, 그럼 갈까? 유우."

나는 그렇게 말한 뒤 유우의 손을 잡고 교실을 뒤로했다.

"레, 레이, 우리는 이제 중학생이잖아. 그러니까 이런 건……."

"괜찮아. 나는 신경 안 써."

"내, 내가 신경 쓰는데……."

"…………."

이렇게 사이좋은 나와 유우의 모습을 후유키는 침통한 표정으로 바라보고 있었다.

상쾌한 미남의 어두운 얼굴. 참을 수 없을 정도로 좋구나. 잘 먹겠습니다.

*

"……휴."

나——쿠루시마 후유키는 멀어져가는 유우키와 레이의 뒷모습을 끝까지 지켜본 후, 마음속 깊은 곳에 쌓여 있던 어두운 감정을 토하듯이 한숨을 내쉬었다.

유우키도 레이도 소중한 친구다. 나는 진심으로 그렇게 생각하고, 그 관계성이 앞으로도 쭉 이어질 거라고 믿었다.

……그러나 날이 갈수록 아름다워지는 레이와, 그런 레이를 뒤쫓듯이 점점 늠름해지는 유우키를 보면서 어느새 나는 근거도 없는 억하심정 같은 질투심을 품게 되어버렸다.

유우키보다 내가 먼저 레이를 만났더라면.

레이의 소꿉친구가 유우키가 아니라 나였다면.

지금 레이의 곁에서 저 작은 손을 잡고 있는 사람은 유우키가 아니라 나였을지도 모른다.

그런 추악한 속마음 때문에 끔찍한 자기혐오를 느끼면서 나는 하늘을 우러러봤다.

"네토라랑 타치바나는 진짜로 사이가 좋구나~."

"아니, 저 정도로 가까우면 무조건 사귀는 거 아냐? 완전히 부부나 마찬가지인데."

유우키와 레이가 교실을 떠나자, 좀 전까지 레이 주변에 있었던 여자애들이 갑자기 떠들어대기 시작했다.

그만해. 그런 이야기를 내 앞에서 하지 말아줘.

"저기, 쿠루시마. 너는 네토라랑 타치바나와 같은 초등학교 다녔지? 역시 그 두 사람은 사귀는 거야?"

"……어~ 아니, 그 둘은 그런 거 아니야. 그냥 레이가 일방적으로 유우키를 돌봐주고 있는 거지. 연인이라기보다는 거의 남매 같은 느낌이야."

나는 그렇게 사실과 소망이 뒤섞인 추한 말을 입에 올렸다. 자기혐오에 시달리면서.

*

나——타치바나 유우키에게는 아주 엄청나게 귀여운 소꿉친구가 있다.

"같이 가 달라고 해서 미안해, 유우. 너는 나한테 맞춰주지 말고 네가 좋아하는 동아리를 골라도 돼. 알았지?"

내 옆에서 난처함과 미안함이 섞인 쓴웃음을 짓고 있는 소꿉친구. 그 얼굴을 보면서 나는 넋을 놓고 얼빠진 표정을 짓지 않으려고 볼 안쪽의 살을 깨물며 아무렇지 않은 척했다.

이 소녀의 이름은 네토라 레이코.

유치원 시절부터 지금까지 언제나 나와 같이 있어준 정

말 소중한 소녀였다.

"아냐, 신경 쓰지 마. 나도 원래 문화예술 쪽 동아리에 들어갈 생각이었거든. 이렇게 레이와 함께 여기저기 보고 다니게 되어서 다행이야. 나 혼자였으면 견학하러 돌아다니기도 좀 부끄러웠을 텐데……."

"어휴~…… 저기, 유우. 조심스러운 건 너의 장점이지만, 이제는 중학생이잖아. 좀 더 여러모로 적극적으로 나서야지."

"아하하…… 일단 노력해볼게."

내 애매한 대답을 듣고 "에이, 뭐야~" 하면서 뾰로통한 표정을 짓는 레이. 그걸 보고 사랑스럽다고 느끼면서 나는 문화예술 쪽 동아리실들이 늘어서 있는 동아리 특별동을 이리저리 돌아다녔다.

"어때? 유우. 꽤 많이 구경해봤는데, 혹시 관심 있는 동아리가 있었어?"

"으~음. 원예부나 수예부도 재미있어 보였지만, 어떻게 할까……. 레이, 넌 어때?"

"나? 나는, 어…… 너랑 같은 동아리가 괜찮지 않나~? ……하고, 생각해봤는데……."

수줍게 웃는 레이를 보고 나는 울컥하여 가슴이 꽉 막히는 느낌이 들었다.

내가 착각하는 게 아니라면, 레이는 나에게 호감을 가지고 있는…… 것 같다.

물론 나도 레이를 무척 좋아하고, 옛날에 비하면 다소나마 스스로 자신감도 가지게 되었다. 그러니까 가능하다면 연인이 되고 싶다고 생각할 때도 있었다. 하지만 지금의 '사이좋은 소꿉친구'란 관계성을 무너뜨릴까 봐 무서워서 마지막 한 걸음을 내디디지 못하고 있었다.

"아, 다음은 여기야."

내가 그런 생각을 하고 있는데 레이가 갑자기 멈춰 섰다.

나는 눈앞에 있는 동아리실의 문패를 확인해봤다.

【문예부】

좀 민망해서 레이와 후유키 외의 다른 사람들에게는 비밀로 하고 있지만, 사실 나는 옛날부터 시집이나 가집을 읽는 것을 좋아했다.

그러니까 문예부는 내 마음속에서는 꽤 강력한 우승 후보이기도 했다.

"실례합니다——."

레이가 노크를 한 후 동아리실 문을 열었다.

"네, 네헷?!"

문을 열자마자 우수수! 하고 뭔가가 무너지는 듯한 소리가 실내에 울려 퍼졌다.

나와 레이는 소리가 난 곳——동아리실 한구석을 봤다.

그곳에는 무너진 책 더미가 있었다. 그 안에서 작은 손이 마치 좀비 영화의 한 장면처럼 하늘을 향해 쑥 튀어나와 있었다.

"사…… 살려줘요…….'

책 더미 속에서 가냘픈 목소리가 들린 것을 확인한 순간, 우리는 허둥지둥 그쪽으로 뛰어갔다.

"미, 미안해요! 괜찮아요?!"

"유우, 우선 책을 치우자!"

나와 레이가 발굴 작업을 개시한 지 몇 분 후. 무사히 책 더미 속에서 한 소녀를 구출하는 데 성공했다.

"가, 감사합니다. 책장을 정리하고 있었는데 갑자기 누가 오니까 깜짝 놀라서…….'

그러더니 송구한 것처럼 몸을 작게 움츠리는 안경 낀 소녀. 혹시 문예부 부원인 걸까. 벌벌 떨면서 이쪽을 보는 시선에서는 소극적인 분위기가 느껴졌다. 그래서 나는 묘한 친근감을 품었다.

……어? 아니, 잠깐만. 이 애는——.

"……어머나? 저기, 너 시라세 맞지? 우리 반."

"아…… 네, 네. 맞아요. 내, 내 이름을 용케 기억하고 있었네……?'

"그거야 당연하지. 같은 반 친구잖아."

옆에서 레이가 하는 말을 듣고 나는 비로소 이 소녀의 얼굴과 이름을 기억해냈다.

시라세 유리.

우리와 같은 반이지만…… 뭐랄까, 좀 존재감이 약한 아이였다. 쉬는 시간에는 언제나 혼자 조용히 책을 읽고 있는 여자애라는 것밖에 기억이 안 났다. 문예부원이라는 것도 지금 처음 알았을 정도다.

"와~ 그래, 시라세는 문예부원이었구나? 별로 대화를 할 기회가 없어서 몰랐는데. 처음 알았어."

"으, 응……. 옛날부터, 채, 책은 좋아했거든. 저기, 그래서, 같은 취미를 가진 친구가 생기면 참 조, 좋겠다 싶어서……."

"그랬구나! 나도 책은 좀 읽는 편인데~. 좀 더 빨리 너랑 대화를 해볼 걸 그랬네."

"그, 그래? ……저기, 나도, 네토라와는 대화를 해보고 싶다고, 예전부터 생각을……."

우물우물 이야기를 하는 시라세. 레이는 결코 재촉하지 않고 생글생글 즐겁게 웃으며 이야기를 듣고 있었다. 왠지 과거의 나와 레이를 보는 것 같아서 괜히 훈훈한 느낌이 들었다.

틀림없이 레이는 나와 시라세처럼 소극적인 아이를 보면 저절로 말을 걸고 싶어지는 타입인 것이리라.

"──앗! 잠깐만, 그런데 아까는 괜찮았어? 떨어진 책 중에는 하드커버 양장본처럼 꽤 무거워 보이는 책도 있었는데…… 혹시 머리는 안 부딪쳤어?"

"~~?!"

레이가 걱정스럽게 시라세의 뺨에 손을 대더니 그 얼굴을 들여다봤다. 그러자 시라세는 새빨개진 얼굴로 살짝 뒷걸음질을 쳤다.

응, 그래. 시라세의 마음은 나도 잘 안다. 레이는 나한테도 자주 얼굴을 가까이 들이대는데 그 얼굴이 너무나 예뻐서, 당하는 사람의 입장에서는 기쁘다기보다는 진짜로 심장이 멈출 것 같기 때문이다.

"네, 네헷! 괘, 괜찮습니당?!"

"그래? 으음~…… 하지만 머리는 혹시라도 무슨 일 있으면 무섭잖아. 아무래도 걱정이 되는데. 내가 조금만 봐도 될까?"

"네헷?! 아, 아뇨, 됐어요! 괜찮아요! 저, 정말로 아무 일 없……."

"가만히 있어 봐, 알았지?"

"아, 아아앗…… 조, 좋은 향기가…… 흐흡."

레이는 시라세의 머리를 반쯤 껴안은 채 어디 다치지 않았는지 확인했다.

……애초에 동성이니까 신경 쓸 필요는 없을지도 모르지만. 조금 커지기 시작한 레이의 가슴이 시라세의 얼굴에 딱 닿아 있었다. 아니, 난 절대로 부럽다고 생각하는 것은 아니지만, 원래 여자들끼리의 거리감이란 것은 이런 걸까? 왠지 시라세의 호흡이 거칠어진 것 같기도 한데. 그것도 묘하게 마음에 걸렸다.

————히쭉.

문득 레이한테서 무슨 소리가 들린 듯했다. 진흙탕이 부글거리는 듯한 소리였다.

하지만 레이는 성스러운 대천사의 화신이니까 내 귀가 잠깐 잘못된 거겠지. 신경 쓸 필요 없다.

레이는 시라세를 품에서 놓아주더니 그 작은 손을 단단히 잡았다.

"시라세. 나 문예부에 꼭 들어가고 싶은데. 괜찮을까?"

"어, 레이?"

레이는 갑작스럽게 문예부에 가입하기로 결심해버렸다.

레이의 돌발적인 행동 때문에 시라세의 얼굴은 완전히 사과처럼 새빨갛게 변해 있었다. 레이의 비정상적인 거리감에 흠씬 두들겨 맞고 있는 걸까. 이대로 KO를 당해 쓰러질까 봐 걱정되었다.

"아, 아아아앗…… 저, 저는 물론, 대환영이에요……."

대체 무엇이 결정적인 가입 계기가 되었는지는 모르겠지만…… 레이는 레이니까. 나 같은 녀석은 모르는 심오한 이유가 있을 것이다.

나는 레이의 안목을 절대적으로 신뢰한다. 게다가 처음부터 문예부에는 관심이 있었고, 또 레이와 같은 동아리에 들어가고 싶다는 은근한 욕심도 있었으므로 그 자리에서 레이와 함께 문예부 가입 신청서를 쓰게 되었다.

“레즈비언 네토라레 후보, 획득…….”

“응? 레이야, 방금 무슨 말 했어?”

“——아니? 아무 말도 안 했는데?”

내가 환청을 들었나 보다. 레이는 살짝 고개를 갸웃거렸다. 엄청나게 귀여웠다.

*

NTR에서 중요한 것! 그것은 바로 상대를 아끼는 ‘마음’이다!!

안녕하세요. 네토라 레이코입니다.

무슨 낯짝으로 뻔뻔하게 그런 말을 하느냐고 생각할 수도 있지만, 글쎄. 이건 의외로 진지하게 하는 이야기다.

아무 관심도 없는 상대한테 배신을 당하거나, 영상 편지를 통해 XX가 작다느니 어쩌느니 하고 욕을 먹어봤자 그저 분노와 살의만 생겨날 뿐이다.

NTR이란 것은 네토라레 남자와 네토라레 여자가 그동안 쌓아올렸던 애정과 우정이 있기 때문에 의미가 있는 것이며, 그것이 배신을 당했을 때 생겨나는 압도적 뇌 파괴 공간이 그야말로 톱니바퀴형 모래폭풍의 소우주인 것이다.

요컨대 NTR에서는 ‘사랑’이 매우 중요하다. 사람을 사랑하는 것과, 뇌를 파괴하는 것은 표리일체인 것이다.

이제 슬슬 스스로도 무슨 말을 하는 건지 알 수 없게 되어버렸는데, 아무튼 결국 내가 하는 일은 기본적으로는 누 군가에게 '사랑'을 쏟아부어서 상대가 나한테 중독되게 만 드는 것이 목적이다.

내 사랑에 실컷 의존하게 만들어 상대의 사고력과 판단 력을 저하시키고 그 생살여탈권을 내가 가진다. 그리하여 모든 일을 내가 우위에 서서 진행시킨다. 그것이 나의 기 본 전술이다.

생살여탈권을 남한테 넘기지 마!

나는 속으로 그렇게 경고했다. 난 경고했으니까, 앞으로 나한테 생살여탈권을 빼앗기더라도 그것은 상대의 책임이 다. 나는 착실하게 미쳐가고 있었다. 뭐, 새삼스럽긴 하지만.

어쨌든 나는 이렇게 제정신과 광기 사이에서 아슬아슬 한 줄타기를 계속하고 있었는데, 중학교 생활이 시작되자 마자 새로운 사냥감(외간 남자 후보)을 발견한 것이었다.

*

나——시라세 유리가 남자애를 불편하게 여기게 된 것 은 대체 언제부터였을까.

유치원 시절에 이웃집 카즈가 내 안경을 보고 놀렸을 때 부터였을지도 모른다.

초등학교 시절에 같은 반 남자애가 장난으로 내 책을 숨 겼을 때부터였을지도 모른다.

2차 성징 시기를 맞이해 쓸데없이 커지기 시작한 내 가슴에 누군가의 불쾌한 시선이 꽂히는 것을 느끼게 됐을 때부터였을지도 모른다.

그것들 하나하나는 별것도 아닌 사소한 상처일지도 모르지만, 그렇게 서서히 쌓여간 혐오는 사춘기의 과민한 마음과 어우러져 마침내 가벼운 남성공포증으로 발전하고 말았다.

어느새 주변 사람들은 마치 '취급 주의 물품'을 대하듯이 나를 대하게 되었다. 대놓고 따돌림을 당하진 않지만 '귀찮으니까 별로 건드리고 싶지 않은 녀석'이라고 인식되고 있는 분위기. 하기야 나도 내 주변에 나 같은 사람이 있었으면 비슷한 태도를 취했을 것이다.

중학생이 된 나는 주변 사람들의 징그러운 시선을 집중시켜버리는 가슴의 지방덩어리를 감추기 위해 몸을 수그리고, 외부의 불필요한 접촉을 거부하듯이 책의 세계로 푹 빠져들었다.

책은 참 좋다. 나한테 심술궂은 말을 하지도 않고, 내가 우물거리면서 말을 제대로 못 해도 바보 취급하지 않는다. 내가 원하는 만큼 이야기와 지식을 제공해준다. 책만 있으면 친구 따윈 필요 없다. 그것은 일종의 허세였지만, 순 거짓말도 아니었을 것이다.

"얘들아, 안녕─!"

······그런 나조차도 동경하는 사람이 있었다.

그 여자애가 교실에 들어오기만 해도 공기가 확 하고 밝고 화사하게 변했다.

잡티 하나 없는 새하얀 피부와 매끄러운 까만색 머리카락. 단정한 이목구비와 크고 아름다운 눈.

나는 빨라지는 심장의 고동과 뜨거워지는 뺨을 책으로 숨기면서, 방금 교실에 들어온 그 소녀를 몰래 훔쳐봤다.

──그녀의 이름은 네토라 레이코.

모두에게 사랑받는 인기인. 아름답고 다정한데, 그런 장점을 굳이 내세우지도 않는 서글서글한 성격이고······ 마치 이야기 속에서 튀어나온 듯한 완벽한 그녀는 순식간에 나의 동경의 대상이 되었다.

저 사람처럼 되고 싶다는 터무니없는 생각은 안 한다. 다만 저 사람과 친구가 될 수 있다면······ 그것 자체가 내 중학교 생활에서는 분명히 최고로 멋진 추억이 되지 않을까.

······하지만 머릿속으로만 생각할 뿐이다.

그녀 주위에는 언제나 교내 계급 피라미드의 꼭대기에 위치한 반짝반짝 빛나는 사람들이 진을 치고 있었다. 더없이 수수하고 음울한 나 같은 사람이 끼어들 여지는 없었다.

아마 그녀도 겨우 말 한두 마디밖에 안 나눠본 나 같은 녀석은 이름조차 기억하지 못할 것이다.

하지만 그래도 괜찮다. 언제나 기운차고 아름다운 그녀를 멀리서 지켜보기만 해도 내 마음은 충분히 행복해지니

까. 그녀는 나에게 활력을 주고 있다. 그 이상의 뭔가를 바
란다면 틀림없이 안 좋은 일이 일어날 것이다.

그렇게 생각했었다.

방과 후, 나는 문예부 동아리실에서 홀로 도피하듯이 책
의 세계에 빠져들어 있었다.

솔직히 말하자면 동아리 같은 것에는 들어가고 싶지 않
았다. 하지만 이 중학교에서는 동아리에 소속되는 것이 의
무였다. 그래서 나는 어쩔 수 없이 내 취미에 가까운 문예
부에 들어간 것이다.

어쩌면 독서를 같이 할 친구가 생길지도 모른다……고
조금은 희망을 품기도 했지만, 세상은 그리 만만하지 않
았다.

아무래도 이 문예부는 나와 비슷한 생각을 한 사람들의
집합소인 것 같았다. 멤버들 대부분은 동아리 가입만 해둔
유령 부원인 듯했다. 그래서 동아리실에 와 있는 사람은
오늘도 나 하나밖에 없었다.

동아리 지도교사도 방임주의였다. 가입 신청서를 냈을
때를 제외하면 거의 대화다운 대화도 못 해봤다. 동아리 활
동의 성과로서 시든 소설이든 뭐든 좋으니 한 달에 하나만
글을 대충 써내면 그다음은 마음대로 해도 된다고 했다. 나
야 편해서 좋지만, 이 동아리는 이래도 괜찮은 걸까.

"……으음."

문득 동아리실 구석에 있는 책장이 눈에 띄었다.

지도교사나 다른 부원이 왔었던 걸까. 책장에 꽂힌 책이 좀 흐트러져 있었다.

이런 것은 한번 눈치채면 그냥 내버려 두지 못하는 성격이었다. 그래서 나는 책장 정리를 시작했다.

"끄으응……!"

책장 맨 윗줄에 아슬아슬하게 손이 닿지 않았다.

발판을 가져오면 될 테지만 좀 귀찮았다. 그래서 나는 발돋움을 하면서 억지로 손을 쭉 뻗었다.

이래 봬도 여자치고는 지나칠 정도로 키가 큰 편이었다. 벌써 160센티미터가 넘으니까 대체로 같은 또래 남자들보다도 키가 컸다. 쓸데없이 큰 가슴과 합쳐져서 툭하면 남들의 이목을 끌기 때문에 나한테는 기본적으로는 해가 되는 특징. 하지만 이런 때에는 도움이 되었다.

"조금만 더……!"

똑똑.

까치발을 하고 서 있는데, 등 뒤에서 노크 소리가 들려왔다.

"실례합니다―."

"――――?!"

목소리가 들렸다.

내가 동경하는. 아름답고 달콤한 울림이.

"네, 네헷?!"

그 직후. 크게 동요한 나는 균형을 잃었고, 책장에서 쏟아져 나온 책들의 눈사태에 파묻히고 말았다.

*

"……어머나? 저기, 너 시라세 맞지? 우리 반."

"──────웃, 아…… 네, 네. 맞아요……."

──지금 내가 꿈이라도 꾸고 있는 걸까.

동경하는 네토라가 돌연 문예부에 찾아오더니, 변변한 대화조차 못 나눠본 나의 이름을 기억해주고…….

"와~ 그래, 시라세는 문예부원이었구나? 별로 대화를 할 기회가 없어서 몰랐는데. 처음 알았어."

"으, 응……. 옛날부터, 채, 책은 좋아했거든. 저기, 그래서, 같은 취미를 가진 친구가 생기면 참 조, 좋겠다 싶어서……."

내가 미친 듯이 우물거리면서 횡설수설 이야기하는데도 그녀는 재미있다는 듯이 생글생글 웃으면서 들어줬다. 게다가 좀 더 빨리 나랑 대화해봤으면 좋았을 거란 말까지 해줬고…….

"시라세. 나 문예부에 꼭 들어가고 싶은데. 괜찮을까?"

──이게 뭐지? 아무리 그래도 이건 행운이 너무 과하지 않나?

아아, 하느님. 부탁입니다.

이게 꿈이라면 지금 당장 저를 죽여주세요.

이렇게 달콤한 독을 맛본 다음에 현실로 되돌아가야 한다면, 차라리 죽는 게 낫겠어요.

그런데 꿈은 깨지 않고 지금도 계속되고 있었다.

"어—…… 저기, 시라세. 여기에는 뭘 쓰면 돼?"

동아리실에서 가입 신청서를 쓰기 시작한 네토라가 난처한 표정으로 내 옆에 앉았다.

아니 잠깐만, 너무 가깝잖아! 어깨가 닿았는데! 부드러워! 너무너무 좋은 향기가 나!

"어, 그건 그러니까, 가입 동기를 쓰는 곳인데, 이 동아리의 지도교사는 헐렁한 사람이니까, 그냥 빈칸으로 놔둬도 될 거야……."

나는 어떻게든 내 동요와 욕망을 표정으로 티 내지 않으려고 애쓰면서 가르쳐줬다. 그러자 네토라는 방긋 웃으며 감사 인사를 했다.

"고마워, 유리! ……앗."

"어, 어엇?! 유, 유리라고……?!"

"미, 미안해, 시라세! 내, 내가 너무 친한 척 했지……?"

무심코 나를 성이 아니라 이름으로 부른 네토라는 의기소침해져버렸다. 나는 당황하여 얼른 수습에 나섰다.

"아, 아냐, 괜찮아! 아무 문제 없어! ……아니, 네토라. 너만 괜찮다면, 그, 유리라고 불러주면, 기쁠…… 것 같은데."

"정말?! 그럼 너도 나를 편하게 레이라고 불러줘. 유리♪"

뭐지, 이 깜찍한 생물은?! 왜 이렇게 귀여워?!

"……으음, 시라세도 레이도 내가 여기 있다는 사실을 완전히 잊어버린 게 아닐까……?"

"──응, 이제는 도장 찍고 제출만 하면, 될 거야."

"그럼 일단 가지고 돌아가야겠네. 선생님한테는 내일 제출해야겠다. 유리, 이것저것 잘 알려줘서 고마워!"

"아, 아냐. 신경 쓰지 마. 어…… 레이."

──누군가를 성이 아닌 이름으로 부르는 게 대체 얼마 만일까.

동경이란 감정은 제쳐두더라도 오랜만에 새로운 친구를 사귀었다. 내 가슴은 신기한 고양감으로 가득 차 있었다.

"응, 그럼 내일 또 교실에서 봐!"

그녀는 그렇게 말하더니 돌연 두 팔을 확 벌리고 나를 끌어안았다.

"히익?!"

하마터면 심장이 멈출 뻔했다. 그런데 그때 그녀와 같이 온 일행…… 어— 이름이 뭐더라? 머릿속이 레이 생각으로 꽉 차서 완벽하게 잊어버렸는데, 아무튼 그 일행인 남자애가 쓴소리를 했다.

"레이, 일단 충고는 해둘게. 동성이어도 성희롱은 성립되거든?"

"아, 뭐야. 유우. 무슨 소릴 하는 거야? 여자들끼리는 이 정도는 보통이거든?"

정말?

적어도 외톨이인 나한테는 이런 게 '보통'은 아니었는데.

하지만 레이가 그렇게 말한다면, 틀림없이 이게 보통인 거겠지.

그런 식으로 나는 납득하려고 했는데——.

"……후후, 그래. 이게 보통이야. 유리, 너도 전~혀 사양할 필요 없어……."

"윽?!"

소름 끼칠 정도로 요염한 속삭임이 내 귀를 간질였다.

그 직후, 레이는 나한테서 몸을 확 뗐다. 그녀는 마치 아무 일도 없었던 것처럼 평소와 같은 천진난만한 미소를 짓고 있었다.

"자, 그럼 돌아갈까? 유우."

"응. 시라세, 내일 봐."

그러더니 두 사람은 학교 건물에서 나갔다. 나는 멍하니 그 뒷모습을 바라보고 있었다.

"……보통. 이게, 보통 일이라고……?"

레이의 속삭임의 잔여물을 더듬는 것처럼 나는 내 귀에 손을 댔다.

마음속 깊은 곳에 꼭꼭 숨겨뒀던 나의 '뭔가'가 조금씩 무너지는 소리가 들린 것 같았다.

＊

──계획대로 됐다.

집으로 돌아온 나──네토라 레이코는 오늘의 성과에 크게 만족했다.

SSR 외간 남자, 즉 레즈비언 강탈자 역할로 시라세 유리를 확보한 것이다.

그 소녀에게 동성애자 기질이 있다는 것은 입학하자마자 바로 알았다.

왜냐하면 나는 전생에 외간 남자 생활을 하면서 백합 커플을 상대로도 네토라레를 했기 때문이다. 그렇다. 전생의 나는 '백합 커플 사이에 끼어드는 남자'라는 인류의 여덟 번째 죄악을 저질렀던 것이다.

그런 나의 관찰안을 발휘하면, 시라세 유리가 나를 보는 시선이 조금 '다르다'는 것쯤은 얼마든지 알아볼 수 있었다.

나는 다양성도 배려할 줄 아는 여자다. 설령 동성애자라도 평등하게 NTR 속에 집어넣어주는 신세대 네토라레 여자다. 그래서 시라세 유리는 꼭 나의 장기말에 포함시키고 싶었다.

시라세 유리가 문예부에 속해 있었던 것도 참으로 운이 좋았다. 문화예술 쪽 동아리에 들어갈 예정이었던 나는 유우를 잘 유도해서 문예부를 견학하게끔 안내했고. 그다음부터는 애드리브로 적당히 낭만적인 만남을 연출해주면, 이걸 이렇게 해서…… 이런 식으로! 눈 깜짝할 사이에 레즈비언 강탈자 후보를 획득할 수 있는 것이다.

유리를 상대로는 기존의 내 캐릭터에서 약간 벗어난 강력한 유혹을 해버렸다. 하지만 성별의 벽을 뛰어넘은 NTR을 유발하려면 다소 억지스런 수단도 써야지, 안 그러면 성공하기 어려웠을 것이다.

어쨌든 유우는 눈치채지 못했을 테니까. 이것은 필요 경비였다. 이른바 콜래트럴 대미지(부수적 피해)란 거다.

자, 이로써 외간 남자 후보 자리는 두 개가 채워졌다. 후유키, 유리. 하지만 아직도 많이 부족하다.

플루스 울트라(더 멀리, 이상을 향하여). 나의 NTR에 한계란 것은 없으니까.

＊

——그런고로 유리에 대한 개조 수술을 실시하기로 했습니다.

"어, 저, 저기, 레이야?"

"우후후. 걱정할 필요 없어. 유리. 자, 힘을 빼고……."

"우와…… 으, 으응……."

방과 후. 나는 우리 집으로 유리를 데려와 내 방 의자에 앉혀놓았다.

도발적인 미소를 지으면서, 취급 주의 물건을 다루듯이 조심스럽게 섬세한 손놀림으로 유리의 뺨에 손을 댔다.

"피부가 참 좋네…… 탱탱하고 탄력 있어. 계속 만지고 싶을 정도야."

"아아앗…… 레, 레이, 저기, 이제 슬슬……."

"후후, 미안, 미안. 그러면…… 시작해볼까?"

"자, 잘 부탁할게요오……."

무슨 짓을 하느냐 하면, 강화 인간 수술——학생 화장 교육을 해줄 것이다.

사건의 발단은 몇 시간 전에 있었던 일이다.

"유리, 너 화장은 해본 적 있어?"

"화, 화장? 아, 아니, 난, 그런 건 하나도 몰라서…… 아니, 애초에 학교에서는 화장은 금지되어 있지 않아?"

"물론 갸루 화장처럼 요란한 화장은 안 되지만, 자연스러운 화장은 별로 혼나지도 않아. 우리 반 애들 중에서도 화장하는 애들은 꽤 많은데—."

방과 후 문예부 동아리실에서 잡담을 하는 도중에 나는 유리에게 그런 화제를 던져봤다.

참고로 유우는 후유키를 비롯한 우리 반 남자애들과 함께 오락실에 간 것 같았다.

절친 NTR은 네토라레를 당하는 남자와 외간 남자와의 관계성도 중요하다. 그러니 가끔은 남자들끼리만 모여서 우정을 잘 키워줬으면 좋겠다(히쭉).

"저기, 있잖아. 유리. 혹시 괜찮다면, 내가 너에게 한번 화장을 해주면 안 될까?"

"으에엣?! 아, 아니, 그건……. 내가 화장 따위를 해봤자, 음침한 인간이 갑자기 설치고 다닌다고 욕먹을 것 같은데……."

"아이참, 그런 말 하지 마. 유리 네가 얼마나 예쁜데? 몸매도 엄청나게 좋고. 솔직히 말하자면 질투가 날 정도야."

이건 사실이었다.

촌스러운 헤어스타일과 구부정한 자세 때문에 알아보기 어렵지만, 사실 유리는 상당한 미인이었다. 피부도 곱고 몸매도 굴곡이 강해서 보기 좋은 체형이었다. 아주 조금만 손을 봐주면 놀랄 만큼 멋지게 변신할 것이다.

나는 자신이 확보하고 있는 외간 남자, 아니, 외간 여자에 대한 정보 수집도 게을리 하지 않았다. 그러니까 당연히 유리의 초등학교 시절의 정보도 이미 조사해서 알고 있었다. 완벽한 네토라레 여자는 정보전에서도 최선을 다하는 것이다.

내 조사에 의하면 유리는 초등학교 시절에 대놓고 따돌림을 당하진 않았지만, 동급생들한테 은근히 경원시를 당한 것 같았다.

내 생각에는 십중팔구 어떤 여자가 유리의 타고난 외모를 보고 질투해서 샘을 부렸거나, 어떤 남자가 좋아하는 여자애 앞에서 솔직해지지 못하고 짓궂게 굴었던 것이 원인이었을 테지. 그런 요인들 때문에 이래저래 마음이 삐뚤어져버린 유리는 이렇게 음울한 문학소녀가 되어버린 건데…… . 사실 이런 상태가 계속 유지된다면 나도 좀 곤란해진다.

유우랑 후유키를 '내 사람'의 영역에 들여놓은 것에 대한 남들의 반감은, 나 자신이 처신만 똑바로 하면 얼마든지 잘 처리할 수 있다. 하지만 그 영역에 유리가 들어온다면 사정이 좀 달라진다.

유리는 빈말로도 사교성이 좋다고는 할 수 없었다. 또 미인이긴 해도 현재로선 눈에 확 띄는 외모는 아니었다. 그런 유리가 우리 그룹에 들어온다면? 틀림없이 다른 여자들의 공격 대상이 될 것이다.

내가 주위의 반감을 잘 관리하면서 지켜주는 데에도 한계가 있다. 게다가 그런 짓을 하면 유리가 스스로 위축돼서 머잖아 우리 그룹에서 자진 사퇴를 해버릴 것이다.

유리도 막연하게 그런 걱정을 하고는 있는 모양이다. 그래서 문예부 동아리실 밖에서는 나한테 거의 다가와주지 않았다. 속상해.

──물론 나는 그런 현재의 상황에 안주하는 나태한 네토라레 여자가 아니지만.

요컨대 유리가 우리 그룹에 있어도 이상하지 않을 정도로, 유리를 레벨업 시켜주면 되는 거다.

“부탁이야! 내가 꼭 예쁘게 만들어줄게!”

“으으~…… 으응, 알았어. 레이가 그렇게까지 말한다
면…….”

간곡히 부탁하는 내 모습을 보고 유리는 마지못해 고개
를 위아래로 끄덕거려줬다.

쉽게 넘어오는구나.

“와, 신난다! 그럼 당장 우리 집에 갈까?!”

“레, 레이네 집에?!”

“학교에서는 차분하게 할 수가 없잖아. ……후후. 혹시
뭔가 이상한 기대라도 하고 있는 거 아냐?”

내가 의미심장하게 미소를 짓자, 유리는 새빨개진 얼굴
로 허둥거렸다.

옳지, 좋아. 유리가 냉정한 판단을 하지 못하는 사이에
마구마구 일을 진행시키자. 외간 남자의 커플 브레이커 기
술은 이렇게 네토라레 여자가 되어도 유용한 것이다.

＊

“───좋아, 다 됐어!”

“우와…… 괴, 굉장하다……. 레이, 혹시 미용사가 되려
고 공부 중이야?”

“어휴, 그건 과찬이야. 네 본판이 예뻐서 성공한 거지.”

공사 완료입니다…….

　말재주와 손재주로 유리를 잘 구슬리는 데 성공한 나는 덤으로 머리도 살짝 만져줬다.

　나는 유우 육성 계획을 실시할 때 유우를 미남으로 만들어주기 위해 헤어커트 기술도 공부했었다. 지금도 가끔 호감도도 조정할 겸 그의 머리를 만져주곤 했다.

　개조 수술을 마친 유리는 이제 거리에 나가면 사람들이 놀라서 쳐다볼 정도의 미소녀가 된 것 같았다. 아, 물론 내가 다소 후하게 평가했을지도 모른다는 점은 부정할 수 없지만.

　"커트는 그렇다 쳐도 화장 자체는 간단하지 않았어? 파운데이션은 안 썼고, 도구도 초저가 샵이나 중저가 화장품 가게에서 다 살 수 있는 도구들만 썼으니까. 이 정도면 금전적으로도 별로 부담은 없을 거야."

　"으, 응. 이 정도면 나도 할 수 있을 것 같아……."

　내가 유혹했을 때와는 또 다른 종류의 가슴 두근거리는 고양감을 느꼈는지 유리의 뺨은 살짝 발그레하게 물들었다.

　응, 이 정도면 내가 뭐라고 하지 않아도 자발적으로 화장을 해줄 것 같다.

　"익숙해지기 전에는 무조건 화장품을 적게 쓰는 게 좋아. 너무 시간을 들여 화장하면 대체로 균형이 무너지니까, 시간을 들이지 말고 가볍게 해치워야 해. 그리고 많이 하다 보면 익숙해질 거야."

　"아, 알았어! 나 열심히 해볼게!"

반짝반짝 눈을 빛내면서 기쁨을 감추지 못하는 유리. 그 모습을 보니 나도 저절로 기분이 좋아졌다. 오지랖 넓게 신경 써준 보람이 있다고나 할까.

아무래도 오해받기 쉬운 편이지만, 사실 나는 네토라레 남자(유우)도, 또 남의 애인을 빼앗는 사람들(후유키와 유리)도 모두 다 평등하게 좋아하고 사랑한다.

다만 애정 표현의 방식이 좀 삐뚤어졌을 뿐이다. 그 결과 어떻게든 뇌를 파괴하고 싶은 충동이 생기는 것이다. 이것만은 미안하지만 나도 포기할 수 없다.

『죽이고 싶지만, 죽기를 바라진 않는다』라는 거다. 거참, 스스로 생각해봐도 이게 뭘까 싶다. 이 슬픈 몬스터는 대체 뭐냐.

요즘 스타일의 웹소설 주인공이라면 틀림없이 나의 이런 슬픈 성질에도 자비롭게 공감하면서 다가와 위로해주겠지? 아니, 하지만 나라면 나 같은 쓰레기가 있으면 즉시 해치워버릴 것이다. 뭐든 마음대로 되진 않는구나.

"자, 이건 유리의 화장 데뷔 기념으로 줄게."

돌아가는 길에 나는 유리에게 작은 콤팩트를 선물로 주었다.

마침 내 방에 남아돌던 평범한 싸구려 물건이었지만, 이것으로 자주 거울을 보는 습관을 기르는 것도 결코 나쁘진 않을 것이다. 요컨대 나의 쓸데없는 참견이다.

"아, 아니, 레이! 이러면 내가 너무 미안하잖아! 안 그래도 너한테 이것저것 많이 받았는데……."

"아하하, 그렇게 송구해할 정도로 엄청난 물건도 아니야. 그냥 싸구려야."

"하, 하지만……."

"진짜로 신경 쓰지 마. 나는 그 거울로 '내 친구가 이렇게 예뻐!' 하고 너한테 자랑하고 싶어서 그러는 거야."

"으윽…… 아, 아이참! 레이 넌 나를 너무 심하게 놀린다니까! ……그래도 고마워. 소중히 여길게."

그러더니 유리는 방금 받은 콤팩트를 보물처럼 소중하게 품에 안았다. 정말로 싸구려라서 나는 좀 민망해졌지만, 어쨌든 상대가 기뻐해주니 참 다행이었다.

──그리고 여담이지만. 다음 날, 완전히 인상이 달라진 유리가 나타나자 교실에 있던 사람들이 갑자기 일제히 술렁거렸다.

"유리, 안녕!"

"아, 안녕? 레이. ……저기, 어때?"

"응, 좋아. 역시 내 친구는 세상에서 제일 예뻐♪"

*

자, 이제 나의 실수를 만회할 시간이다.

이게 무슨 소리인가 하면, 내가 차트 관리를 잘못한 결과 어느새 네토라레 남자인 유우가 멋진 미남이 되어버리는 바람에, 중학생이 된 다음부터는 당연하게도 그에게 접근하는 여자들이 늘어나버린 것이다.

일단 틈만 나면 유우와 사이좋게 놀면서 노골적으로 '우리는 무자각이지만 서로 사랑하는 사이'란 것을 과시하여 주변 사람들을 견제하고 있지만, 그래도 '상관없어, 한번 싸워보자!' 하고 유우에게 접근하는 여자는 이제 무시할 수 없을 정도로 많아졌다. 아직까진 유우에게 고백한 여자는 유우가 알아서 전부 다 거절함으로써 평화가 유지되고 있지만.

——어떻게 그런 걸 알고 있느냐고? 그야 뭐, 당연히 내가 유우를 스토킹하고 있기 때문이지. 상식적으로 생각을 해봐라. 일류 네토라레 여자는 빈틈이 없는 법이다.

하지만 방치해두기에는 너무나 위험한 상황인 것은 확실했다.

혹시나 유우를 누군가한테 네토라레 당하기라도 하면? 그 순간 나는 체면 따윈 다 집어치우고 유우의 바짓가랑이를 붙잡고 늘어질 자신이 있다.

게다가 설령 내가 그렇게 유우에게 매달리더라도, 그때의 내 멘트는 "궁극의 뇌 파괴를 체험할 수 있을 거야!" 정도밖에 없을 것 같다. 아니, 그건 안 돼. 제대로 말릴 수 있을 거란 느낌이 전혀 안 들어.

　요즘 들어서는 유리의 NTR 파워를 모으기 위해 여자들끼리 자주 붙어 있었으므로 유우를 충분히 잘 돌봐주지 못했다는 것은 스스로도 알고 있었다. 그러니 이제 슬슬 좀 강하게 유우에게 쐐기를 박아둬야겠다.

＊

　"어휴——…… 이제 곧 중간고사구나……."

　점심시간에 나—— 타치바나 유우키는 레이, 후유키, 그리고 최근에 레이와 친해진 시라세와 함께 도시락을 먹고 있었다. 그런데 갑자기 후유키가 탄식하듯이 중얼거렸다.

　"그렇게 싫어? 후유키, 넌 공부도 잘하는 편이잖아?"

　후유키의 우울한 표정을 본 레이는 의아한 듯이 고개를 갸웃거렸다.

　"그야 뭐, 아무것도 안 해도 평균점은 따낼 자신이 있지. 그래도 그거랑 공부를 좋아하는 건 별개의 문제잖아? 시험 기간에는 동아리 활동도 강제로 쉬게 되니까."

　"아, 하긴. 그건 그런가. 나도 그다지 공부를 좋아하는 건 아니고."

　후유키의 말에 동의하는 레이. 그러자 시라세가 놀란 표정으로 레이를 돌아봤다.

　"저, 정말? 레이는 머리도 엄청 좋고 공부도 좋아한다는 이미지가 좀 있었는데."

"아하하, 나 그렇게 보였어? 그렇게 따지면 유리 너도 지적인 이미지가 있는데, 의외로 공부가 특기는 아니잖아—?"

"오~ 뭐야, 시라세는 별로 안 똑똑해? 안경을 쓰고 있는데도?"

후유키의 말도 안 되는 헛소리를 듣고 시라세는 몸을 작게 움츠리면서도 입을 삐죽 오므리면서 항의했다.

"으윽, 그, 그건 안경에 대한 편견이야…….."

"맞아. 후유키, 레이. 너희 둘 다 말이 좀 심했어."

"아—, 미안. 바보 취급하려고 했던 건 아닌데…….."

"에헤헤, 미안, 미안. 화내지 마, 유리야."

"꺄악! 아, 아니, 난 별로 화나진 않았는데…… 히잇!"

후유키는 멋쩍은 듯이 사과했는데, 레이는 생글생글 웃으며 유리를 와락 끌어안았다. 이 두 사람은 정말로 사이가 가깝구나. 부럽…… 부럽…… 아니, 훈훈하다.

교내에서도 다섯 손가락 안에 들 정도로 유명한 미소녀인 레이도 그렇지만, 시라세도 최근에는 급격히 분위기가 세련되게 변했다. 그래서 그런지 두 사람이 딱 붙어 있으면 주위의 공기가 무척 화사해졌다.

"……아, 그래!"

시라세를 끌어안고 있던 레이가 문득 명안이 떠오른 듯한 표정으로 우리에게 제안했다.

"우리 스터디 모임을 해보지 않을래?"

"""스터디 모임?"""

레이의 갑작스런 한마디에 우리 세 사람은 합창하듯이 말했다.

"다 같이 모여서 시험공부를 하는 거야. 실은 그런 걸 은근히 동경했거든."

그렇게 말하면서 반짝반짝 빛나는 표정으로 우리를 쳐다보는 레이.

귀엽다. 결혼하고 싶다.

"아—. 응, 레이의 마음은 나도 좀 알 것 같아. 드라마나 만화 같은 데서 자주 나오잖아? 그런 거. 어차피 동아리 활동도 못하니까 난 괜찮은데?"

"나, 나도, 다들 괜찮다면……."

후유키와 시라세가 레이의 말에 동의했다. 세 사람은 나에게 시선을 돌렸다.

물론 레이의 제안에 대한 내 대답은 언제나 처음부터 정해져 있었다. 그래도 일단 제대로 말은 해야겠지.

"응, 나도 당연히 참가할 거야."

"와, 됐다! 얘들아, 사랑해—!"

레이가 보여주는 순수한 호의와 미소. 나는 저절로 얼굴이 빨개질 뻔했다.

……아아, 역시 나는 레이를 참 좋아하는구나.

어쩌면 레이는 모를 테지만, 중학생이 되고 나서 나는 여자애들 몇 명에게 고백을 받았다.

"난 좋아하는 사람이 있어"라는 말로 거절하긴 했지만,

그 여자애들은 굉장하다고 생각한다. 좋아하는 사람에게 호의를 전달하는 게 얼마나 무서운 일인지 평소에 늘 느끼고 있는 겁쟁이인 나 같은 녀석보다는 훨씬 더.

나는 레이를 구실 삼아 그 여자애들의 호의를 무시하고 있는 것이다. 그렇다면 조금씩이라도 레이에게 다가가야 하지 않을까. 그것이 나 같은 녀석한테 고백해준 그 여자애들에 대한 성의일 것이다.

"정말 기대된다! 유우, 그렇지?!"

"아하하……. 응, 레이. 이왕이면 즐겁게 공부하는 게 좋긴 하지."

레이의 웃는 얼굴을 보면서 나는 애매한 미소로 대답했다.

이 스터디 모임에서도 가능하다면 우리 둘 사이의 거리를 좁힐 수 있으면 좋겠는데…… 그렇게 나는 좀 불순한 생각을 하고 있었다.

히 쭈 우 욱…….

＊

"아, 얘들아! 어서 와―!"

레이가 중간고사 대비 스터디 모임을 제안한 지 며칠이 지난 주말.

후유키, 시라세와 나는 레이의 집에 초대를 받았다.

모임 장소가 레이의 집으로 결정된 것은 단순히 우리 모두의 집 중에서 지리적으로 가장 모이기 쉬운 곳이 여기였기 때문이다.

"시, 실례합니다……."

"레이네 집에 오는 건 오랜만이네―."

"실례합니다. 아, 레이. 이거 우리 어머니가 주셨어. 다 같이 먹으래."

신발을 벗으면서 나는 손에 들고 있던 쇼핑백을 레이에게 건네줬다. 그 안에는 동네 화과자 가게에서 파는 양갱이 들어 있었다.

"와, 고마워! 나중에 쉴 때 다 같이 먹자♪"

다 같이 모여서 공부를 하는 게 그렇게 기쁜 걸까. 신이 나서 싱글벙글 웃고 있는 레이의 모습은 훈훈하고도 무척 귀여웠다.

……다만 그, 뭐랄까. 은근히 눈 둘 곳을 찾기 어려운 복장이라는 게 조금 문제였다.

계절은 어느새 6월을 코앞에 두고 있었다. 기온도 올라가서 햇볕이 쨍쨍하면 살짝 땀이 나는 날도 늘었다. 그리고 오늘 레이의 복장은 칼라가 달린 흰색 민소매 셔츠와 반바지. 시원하고 편안한 차림새였다.

평소의 우등생 같은 모습과는 달리 활기차고 발랄한 분위기의 복장도 잘 어울리고 귀여웠다. 하지만 눈에 보이는 살색의 면적이 너무 넓어서, 나뿐만 아니라 후유키나 시라세도 약간 당황하여 눈을 이리저리 굴리고 있었다.

……응? 후유키는 그렇다 쳐도, 왜 시라세까지 저러는 걸까?

나는 위화감을 느끼고 고개를 갸웃거렸다. 뭐, 어쨌든 우리는 레이의 방으로 안내받았다.

"지금 이 집에는 우리들밖에 없으니까 편하게 있어."

"뭐? 아주머니랑 아저씨는?"

"엄마 아빠는 '너희 공부를 방해하면 안 되니까'란 핑계를 대고 둘이서 데이트하러 갔어. 아마 저녁때에나 돌아올 걸? 잠깐만, 음료수 가져올게. 보리차면 돼?"

"앗, 레이. 나도 도울게."

"정말? 그럼 남자들은 그동안 교과서라도 준비해줘~."

레이와 시라세는 방에서 나갔다. 나는 지시받은 대로 시험공부 준비를 시작하려고 했다. 그런데 후유키가 돌연 내 어깨를 콱 붙잡았다.

"……야, 유우키."

"응, 왜? 후유키."

후유키는 진지한 얼굴이었다. 나는 의아한 표정을 지었다. 그가 이리 오라고 까딱까딱 손짓했으므로, 나는 시키는 대로 얼굴을 가까이 가져갔다.

"……봤냐?"

"어, 뭘?"

"그러니까 그…… 그거 말이야. 그거. 오늘 레이 옷차림."

"응? 아니, 그야 당연히 봤지……?"

후유키가 무슨 말을 하려는 건지 잘 이해할 수 없었다. 나는 머리 위에 물음표를 띄웠다. 그러자 그는 터무니없는 말을 꺼냈다.

"……핑크색이었지?"

"뭐?"

"속옷 말이야. 레이의 속옷. 셔츠 위로 비쳐 보이던데."

"뭐엇?!"

이 녀석이 뜬금없이 무슨 말을 하는 거야?!

"뭐라고?! 아, 아니……! 후, 후유키?!"

"바보야, 너무 크게 떠들지 마! 착한 척하지 말라고. 너도 봤잖아, 응?"

"그, 그건…… 아니, 하지만 그건 불가항력이었어. 난 결코 일부러 보려고 했던 게…… ."

"그런데 레이 말이야. 가슴이 더 커진 것 같지 않아? 시라세만큼은 아니어도."

"앗, 후유키, 너도 그렇게 생각해? 그런데 애초에 레이는 안에 뭘 받쳐 입질 않으니까 학교에서도 하복 셔츠 너머로 속옷이 비쳐 보이잖아. 그거, 말을 해주는 게 좋을까?"

"너 생각보다 엉큼한 녀석이었구나…… ."

가까운 사람에 대해 성적인 이야기를 해볼 기회는 그동안 한 번도 없었다. 그래서 저절로 기묘하게 흥분하고 말았다.

나는 계속해서 레이가 얼마나 야한지 후유키와 이야기
하면서 공유하려고 했다. 그런데 그때 방문이 열리는 소리
가 들렸다. 우리 둘 다 겨우 정신을 차렸다.

"——으악! 이런!"

"으악?! 후, 후유키?!"

남자 둘이서 딱 달라붙어 속닥속닥 밀담을 나누고 있었
는데, 둘 다 당황하여 확 멀어지려고 하다가 균형을 잃고
비틀거렸다. 그 결과 나는 후유키에게 떠밀려 넘어지고 말
았다.

"둘 다 오래 기다렸~……어?"

레이가 쟁반에 보리차 잔을 담아 가지고 들어오다가 우
리를 보고 딱딱하게 굳어버렸다.

어? 뭐야, 그 반응은?

우리가 공부 준비를 안 해놓은 게 그렇게 충격적인 일
인가?

"마, 말도 안 돼…… 내가, 남자한테, 유우를 네토라레
당한다고……?!"

레이가 조그맣게 웅얼웅얼 뭐라고 중얼거렸지만 그 내
용은 알아들을 수 없었다. 나와 후유키는 둘이서 '?' 마크
를 머리 위에 띄울 뿐이었다.

＊

진정해~. JUST CHILL. 나—— 네토라 레이코는 냉정해졌다.

순간적으로 유우를 네토라레 당할 것 같은 상황을 보고 기분이 좀 고양됐지만, 어차피 이것도 다 오해일 것이다.

평소에 유우를 스토킹 했기 때문에 잘 알고 있었다. 유우는 평범한 이성애자다. 그의 휴대폰 즐겨찾기에 등록되어 있는 이런저런 것들도 죄다 청초한 누님이나 사이좋은 소꿉친구 등이 등장하는 그 나이대 남자애다운 건전한 취향의 작품들이었으므로 그건 확실했다.

어떻게 유우의 휴대폰 즐겨찾기를 알고 있느냐고? 그야 물론 몰래 봤지.

잠금 해제 PIN 암호를 자기 생일로 설정하는 것은 관두는 게 좋을걸? 나는 머릿속에서 유우에게 충고해줬다. 충고는 했으니까, 앞으로 내가 그의 휴대폰을 엿봐도 그건 유우의 책임이다. 그렇게 되었다.

"나 참, 둘이서 뭐 하고 노는 거야? 빨리 시험공부 준비나 해."

얼어붙었다가 다시 깨어난 나는 아무 일도 없었던 것처럼 쟁반에 담아 온 보리차를 나눠주면서 빨리 준비하라고 재촉했다.

참고로 좌석 포지션은 내 옆이 유리, 정면이 유우, 대각선 앞이 후유키였다.

내 앞쪽에 남자들을 배치한 것은 호감도 조정의 일환이

었다.

오늘 나는 얇은 흰색 셔츠를 입고 있기에 예쁜 핑크색 속옷도 당연히 비쳐 보였다. 여러모로 혈기 왕성한 이 나이대의 남자애들은 성욕과 연애 감정이 뒤섞여 있으므로, 좀 야한 서비스를 해주면 그것만으로도 호감도가 쉽게 강화되기 때문에 아주 편했다.

공부에 집중하는 척하면서 책상으로 시선을 떨어뜨리면, 앞자리에 있는 두 사람도 훔쳐보기 편할 것이다. 내 나름의 배려인 것이다. 그리고 옆에 있는 유리한테는 그 대신 스킨십을 많이 하면서 대처한다. 아마 이게 제일 손쉬운 방법일 것이다.

"자, 그럼 시작해볼까?!"

"""""네—!"""""

그런 식으로 스터디 모임이 시작된 지 약 세 시간 후. 별로 긴 시간을 투자하지도 않았는데 시험 범위는 다 공부했다. 스터디 모임은 순식간에 끝났다.

지금은 유우가 선물로 가져온 양갱을 먹으면서 다 같이 게임을 하고 있었다.

애초에 중학교 1학년 1학기 중간고사란 것은 정기시험이란 이벤트의 튜토리얼 같은 것이다. 나도 처음부터 진지한 스터디 모임보다는 레크리에이션 같은 걸 생각했으니까 내 예상대로 된 셈이다.

참고로 우리의 학력이 어떤가 하면.

나 〉 후유키 〉 유우 〉 유리

이런 순이다.

설마 안경 쓴 여자가 꼴등일 줄이야. 하지만 유리의 학력은 평균보다 조금 낮은 수준이니까 내가 도와주면 문제는 없을 것이다.

덤으로 한마디 하자면 유우는 평균보다 조금 높은 편이었다. 나랑 후유키는 아마 교내 전체에서 상위 한 자릿수에 들어갈 정도이고.

나는 전생에 저축해둔 지식으로 사기를 치고 있으니 그렇다 쳐도, 인생 1회차인 후유키는 정말로 문무를 겸비한 초인이었다.

외모도 상쾌한 미남이고. 그래, 이런 우량주를 애인으로 삼지도 않고 친구로서 붙잡아두고 있으니, 여자들한테 반감을 사는 것도 당연하지.

후유키도 이래저래 나의 독에 상당히 중독된 상태였다. 그래서 여자들에게 고백을 받을 때마다 모조리 딱 잘라 거절하고 있는 듯했다. 차인 여자들에게는 미안한 마음도 약간 있지만, 나도 진심으로 NTR 루트를 목표로 하는 사람으로서 여기서 물러설 수는 없었다.

"네토라레는 이상 성욕이다" "네토라레를 당하는 상대의 마음도 생각해봐라" 등등, 말도 안 되는 이야기를 자신에게 들려주면서 자기 자신을 속여야 할까? 아니, 난 그런 짓은 사양하겠다.

자, 그럼 스터디 모임의 진짜 목적──유우와 나 사이의 '속박'을 만들어내기 위한 행동을 개시해볼까.

＊

스터디 모임──치고는 노는 시간이 좀 길긴 했는데, 어쨌든 나──타치바나 유우키와 레이와 친구들의 모임은 저녁때를 맞이하여 파하게 되었다.

"아― 재미있었다! 다음에 또 다 같이 모여서 놀자, 응? 유우."

"아하하…… 일단 이번 모임은 스터디 모임이었는데 말이지?"

"에이, 뭐야. 분명히 공부도 했잖아?"

내가 쓴웃음을 지으며 한마디 하자, 레이는 뺨을 불룩하게 부풀리며 항의했다.

물론 우리 둘 다 진심으로 불만을 품고 있는 것은 아니었다. 그냥 우리끼리 노는 거였는데, 시라세가 일단 레이를 두둔하듯이 말했다.

"마, 맞아. 레이는 남을 가르치는 데 소질이 있어서, 굉장히 알기 쉬웠어……."

"와, 유리는 솔직하고 귀엽구나~. 유우는 요새 어른이 되어버려서 전혀 솔직하지 못하단 말이지?!"

레이가 시라세를 와락 껴안고 그 머리를 열심히 쓰다듬었다. 시라세는 당황하여 어쩔 줄을 몰랐다.

본디 시라세는 나와 후유키——아니, 아마도 남자 자체를 불편하게 여기는 것 같았다. 하지만 레이가 적극적으로 우리를 4인 그룹으로 묶어놓고 단체 행동을 시켜서인지 이제는 시라세도 꽤 많이 적응해준 것 같았다.

듣자하니 시라세의 이미지 변신에도 레이가 도움을 줬던 모양이다. 그렇게 사람을 밝은 양지로 끌어내려고 하는 버릇은 예나 지금이나 똑같구나 하고 나는 무심코 감상적인 기분에 젖어버렸다.

"……정말 다정하달까, 오지랖이 넓달까……."

"응? 유우, 방금 뭐라고 말했어?"

"슬슬 시라세를 놔주라고 말했어. 다들 집까지 걸어서 갈 수 있는 거리지만, 그래도 너무 늦게 돌아가면 시라세는 여자니까 부모님이 걱정하시지 않겠어?"

"으, 그건 그래. 유리, 그럼 학교에서 또 보자."

"으, 응. 오늘은 고마웠어, 레이. ……초, 초대해줘서 기뻤어."

레이와 시라세는 꺅꺅 호들갑스럽게 서로 손가락을 얽듯이 손을 맞잡고 헤어짐을 아쉬워했다. 진짜로 이 두 사람은 사이가 좋구나…….

"그럼 미안하지만 유리를 좀 바래다줄래? 유우, 후유키."

"응, 난 어차피 집에 가는 길이 거의 겹치니까. 이제는

날이 좀 어두워지기도 했고, 여자를 집에 바래다줄 정도의
센스는 있어.”

“좋아, 그럼 갈까? 시라세.”

“고, 고마워. 쿠루시마, 타치바나. 안녕, 레이.”

“응. 학교에서 또 봐~.”

그리하여 저무는 저녁 해한테 쫓기듯이 우리는 레이의
집을 떠나게 되었다.

그렇게 몇 분쯤 걸었을까. 나와 후유키의 잡담에 얌전히
맞장구만 치던 시라세가 갑자기 말을 꺼냈다.

“……저기, 타치바나.”

“응, 왜? 시라세.”

“뭐야, 혹시 레이의 집에 뭔가 두고 왔어?”

“아, 아니, 그, 싫으면 대답해주지 않아도 괜찮은데…….”

“?”

“타…… 타치바나랑 레이는, 혹시 사귀는 사이야?”

“뭐엇?! 어, 으응?!”

“우와, 시라세. 다짜고짜 돌직구를 던지는구나…….”

나는 반사적으로 사레들릴 뻔했고, 후유키는 반쯤 어이
없어하는 표정을 지었다. 그러자 시라세는 허둥지둥 말을
덧붙였다.

“미, 미안! 아아아아니, 저기, 이상한 뜻이 있는 건 아니
고! 그, 그게, 혹시나 내가, 레이와 타치바나 사이를 방해
하고 있는 게 아닐까? 하고 불안해져서. 어, 그래서…….”

“아하하……. 괜찮아. 그냥 좀 놀랐을 뿐이야. 어— 뭐랄까, 나와 레이는 그런 사이가 아니야. 그러니까 시라세, 네가 방해된다거나 하는 일은 없으니까 걱정하지 마. 알았지?”

“아니— 그렇게 따지면 나도 분위기 파악을 못 하는 방해꾼이 되는 거잖아? 시라세는 나를 그런 놈이라고 봤던 거야?”

“아앗?! 아, 미미, 미안해! 그, 그런 의도는 전혀 없었어……!”

시라세가 펄쩍 뛸 듯이 당황하자 나와 후유키는 무심코 웃음을 터뜨렸다.

그 후에도 돌아가는 길에 후유키는 시라세를 끊임없이 열심히 놀려댔다. 좀 짓궂은 게 아닌가 싶었지만, 그 덕분에 신기하게도 시라세와 우리들 사이의 벽은 좀 더 허물어진 것 같았으니까 괜찮다고 치자.

“아, 그래…… 레이는 연애를 하는 게 아니었구나…….”

“레이랑 유우키는…… 그 뭐냐, 말하자면 가족이나 남매 같은 느낌이지—. 안 그래? 유우키.”

그렇게 활발하게 잡담을 나누면서 시라세를 집에 데려다준 후, 나와 후유키도 금방 헤어져 각자 집으로 돌아갔다.

나는 저녁밥도 다 먹고 내 방 침대에 누워 휴대폰을 만지작거리고 있었다. 그때 메시지 앱의 알림이 휴대폰 화면에 끼어들었다.

메시지를 보낸 사람은 레이였다.

【REIKO : 유우, 지금 시간 있어?】

【YUUKI : 응, 게임 하고 있었으니까 괜찮아. 무슨 일인데?】

【REIKO : 좀 확인해줬으면 하는 게 있어서. 혹시 너랑 내가 스터디 할 때 썼던 노트가 바뀐 거 아냐?】

메시지에 첨부된 사진 속에서는 레이가 내 노트를 손에 들고 있었다.

나도 가방 속을 확인해봤다. 그 안에는 '네토라 레이코'라고 적힌 노트가 섞여 있었다.

【YUUKI : 미안! 실수로 네 노트를 가져왔나 봐!】

【REIKO : 아이고— 역시 그랬구나?】

【REIKO : 미안하지만 지금 바로 너희 집에 가지러 가도 돼?】

【REIKO : 꼭 확인하고 싶은 내용이 있거든!】

【REIKO : 고마워!】

【REIKO : 지금 갈게.】

【YUUKI : 뭐?】

"잠깐만"이라고 내가 대답하기도 전에 초인종 소리가 귀에 들려왔다.

나는 내 방에서 뛰쳐나가 현관문을 열었다. 그러자 좀 전까지 메시지를 주고받았던 소녀가 장난스럽게 웃으며 그곳에 서 있었다.

"나 왔어♥"

혀를 쏙 내미는 레이. 그 귀여운 모습에 충격을 받으면서도, 나는 마음을 독하게 먹고 레이의 예쁜 이마를 손날로 톡 쳤다.

"아야!"

"저기, 레이? 아무리 너희 집에서 우리 집까지 걸어서 5분 거리여도, 이런 시간에 여자애가 혼자 돌아다니는 건 좋게 봐줄 수 없어. 알지?"

"으윽…… 애초에 유우가 노트를 잘못 가져간 것을 눈치채지 못했으니까. 너도 책임이 좀 있잖아…….."

"응, 그건 미안하지만. 나한테 부탁했으면 당연히 내가 너희 집까지 가져갔겠지. 아니, 너는 그 메시지를 보내기 전에 이미 현관 앞에 와 있었던 거잖아?"

또다시 혀를 쏙 내밀면서 딴청을 부리는 레이에게 나는 한 번 더 손날 공격을 가했다. 어휴, 귀여워.

"유우키~? 왜 그렇게 현관에서 떠들고…… 어머, 레이코."

떠드는 소리가 들린 걸까. 어머니가 거실에서 고개를 내밀었다.

"안녕하세요? 아주머니. 밤늦게 와서 죄송해요."

"낮에 스터디를 했을 때 내 노트랑 레이의 노트가 바뀌어서, 그걸 가지러 온 거야."

"어머나, 그럼 그냥 유우키한테 말하지 그랬니. 갖다 주라고 했을 텐데."

“나도 그럴 생각이었어…….”

“유우키, 이따가 레이를 꼭 집에 데려다줘야 한다. 알았지?”

“응, 당연히 그럴 거야.”

내가 알았다고 대답하자 어머니는 다시 거실로 돌아갔다.

“잠깐만 기다려. 금방 노트를 가져올…….”

“실례합니다—.”

“어, 어……? 레이!”

내 대답은 기다리지도 않고 레이는 신발을 벗더니 마치 이 집에 사는 사람처럼 거침없이 내 방으로 걸어갔다.

“와—. 유우 방에 오는 것도 꽤 오랜만이다.”

“어휴……. 뭐, 됐다. 노트만 주면 되는데 굳이 방까지 올 필요가 있었어?”

“내 방만 보여주는 건 뭔가 불공평하잖아?”

“거기서 모이자고 제안한 사람은 너잖아.”

나는 한숨을 한 번 내쉬었다. 그리고 방구석에 놔뒀던 가방에서 레이의 노트를 꺼냈다.

“오, 고마워~.”

……뒤를 돌아봤더니 레이는 내 침대 위에 편하게 드러누워 있었다.

뭔가…… 어…… 뭔가, 엄청 자극됐다.

……자극됐지만, 이건 아무래도 설교가 필요했다.

“……레이.”

"응, 왜? 유우."

"똑바로 앉아봐."

"뭐?"

"빨리."

"아, 네."

내 말을 들은 레이는 얌전한 얼굴로 침대 위에 똑바로 무릎 꿇고 앉았다.

"레이. 우리는 벌써 중학생이야. 물론 아직은 어린애지만, 여러모로 남녀로서 분별 있게 행동해야 할 나이라고 생각하지 않아?"

"어, 아— 으응?"

레이는 내가 무슨 말을 하고 싶은지 잘 이해하지 못하는 것 같았다. 나는 미간에 생긴 주름을 손가락으로 꾹꾹 눌러 펴면서 말을 이었다.

"레이, 너는…… 여자애니까. 이렇게 생각 없이 남자 방에 들어오거나 침대에 눕거나 하면서…… 남자한테 지나치게 무방비한 태도를 보여주는 건, 좀 바람직하지 못한 행동이라고 생각해."

"윽, 뭐야. 나도 아무한테나 이런 짓을 하는 건 아니거든? 너라면 괜찮을 거라고 신뢰하고 있는 거야."

……그건 나를 남자로 보지 않는다는 뜻인가?

솔직히 말하자면 좋아하는 여자애한테 그런 말을 듣는 것은 상당히 괴로웠다. 찔끔 눈물이 날 것 같았다.

"……그래도, 미안해. 유우. 나 때문에 걱정했구나. 나 조금 반성하고 있어."

"'조금'이구나. 뭐, 그건 좋은데…… 아무튼 약속도 안 잡고 불쑥 찾아오는 것도 그렇고, 너 오늘따라 좀 이상하지 않아? 레이. 무슨 일이라도 있었어?"

내가 그렇게 묻자 레이는 난처한 것처럼 손가락으로 뺨을 긁적거렸다.

"아하하…… 실은 낮에 스터디 모임이 너무 재미있어서, 어…… 다들 돌아가고 나니까 왠지 좀 외로워졌거든. 그래서 유우가 나랑 놀아주면 좋겠다~ 하고 생각해서."

"나 참…… 레이 넌 의외로 외로움을 잘 탄다니까."

"이래 봬도 섬세한 아가씨랍니다."

오호호 하고 웃으며 농담하는 레이. 나는 쓴웃음을 흘렸다.

나를 '남자'로 봐주진 않아도 이렇게 외로울 때 의지할 수 있는 상대로는 선택해주는구나. 그 사실에 환호성을 지르고 싶을 정도로 행복해지는 나도 참 대단한 녀석이다.

"그래, 그래. 장난은 다 쳤지? 이제 돌아가자. 집에 바래다줄 테니까 일어나, 빨리."

"네—."

내가 손뼉을 치며 재촉하자, 레이는 꿇었던 무릎을 펴면서 침대 위에서 일어나려고 했다.

"——앗?"

다리가 저려서 그런 걸까, 아니면 침대 위라는 불안정한 장소였기 때문일까. 아마 둘 다 원인이었을 것이다. 레이는 균형을 잃고 침대에서 굴러 떨어지려고 했다.

"레이?!"

나는 즉시 레이를 받쳐주려고 뛰어갔다.

레이는 반사적으로 내 몸을 잡았는데, 균형을 잃은 상태라서 그대로 나를 붙잡은 채 뒤로 넘어지고 말았다.

"으악?!"

"꺄악?!"

정신을 차려 보니 당연하게도 묘한 구도가 완성되어 있었다. 침대에 똑바로 드러누운 레이와, 그 위에서 덮치고 있는 나.

"아, 저기…… 레, 레이? 어디, 다치진…….."

나는 얼굴 전체가 뜨거워지는 것을 느끼면서 애써 얼버무리듯이 레이에게 물어봤다.

"…………어, 저기, 그, 유, 유우…………."

──코앞에 있는 레이의 얼굴은 분명히 나와 비슷하거나 그보다 더 빨갛게 변해 있었다.

"……소, 손…… 유우, 손……!"

"응?"

레이가 말하는 대로 나는 내 손으로 시선을 옮겨봤다.

내 오른손이 레이의 봉긋하게 부푼 가슴에 닿아 있었다.

"───────!"

이건 위험하다.

지금 당장 손을 치워라.

그리고 얼른 레이한테서 떨어져서, 바닥에 엎드려 절해라.

이성이 최선을 다해 경보를 발했다. 그런데 나는 내 생각보다 더 욕망에 약한 인간이었나 보다.

손을 치우지도 못하고, 레이한테서 멀리 떨어지지도 못했다. 그저 얼어붙은 채 레이의 온기를 느끼는 것을 우선시하고 말았다.

"…………시, 싫어……!"

레이가 겁먹은 것처럼 신음을 흘렸다.

——아아, 내 첫사랑이 끝나는구나.

그것도 내가 상상할 수 있는 최악에 가까운 형태로.

레이가 나를 거부했다. 그 말을 들은 순간, 내 뒷골이 급속도로 서늘해지는 것을 느꼈다.

너무나 추악한 나. 너무나 꼴사나운 나를 쳐다보면서, 레이는 입술을 움직였다.

"모, 목욕. 아직 안 했으니까, 싫어……."

——————으으응?!

얼굴을 붉히면서 이해할 수 없는 말을 중얼거리는 레이. 내 뇌는 동작을 정지했다.

레이의 말은 명확한 의미로 이해되지 못하고 한낱 소리로서 내 귀를 통과했다.

공기의 진동이 뇌를 자극한 지 몇 초 후. 마침내 나의 사고회로는 덜컹, 덜컹 하고 삐걱삐걱 움직이기 시작했다.

……그건 그러니까, 준비만 되어 있다면 레이는 나와 '그런 짓'을 해도 괜찮다는 뜻——.

삐비비비비빅!

""————?!""

우리 둘이 말없이 서로 바라보고 있는 방 안에서, 전자음이 울려 퍼졌다.

겨우 정신을 차린 나는 확 튕겨나가듯이 레이한테서 멀리 떨어졌다.

"아, 저, 저거, 내 휴대폰이야…… 바, 받을게?"

레이는 흐트러진 머리카락을 매만지면서 휴대폰을 귀에 댔다.

"여, 여보세요? 엄마? ……응, 아직 유우네 집에 있어. 어, 우유? 알았어. 집에 갈 때 편의점에서 사 가지고 갈게."

통화 상대는 레이의 어머니인 것 같았다.

사실 레이와 뭔가 특별한 일을 했던 것은 아니다. 그런데도 뭐라 형용할 수 없는 어색한 기분이 느껴졌다.

통화를 마친 레이는 눈을 이리저리 굴리면서 나를 돌아봤다.

"어, 저기, 그, 그럼, 나 간다?"

"으, 응……."

부자연스럽게 대화를 나눈 후, 레이는 원래 목적이었던 노트를 가방에 집어넣고 내 방에서 나가려고 했다.

"…………."

"……왜 그래? 레이."

레이는 문 앞에서 멈춰 섰다. 그리고 좀 화난 얼굴로 이쪽을 돌아봤다.

"……안 바래다줄 거야?"

"뭐? 저기…… 그래도 돼?"

"이런 시간에 여자애를 혼자 집에 보내려고?"

"아, 아니, 응. 알았어. 그, 그럼 갈까?"

"응……."

아무래도 방금 그런 일이 있었으니까 나랑 단둘이 있고 싶진 않을 거라고 생각했었다. 그런데 레이는 그렇지도 않았나 보다.

어쩐지 무서우면서도 행복한 듯한 기분. 스스로도 제어할 수 없는 그 감정에 휘말려 현기증을 느끼면서 나는 레이를 바래다주기로 했다.

*

계 획 대 로.

나—— 네토라 레이코는 휴대폰 '알람'을 삭제하면서 유우에게 보이지 않는 각도로 사악한 표정을 지었다.

이 일련의 사건이야말로 이번 스터디 모임 이벤트의 진짜 목적이었다.

유우에게 '사실 나는 이미 네 것이라고 약속된 거나 마찬가지야'라고 알려줘서, 다른 여자에게 넘어가지 못하도록 '속박'을 하는 것이 내 목적이었던 것이다.

유우는 내 세뇌에 의해 초식동물처럼 온순한 남자로 조교되어 있었다. 좀 전의 그런 상황에서도 상대에게 손대지 않을 정도로는. 하지만 그래도 야한 짓을 하고 싶은 혈기 왕성한 남자 중학생이니, 어느 날 갑자기 가까이 있는 여자한테 홀라당 넘어가버릴 가능성도 낮지는 않았다. 그것이 내 판단이었다.

그래서 이 시점에서 한번 '유우가 마음만 먹으면 이 여자를 안을 수 있다'라고 똑똑히 알려줘서, 다른 여자한테 눈이 가지 않도록 마인드 컨트롤을 해준 것이다.

이렇게 해두면 유우의 성격상, 실질적으로는 서로 좋아하는 사이이니까 지금의 이 편안하고도 아슬아슬한 관계를 계속 유지하게끔 정신 유도를 하는 것은 결코 어렵지 않을 것이다.

한 발짝 더 나아갈 용기만 있다면 오랫동안 짝사랑했던 여자를 자기 것으로 만들 수 있다. 그런 상황이라면, 어지간한 유혹으로는 나 말고 다른 여자한테 넘어가지 못하도록 그를 세뇌하는 것쯤은 식은 죽 먹기다.

일류 네토라레 여자는 세뇌 기술도 일류인 것이다.

어디서부터가 계획된 부분이었느냐 하면, 그냥 처음부터 끝까지 다 계획된 거였다.

나와 유우의 노트를 바꿔치기한 사람도 나였다. 침대에서 쓰러질 때에도 네토라식 체술을 써서 유우가 나를 덮치게끔 유도하기도 했다. 그리고 최종 마무리. 딱 좋은 부분에서 중단되도록 휴대폰 알람 기능으로 나한테 전화가 온 것처럼 위장하기도 했다.

마치 데스게임 참가자를 조종하면서 가지고 노는 어둠의 갑부가 된 듯한 기분이었다. 으—음. 어떻게 옹호해줄 방법이 없는 쓰레기구나.

하지만 나는 어둠의 갑부와는 다르다. 유우를 한낱 일회용 장난감같이 여기는 게 아니라, 너무나 소중한 나의 파트너(희생양)로서 총애하고 있다. 즉, 나는 일견 어둠처럼 보이지만 본질적으로는 빛의 존재인 것이다.

쓸데없는 이야기는 각설하고.

어쩌면 내가 좀 심하게 번거로운 방법을 선택한 것처럼 보일지도 모른다. 그러나 나는 결코 육체관계를 맺는 게 꺼려져서 소극적으로 구는 게 아니다. 차트를 잘 확인해보고 이렇게 행동한 것이다.

이 시점에서 유우와 성행위를 하는 것도 나쁘진 않을 것이다. 하지만 네토라레를 고등학교 때 결행하기로 결심한 이상, 현시점에서 벌써 연인이 되어버리면 도중에 힘이 빠져버릴 게 뻔했다.

감정이란 것에는 신선도가 존재하는 것이다.

애정이 활활 타오르는 불꽃에서 은은한 등불 수준으로 약화되기까지는 3년이란 시간은 충분하고도 남을 정도다. 감정이란 것은 세월의 흐름에 따라 좋은 의미로든, 나쁜 의미로든 죽어간다.

진정한 의미에서의 뇌 파괴. 그것은 정적인 상태가 아니라, 변화의 동태(動態)——희망이 절망으로 확 바뀌는 순간을 가리키는 것이다.

나뭇잎 사이로 비치는 햇살처럼 부드러운 열기로는 어림도 없다. 몸을 태울 듯이 격렬한 애정의 불꽃을 한순간에 얼어붙게 만들어야지만 '네토라레'라고 할 수 있는 것이다.

나는 맛보고 싶다…… 유우의 싱싱하고 신선한 절망과 뇌 파괴의 맛을…….

아차, 겨우 몇 줄 전에 빛의 존재라고 자처했는데. 입에서 튀어나오는 말은 거의 어둠 속성 크리처의 대사가 되어버렸구나.

뭐, 요컨대 너무 빠른 단계에서 연인이 되면, 네토라레 결행 시기까지의 긴 시간 동안 애정적인 교류가 안정되어버리는 것이 문제란 거다.

이제 막 사귀기 시작해 행복의 절정에 다다른 시기에 돌연 네토라레를 당하게 한다. 그러기 위해서는 좀 더 오랫동안 유우를 초조한 상태로 놔두고 싶다.

그리고 또 하나 고민거리가 있다고 한다면, 그것은 유우와 섹스를 하느냐 마느냐 하는 문제로 실은 아직까지도 좀 망설이고 있다는 점이었다.

BSS*로 루트가 잘못 진행되지 않도록, 유우와 연인관계가 되는 것은 이미 확정되어 있다. 그런데 그다음부터가 문제다.

유우와 성행위를 한 다음에 외간 남자한테 네토라레를 당해서 "아아, 내 남자 친구보다 더 좋아……♥"라고 하는 것이 분명히 정석적인 최고의 전개일 것이다.

하지만 내가 유우 말고 다른 남자에게 처녀를 빼앗겨서 유우가 "내가 좀 더 빨리 용기를 냈었더라면……" 하고 후회한다면? 그렇게 뇌 파괴를 당하는 유우도, 상상만 해도 하늘나라에 가버릴 정도로 좋았다.

크으윽! 대체 왜?!

왜 나한테는 전생 치트 능력으로 '죽어서 회귀' 같은 루프 능력이 없는 거지?!

그 능력만 있었으면 온갖 네토라레를 체험할 수 있을 텐데!!

용서할 수 없다, 전생의 신!! 나는 뜨거운 분노를 느꼈다.

하지만 없는 것을 달라고 떼써봤자 소용없는 짓이다. 인생은 주어진 카드만 가지고 싸워나가는 수밖에 없다. 나는

___

* NTR과 비슷한 장르. 사귀진 않고 은근히 좋아하던 상대를 엉뚱한 사람에게 빼앗기는 것.

새삼스레 결의를 다졌다.

“‘………….’”

유우와 나란히 집으로 돌아가는 길.

우선 나는 내가 가진 카드인 ‘청초한 얼굴’을 써서 유우를 쩔쩔매게 만드는 것부터 시작했다. 천 리 길도 한 걸음부터.

*

“중간고사 끝나자마자 다시 연습하는 거야? 후유키, 너 정말 축구를 좋아하는구나.”

정기시험 전 과목이 끝난 날.

오전에 하교하게 된 나—— 쿠루시마 후유키는 홀로 공원에서 축구공을 굴리고 있었는데, 그곳에 그녀—— 네토라 레이코가 찾아왔다.

“게으름 피우면 금방 몸이 둔해지거든. 시험 기간에도 공을 좀 건드리긴 했지만, 이렇게 남들한테 신경 쓰지 않고 당당하게 공을 차는 건 오랜만이니까!”

레이는 운동복을 입고 있었다. 그걸 본 나는 레이에게 공을 높이 차서 패스했다.

“오, 웃차.”

“잘하네. 역시 레이는 운동신경이 좋다니까.”

날아온 공을 가슴 트래핑으로 받아낸 레이는 그대로 능

숙하게 리프팅으로 넘어갔다.

물 흐르는 듯한 그 동작을 보고 내가 순수하게 칭찬하자, 레이는 자신만만하게 웃으면서 나를 쳐다봤다.

"후후, 어때. 보고 반했어?"

"웃기지 마. 레이, 너보다 잘하는 녀석은 질릴 정도로 많이 봤어. 겨우 그런 걸로 반하진 않아."

……비밀스런 감정을 들키지 않으려고 나는 무심코 좀 강하게 말하면서 레이의 말을 웃어넘겼다. 그러자 레이는 귀엽게 뺨을 부풀렸다.

"어휴, 뭐야. 후유키도 유우도 중학생이 되고 나서 너무 어른스러워졌잖아. 정말 귀여운 맛이 없다니까!"

레이는 혼자 점핑 발리슛을 해서 나에게 공을 돌려줬다.

……진짜로 운동 능력이 보통이 아니구나. 이 여자. 대체 왜 문예부에 들어간 거야?

"유우키랑 시라세는?"

"둘 다 시험 보고 지쳐 쓰러져버렸어. 그래서 나 오늘은 외톨이야—."

"아니, 1학기 중간고사는 그렇게 어려운 내용도 아니잖아? 걔네 둘은 괜찮은 거야?"

"익숙하지 않은 이벤트 때문에 정신적으로 지친 거겠지. 시험 자체는 둘 다 괜찮게 봤을 거야. ……아마도."

"그냥 단언해주면 안 돼? 불안해지잖아."

깔깔 웃으며 가볍게 잡담하면서 나와 레이는 서로 공을

주고받았다.

공의 감촉.

바람의 냄새.

별것도 아닌 레이와의 대화.

그 모든 것이 기분 좋아서 저절로 웃음이 나왔다.

──지금 나는 레이를 독점하고 있다. 그런 어두운 기쁨이 자기혐오와 더불어 나 자신을 불태웠다.

"──그런데 너 유우키랑 싸우기라도 했어?"

"……뭐?"

돌연 내가 그런 말을 패스하자, 놀라서 얼이 빠진 레이의 정수리에 공이 뚝 떨어졌다.

"아야! ……어— 저기, 왜 그런 걸 물어봐?"

"내가 너랑 유우키하고는 오래 알고 지냈잖아. 그러니까 척 보면 알아. 뭔가 어색한 분위기가 되었다는 것쯤은."

"아하하. 잘 관찰하고 계시는군요……."

레이는 쓴웃음을 지으며 뺨을 긁적거렸다. 아마도 정곡을 찔렸나 보다.

"응, 그래서? 무슨 일이 있었어?"

"으음~~…… 글쎄, 싸운 건 아닌데. 그냥 좀 어색해졌다고 해야 하나……."

"그게 뭔 소리야?"

잘 이해할 수 없는 레이의 말을 듣고 나는 쓴웃음을 지었다.

"말하기 싫으면 안 해도 돼. 하지만 나도 유우키만큼이나 너를 소중한 친구라고 생각하고 있거든? 나만 따돌리진 말아줘."

……거짓말이다. 솔직히 말하자면 '레이와 유우키가 단둘이 공유하는 비밀이 있다'는 사실을 나는 견딜 수 없었다.

그런 추한 질투심을 억지로 덮어버린다. 마치 친구를 걱정하는 듯한 허구의 모습으로.

"아——…… 그래, 후유키라면 괜찮은가……? 정말 별일 아니긴 한데……."

"응."

"그, 그게…… 얼마 전에, 유우가 내…… 가, 가슴을 만져서……."

"…………………뭐라고?"

스스로도 믿을 수 없을 정도로 차가운 목소리가 흘러나왔다.

그와 동시에 내 절친인 유우키에 대한 무서운 감정도 치밀었다.

……하지만 나는 황급히 "뭐야, 겨우 그런 일이었어?" 하고 어이없어하는 듯한 표정과 목소리로 그걸 바꿨다. 다행히 내 이변을 레이는 눈치채지 못했다.

레이는 그저 빨개진 얼굴로 변명하듯이 두 손을 이리저리 바쁘게 움직이면서 중얼거렸다.

"아, 아니, 물론 이상한 짓을 하려고 했던 게 아니라, 우연한 사고였거든?! 하지만 그, 뭐랄까, 아무래도 부끄러운 건 부끄러우니까……. 그래서 나도 모르게 좀, 최근에는 유우랑 약간 서먹서먹한 관계가 되었다고나 할까……!”

“어휴~~……. 나 참, 상상을 초월할 정도로 시시한 이유라 오히려 안심했다.”

“시, 시시하다니, 그게 무슨 소리야! 후유키, 너도 우연히 내 가슴을 만지면 당연히 민망해서 어색해질 거 아냐?!”

“아냐, 안 그래. 우리가 얼마나 오래 봤는지는 알지? 이제 와서 가슴 좀 만졌다고 어떻게 되어버릴 만한 관계냐?”

발끈하는 레이가 귀여워서—— 아니, 유우키를 통해서가 아니라 지금 이 순간만은 오직 나만을 봐주고 있는 레이가 사랑스러워서, 나는 무심코 레이를 놀리고 말았다.

“아, 네가 시라세만큼 가슴이 컸으면 나도 조금 신경 썼을지도 모르지만.”

“최, 최악이야! 유리를 그런 식으로 보고 있었어?! 교실에서는 그렇게 상쾌한 스포츠맨인 척하더니, 진짜 변태 같은 애네! ……아니, 잠깐. 나한테 가슴이 없는 것처럼 말하지 마!”

“적어도 시라세보다는 없는 편이잖아?”

“유리를 기준으로 하면 대부분의 여자들이 다 없는 편이거든?!”

마치 콩트의 한 장면 같은 대화였다. 그래서 나는 웃었는데, 레이가 내 손을 덥석 잡았다.

“━━━━어?”

그리고 붙잡힌 내 손은 레이의 가슴에 얹혀졌다.

“후유키, 너 눈은 제대로 달려 있는 거야? 나도 분명히 있거든?!”

레이가 입고 있는 얇은 운동복 너머로 전해지는 부드러운 감촉. 나는 뇌가 터질 것처럼 긴장하여 신음하듯이 말을 흘렸다.

“아, 아니, 야, 바보야, 뭔 짓을……?!”

“응? …………아!”

겨우 제정신이 들었는지 레이는 얼굴이 창백해지더니 얼른 내 손을 떼어냈다. 그리고 그 자리에서 엎드려 절하기 시작했다.

“……저, 정말 꼴사나운 짓을 했네요……. 부, 부디 경찰에 신고하지는 말아주세요…….”

“야, 그만해. 바보야. 오히려 내가 신고당하겠다.”

나는 허둥지둥 레이를 일으켜 세운 뒤 동요를 감추려고 머리를 벅벅 긁었다. 그리고 일부러 과장되게 한숨을 쉬었다.

“어휴, 됐으니까 넌 빨리 유우키랑 화해나 해라. 아무리 생각해봐도 지금의 너는 정신 상태가 좀 이상하니까.”

“뭐라 대꾸할 말이 없습니다…….”

“나 참…… 바보짓을 했더니 왠지 목이 마르네. 나 자판기 쪽에 갔다 올 테니까 여기서 기다려.”

"아, 으, 응……."

당장이라도 심장이 입에서 튀어나올 정도로 긴장했다. 나는 그걸 들키지 않으려고 레이를 등지고 휙 돌아서 공원 구석에 있는 자판기 쪽으로 걸어갔다.

"…………."

꿈에 그리던 레이의 체온과 부드러움을 반추하듯이 나는 레이의 몸에 닿았던 손을 꽉 움켜쥐었다.

"…………너무 노골적이었나? 아니, 사춘기 남자한테는 이 정도 강렬한 임팩트는 필요할 거야. 응."

멀리서 레이가 뭐라고 중얼거렸다. 하지만 그 내용은 바람에 휘말려 내 귀에는 닿지 않았다.

*

아무튼 얼마 전에 유우의 집에서 '운 좋은 변태' 이벤트를 해치운 나—— 네토라 레이코는 앞으로의 방침에 관해 생각해보고 있었다.

일단 그 정도로 우리가 서로 좋아하는 사이임을 보여줬으니까. 당분간은 유우를 다른 여자한테 네토라레 당할 걱정은 없을 것이다.

그보다는 오히려 호감도를 지나치게 많이 올려서 유우가 성급하게 나한테 고백해버리는 것이 더 위험했다.

유우와는 가능한 한 고교생이 된 다음에 사귀고 싶다. 그런데 현시점에서 고백을 받는다면, 지금까지 실컷 그를 도발해왔던 나로서는 그와 사귀지 않을 수 없을 것이다. 한동안 유우와는 과도하게 친밀한 접촉은 삼가는 게 좋겠다.

그렇다면 당분간은 외간 남자 후보 선정과, 강탈자 후보들——후유키와 유리의 호감도를 올리기 위해 노력하도록 하자.

"안녕—!"

그런 생각을 하면서 나는 교실에 들어가자마자 활짝 웃으며 친구들에게 아침 인사를 했다.

"안녕— 네토라."

"네토라 왔어?"

"날도 더운데 아침부터 기운이 넘치네~."

내 목소리에 반응하는 같은 반 친구들. 나는 그들을 향해 웃으면서 가볍게 손을 흔들어 답했다. 같은 반 친구들의 호감도를 올리는 것도 네토라레 여자의 중요한 루틴이다.

밝고 명랑하고 모두에게 사랑받는 인기인. 그렇게 멋진 내가, 유우가 모르는 사이에 외간 남자에 의해 타락해간다…… 아아~ 너무 좋아서 못 참겠네.

아무튼 이 기회에 나는 내 자리로 가기 전에 '군것질'을 좀 하기로 했다.

목적지는 교실 한구석. 혼자 묵묵히 책을 읽고 있는 우리 반 학생 야마다의 자리였다.

"야마다, 안녕?"

"아, 안녕? 네토라……."

키도 보통, 몸집도 보통. 평범한 외모와 내성적인 성격.

유우 육성 계획에서 내가 실수만 안 했더라면, 중학생 유우는 아마 이런 타입으로 자랐을 것이다. 그렇게 생긴 남자의 책상 위에 나는 두 손을 올려놓고 반짝반짝 눈을 빛내면서 말을 걸었다.

"있잖아, 들어봐 들어봐! 저번에 네가 읽던 라이트노벨을 나도 읽어봤는데, 엄청 좋았어! 읽다가 저절로 눈물이 나왔어~."

"어, 어…… 지, 진짜로 읽었구나. 그냥 적당히 나를 놀리는 줄 알았는데……."

"아하하, 그게 무슨 소리야? 너무한 거 아냐? 그나저나 그 라이트노벨은 나온 데까지는 다 읽었으니까, 또 뭔가 재미있는 작품이 있으면 알려줘."

"어, 어…… 그러면, 같은 레이블에서 나온 건데……."

내가 야마다와 즐겁게 이야기하고 있는데 같은 반 여자애가 끼어들었다.

"레이코, 요새 야마다랑 친하게 지내는구나~?"

"응. 야마다는 재미있는 책이라든가 이것저것 많이 알고 있어서 이야기를 해보면 즐거워. 그렇지—?"

생긋 웃으며 쳐다보자, 야마다는 살짝 얼굴을 붉히며 머리를 긁적였다.

"어, 아, 으, 응……."

"앗, 미안해. 아침부터 시끄럽게 떠들어서."

"아, 아냐, 괜찮아, 네토라. 나도, 너랑 이야기하면 즐거우니까——."

"안녕? 레이."

야마다와 대화하고 있는 나의 등 뒤에서 나에게 인사하는 소리가 들렸다. 이제 막 등교한 유우였다.

나는 혈액 조작으로 뺨을 붉게 물들여 마치 '사랑에 빠진 소녀' 같은 표정을 만들어낸 후 유우를 돌아봤다.

일류 네토라레 여자라면 혈류를 조작하는 것쯤은 식은 죽 먹기다. 나 진짜 인간 맞을까?

"앗, 유우, 안녕! 그럼 야마다, 다음에 또 이야기하자."

"으, 응. 다음에 봐, 네토라……."

내가 유우와 함께 그곳을 떠나자, 야마다는 체념과 슬픔이 섞인 듯한 표정으로 우리의 뒷모습을 바라봤다.

마치 '처음부터 살고 있는 세계가 달라. 분수에 맞지도 않은 꿈은 꾸지 마'라고 자기 자신을 설득하는 듯한 태도. 조용한 절망이 그를 감싸고 있는 것 같았다.

휴. 아침부터 의외로 배 터지게 먹어버렸네. 고마워. 야마다.

조만간 또 장난치러 갈 테니까, 그때는 내가 선보이는 '오타쿠한테 다정한 착한 소녀의 구문'을 마음껏 맛보길 바라. 자, 많이 먹어!

참고로 야마다는 유감스럽지만 외간 남자 후보로는 선발되지 못했다. 소극적인 평범한 남자란 것은 네토라레 남자의 속성이지, 외간 남자 역할로서는 파워가 부족하기 때문이다.

혹시나 이 야마다가 실제로는 쓰레기 같은 변태 성욕자라면 '음침한 강탈자 역할'로서 채용할 수도 있을 테지만. 그는 근본적으로 선량한 사람이라서 결국 내 간식거리 역할로 채용되었다. 앞으로도 잘 부탁해…….

"안녕? 레이."

"레이, 좋은 아침이야."

"후유키, 유리. 둘 다 좋은 아침이야―."

평소와 같은 4인 그룹이 내 자리 주변에 모여들었다. 아침 HR이 시작될 때까지의 일상 풍경 중 하나였다.

"오늘도 덥다―. 30도도 넘는다고 했나?"

"우와, 미치겠네."

"하지만 날이 좀 더워야 수영 수업이 즐거워지지 않아?"

"아, 그건 그럴지도 몰라."

그렇다. 오늘부터는 수영장이 오픈된다. 네토라레 여자로서는 꼭 유효하게 활용하고 싶은 이벤트 중 하나다.

아무튼 가벼운 잽 공격부터 성공시켜보자.

"짠―. 어차피 1교시부터 수영이니까, 교복 밑에 미리 입고 왔어."

내가 거침없이 스커트를 들어 올려서 밑에 입고 있던 학

교 수영복을 보여주자, 유우와 친구들은 유쾌할 정도로 멋지게 얼굴을 붉혀줬다. 호감도 할당량 달성.

친구들한테 호되게 혼났다.

왜 혼났느냐고? 스커트를 화끈하게 들쳐서 학교 수영복을 보여주는 플레이 때문입니다.

"저기, 레이. 여자애가 그런 짓을 하는 건 정말로 바람직하지 못하다고 생각해."

"레이, 넌 진짜 그런 점이 문제야."

"나도 타치바나와 쿠루시마의 말이 옳다고 생각해."

세 사람한테 설교를 들은 나는 풀이 죽어버렸다. 시무룩.

아니, 어쩔 수 없잖아? NTR 히로인은 기본적으로 성적 방어벽이 매우 낮고, 엉덩이도 윤리관도 가벼운 여자니까.

외간 남자가 어디로 보나 강간 같은 방식으로 자신을 덮치더라도, 또 남들 앞에서 상대가 자기 가슴을 주무르거나 엉덩이를 만지더라도 기껏해야 "그, 그만두세요……"라고 미약한 항의만 할 뿐이지 본격적으로 고소하겠다는 의지는 보여주지 않는 성녀란 말이다. NTR 히로인은.

물론 나는 그런 속마음은 절대로 티 내지 않고 "네" 하고 순순히 반성하는 척을 했다.

나 참, 애써 성실한 척하고 있구나, 이 귀여운 아기 고양이들. 스커트를 들어 올렸을 때 세 명 다 내 하반신을 뚫어져라 응시했던 것을 나는 다 눈치챘는데 말이지.

뭐, 어쨌든 수영 수업이 시작됐다.

탈의실에서 당연하게도 "와, 유리. 진짜 크다아아!" 하고 백합 커플 이벤트를 연출해 유리의 호감도를 높여주고 풀 사이드로 향했다.

수영장은 한가운데를 기준으로 남녀 구역이 갈려 있었다. 학생들은 각자의 구역에서 정렬했다.

"우와, 후유키 복근 장난 아니다. 유리, 저거 봐, 저거."

"나, 난 안 볼래. 으으, 수영복은 몸매를 감출 수 없어서 싫어……."

"유리 넌 몸매가 좋잖아. 좀 더 자신감을 가지면 좋을 텐데~."

그런 백합 향기가 충만한 대화를 나누면서, 마침 눈이 마주친 유우와 후유키를 향해 살짝 손을 흔들며 어필을 했다. 덤으로 야마다를 향해서도.

"우와, 시라세 가슴 봐. 미쳤다……."

"네토라 다리가 왜 저렇게 길어……?"

"시라세 가슴이 장난 아닌데……."

"레이, 허리 가늘다……."

"시라세, 지이인짜 크다……."

남자의 일그러진 욕망으로 가득 찬 시선을 눈치채지 못한 척하면서 나는 생글생글 웃는 얼굴로 준비운동을 했다.

수업은 자진 신고제로 초급부터 상급까지 팀을 나눠 레인을 사용하게 되었다. 나는 수영을 매우 잘했지만, 여기서는 일부러 유리한테 맞춰 초급 코스로 갔다. 그게 편하기도 하고.

"레이, 넌 당연히 상급 코스일 줄 알았는데……."

"유리, 쉿! 어차피 자진 신고제니까 괜찮잖아. 난 너랑 같이 수영하고 싶었단 말이야."

그렇게 훈련용 킥판도 사용하면서 적당히 물 위에 둥둥 떠서 수십 분쯤 놀았을까.

"자, 그럼 나머지 시간은 자유롭게 놀아도 된다—."

수업을 감독하던 선생님이 그렇게 말하자 남자들이 환호성을 질렀다.

여자들은 '남자애들은 진짜 유치하구나~'란 식으로 어이없어했지만, 뭐, 실제로 작년까진 초등학생이었으니까 이것도 어쩔 수 없는 일이다.

"레이, 너 왜 초급 코스에 있는 거야?"

남녀 구역을 분리하는 레인 로프 부근에서 둥둥 떠 있는 나에게 후유키가 말을 걸었다.

옳지, 호박이 스스로 넝쿨째 굴러 들어오는구나. 크헤헤 헤헤헤.

쓰레기 같은 속마음은 완전히 숨긴 채 나는 미소녀 얼굴로 레인 로프 너머의 후유키와 잡담을 나눴다.

"왜, 뭐 어때—? 어차피 시간 기록으로 경쟁하는 것도 아니잖아."

"쳇, 초등학교 때의 복수를 해주고 싶었는데."

그렇게 이야기하면서 후유키는 내 얼굴을 부자연스러울 정도로 빤히 응시했다.

아마도 내 가슴을 보지 않으려고 하는 것이리라. 참으로 신사적이신데, 시선이 고정되어 있어서 오히려 좀 어색하단 말이지. 그런 면은 순애 화간 계열의 강탈자 역할로서 아주 좋다고 생각해. Yes란 말이야!

"저기, 유우는?"

"아, 걔는 저쪽에서 배영 연습을 하고 있었어. 불러줄까?"

"아냐, 방해하면 미안하잖아. 너도 수영하고 싶으면 저쪽에 가도 돼."

"나는 실력 사기를 치고 농땡이나 부리고 있는 누구랑은 달리 수업 내내 착실하게 수영을 했으니까 괜찮아."

가볍게 농담을 하는 후유키. 나는 흥! 하고 귀엽게 뾰로통한 표정을 지었다.

그래그래, 마침 근처에 유우도 없겠다, 수영복을 입은 나와 이야기하는 것을 우선시하고 싶으시겠지. 내 계산대로 되었군.

"아, 맞다, 후유키. 너 복근이 굉장하더라—? 초콜릿처럼 쫙쫙 갈라졌어."

"……그거 은근 성희롱 아니야?"

"얼마 전에 남한테 가슴이 없다고 말씀하셨던 분에게 그런 말을 듣고 싶진 않네요—."

"그 이야기를 꺼내면 나는 아무 말도 못 하잖아……."

"아하하, 응, 미안. 그런데 진짜로 꽹장하다. 남자란 느낌이 들잖아? 난 좋다고 생각해."

히죽 웃으면서 나는 손을 내밀어 후유키의 복근을 만졌다.

"으악?! 야, 너, 뭐 하는……?!"

"우와―, 진짜 딱딱하다. 역시 프로틴 같은 걸 먹고 있는 거야?"

싱글싱글 웃으면서 나는 손끝으로 후유키의 배를 마구 만지작거렸다.

물론 성벽(性癖)을 파괴하는 것이 목적이었다.

후유키는 상당한 인기인이다. 그에게 접근하는 여자는 아주 많았다.

하기야 외간 남자 캐릭터는 최종적으로 나를 강탈해주기만 하면 되니까 도중에 누구랑 사귀든 별로 상관은 없지만…… 그가 끝까지 솔로로 있어준다면 그건 또 그것대로 나한테 유리해지는 것도 사실이었다.

"자랑할 정도는 아니지만. 실은 나도 배가 탄탄한 편이거든? 한번 만져볼래?"

"~~~~!"

그러니까 이렇게 후유키의 성벽을 마구 파괴해서, 나 말고 다른 여자한테는 성적으로 흥분할 수 없게 만들어버리면 딱 좋겠는데~라고 생각하여 '아무것도 모르는 순수한 바보'인 척 이런 행위를 하고 있는 것이었다.

하지만 그런 내 계획은 아무래도 실패할 운명이었나 보다.

"자, 얘들아—! 자유 시간 끝났다—. 다들 나와—."

"앗, 시간 다 됐다."

선생님 목소리를 듣고 나는 물을 발로 차면서 후유키를 놔두고 떠나갔다. 나는 떠날 때를 잘 아는 여자니까.

"그럼 이따 봐, 후유키."

"………………."

얼굴이 새빨개진 후유키가 묘하게 오래오래 꾸물거리면서 수영장 밖으로 나오는 것을 보면서 나는 조금 미안함을 느꼈다. 아무리 그래도 수영장에서 성벽 파괴 행위를 시도한 것은 도리에 어긋난 짓이었던 걸까. 미안.

"……앗. 속옷 깜빡했다."

"헉, 레이?!"

탈의실에서 내가 한마디 중얼거리자 유리가 눈을 크게 떴다.

으—음. 이건 진짜 순수한 실수였다.

스커트를 들어 올리는 플레이로 모든 친구들의 정서를 엉망으로 만들 수 있다고 생각했다. 그래서 그것 하나에만 집중하느라 다른 것은 싹 잊어버린 것이다. 나의 실수다. 반성할게요.

"일단 교복 밑에 체육복을 입으면 대충 수습이 될 거야. 괜찮아."

"지, 진짜로 괜찮은 거야?"

“뭐, 심하게 움직이지만 않으면 괜찮겠지. 아마도.”

유리처럼 크으으음직하면 여러모로 문제가 생길지도 모르지만, 다행히 나는 현재로선 슬렌더 체형이었다. 마구 날뛰지 않는 한 괜찮을 것이다.

“――그런 사정이 있어서 지금은 속옷을 안 입고 있어.”

“왜 그걸 우리한테 말하는 거야?!”

모처럼 기회가 왔으니 유우와 후유키의 정서에 큰 타격을 줘봤다. 실수를 기회로 바꾸는 NTR 여자의 귀감인 것이다.

＊

――그렇게 세월이 흘러 약 한 달 후.

“끄, 끝났다…….”

“유우, 그게 정확히 무슨 뜻이야?”

기말고사도 무사히 끝나 드디어 여름방학이 코앞으로 다가왔다.

참고로 이번에도 평소처럼 넷이 모여 스터디를 해서 유우와 유리의 학력 향상을 도왔습니다. 가능하다면 우리 모두 다 같은 고등학교에 들어가고 싶으니까. 특히 유우와 같은 고등학교에 가는 것은 NTR 차트만 봐도 거의 필수 사항이었다.

물론 진로에 관해서는 유우와 유리의 부모님도 문제가 될 것이다.

그러니까 현재 성적으로도 갈 수 있을 것 같은 학교나, 학비가 비싼 학교는 피하는 게 무난하겠지.

고로 목표는 성적이 좋은 공립 인문계 고등학교. 의외일지도 모르지만, 성적이 좋은 고등학교는 안일하게 학생들의 우수함을 믿고 방임주의…… 다시 말해 학생의 자주성을 존중하는 자유로운 교풍을 내세우는 경우가 많다. 그러니까 나도 NTR 차트상 여러모로 융통성 있게 움직일 수 있으므로 그쪽이 유리한 것이다.

부모님도 자기 자식이 실력보다 낮은 곳을 노린다면 또 몰라도, 더 높은 이상을 추구하고자 한다면 좀처럼 그 희망의 싹을 잘라버리진 못할 것이다.

사실 현재의 학력만 본다면 나랑 후유키는 그렇다 쳐도 유우와 유리는 좋은 학교에 들어가기는 좀 어려울 것이다.

하지만 시간은 아직 있으니까. 전생의 비축분이 있는 내가 최선을 다해 도와준다면 아마 문제는 없을 것이다. 덤으로 내가 러브 코미디 행동을 취해서 상대의 애정과 성욕을 부추겨 연애 버프를 걸어준다면 충분히 성공할 수 있을 거다. 난 그렇게 예상하고 있다.

"저기, 우리 다 같이 고생했으니까 뒤풀이나 할래?"

어쨌든 진학은 나중 일이다.

정기시험이 끝난 직후에 그런 이야기를 꺼내서 찬물을

끼얹을 필요는 없을 것이다. 그렇게 생각한 나는 친구들에게 뒤풀이 파티를 제안했다.

"그거 괜찮은데? 패밀리 레스토랑이라도 갈까?"

"나는 몸을 좀 움직이고 싶은데."

"나, 나는, 너희들과 같이 간다면 어디든 상관없어……."

흐—음. 밥도 먹을 수 있고 몸도 움직일 수 있는 곳이라.

그렇다면 볼링장이나 노래방이 있는 종합 오락 시설로 정해볼까.

"그럼 거기는 어때? 최근에 새로 생긴 거기. 온갖 스포츠를 할 수 있는 곳."

"아, 오락실이랑 노래방 같은 게 붙어 있는 거기? 괜찮을 것 같은데?"

다른 친구들도 동의했으므로, 일단 각자 움직이기 편한 옷으로 갈아입기 위해 잠깐 해산하기로 했다.

그리하여 오게 되었습니다. 종합 레저 시설.

"나, 나는, 이런 데 처음 와보는 것 같아……."

"신기한 스포츠라든가 이것저것 하면서 놀 수 있어서 재미있어. 자, 뭐부터 해볼까?"

보통 이런 경우에는 아마도 익숙하지 않은 운동을 하면서 '운 좋은 변태' 이벤트를 노리는 것이 정석일 것이다. 하지만 나는 평소에 운동을 잘하는 모습을 유우와 친구들에게 잔뜩 보여줬으므로 그건 포기해야겠다. 부자연스럽기도 하고 너무 노림수가 느껴지니까.

그래서 이번에는 유리를 도와준다는 명목으로 스킨십을 하면서 레즈비언 NTR 포인트를 따내기로 했다.

"아, 아아앗……! 레, 레이야! 도, 도와줘……!"

"괜찮아, 괜찮아. 자, 손을 잡자. 응?"

롤러스케이트를 신고 갓 태어난 사슴처럼 바들바들 떠는 유리를 나는 헌신적으로 돌봐줬다.

몇 번이나 넘어진 유리 밑에 깔리면서 일부러 가슴을 만지게 해주기도 했다.

"미, 미안해, 레이! 괘, 괜찮아?"

"응, 괜찮아ー. 아~…… 하지만 손의 위치가 좀, 그렇지?"

"ーー꺄악?! 아, 아냐! 이건 일부러 그런 게……."

"후후, 유리. 너무 당황하는 거 아냐? 우리 둘 다 여자인데. 별로 신경 쓸 필요 없잖아?"

좋아, 좋아. 이렇게 노골적인 계략 이벤트. 아주 좋아ー.

유리의 눈빛이 이따금 '짐승'으로 변하는 것도 아주 좋아!

정욕에 저항하려고 애쓰는 외간 남자(외간 여자)들의 모습을 특등석에서 구경하는 것은 네토라레 여자의 특권이다.

나로선 마치 라이브 영화를 보는 듯한 기분이었다…….

"아하하, 레이랑 시라세는 정말로 사이가 좋구나."

"……그러게."

아차, 후유키가 은근히 유리를 경계하고 있다. 이래서 눈치 빠른 아이는 싫다니까.

강탈자 캐릭터들끼리 싸우는 것은 정말로 그만둬줬으면 좋겠다. 내가 얼마나 노력해서 외간 남자들을 확보하고 있는지 알기나 해? 분위기 파악 좀 해라. 나의 분위기를.

"앗, 저거 재미있어 보이는데?"

그래서 나는 좀 위험한 분위기를 타파하기 위해 승마 운동 기구에 올라탔다.

상하운동을 통해 남자 두 명을 허리 숙이게 한다. 그런 식으로 후유키의 의혹을 새로운 자극으로 덮어버린 것이다.

"이제 곧 여름방학이구나—."

재미있는 스포츠들을 대충 다 즐긴 우리는 푸드 코트에서 휴식을 취하게 되었다.

코앞으로 다가온 여름방학에 관해 각자의 예정을 이야기하고 있었다.

"나는 내내 동아리 활동을 할 거야. 뭐, 그래 봤자 일주일에 4일 정도지만."

"뭐? 의외로 적네. 거의 날마다 할 줄 알았는데."

"사실 우리 동아리는 진지하게 대회 우승을 노리는 동아리가 아니니까. 물론 할 때는 최선을 다하지만, 나도 축구는 직업으로 삼는 것보다는 즐기는 게 제일 좋다고 생각하거든."

의외로 냉정한 후유키의 축구에 대한 생각을 들으면서, 다른 친구들의 스케줄에도 귀를 기울였다.

“나는 아마 오봉 때 할머니 댁에 가는 것 말고는 특별한 스케줄은 없을 거야.”

“우리 집은 아버지가 캠핑 가고 싶다고 떼쓰고 계셔. 나는 그 소원을 들어드리게 될 것 같아.”

“아하하, 유우네 아버지는 옛날부터 캠핑을 좋아하셨지. 옛날에는 나도 데리고 가시지 않았나?”

“뭐, 나도 별로 싫어하는 건 아니지만. 레이 너는?”

“나도 유리랑 비슷할 것 같아─. 할아버지 댁에 놀러 갈 계획밖에 없을걸?”

식은 감자튀김을 집어 먹으면서 나는 약간 쓸쓸한 표정으로 미소 지었다.

“여름방학은 좋지만, 너희랑 매일 만나지 못하게 되면 조금 외로울 것 같아…… 아, 아마도……?”

“아하하, 레이 넌 정말 외로움을 잘 타는구나.”

“으, 응. 레이는 확실히 그런 면이 있다고 생각해…….”

“나 참, 하는 수 없지~…… 자, 이거 봐. 메시지 앱으로 스케줄표를 만들어놨어. 우리가 스케줄이 없는 날은 여기다 적어놓을 거야. 우리 모두가 한가한 날을 알게 되면 모이기도 쉬워지겠지?”

내가 어리둥절한 표정을 짓자, 후유키가 내 머리를 거칠게 쓰다듬었다.

“아니, 보통 이런 장기휴가 기간에는 만나서 놀아야 하잖아? 그게 당연한 거지.”

“맞아, 맞아. 다 같이 여기저기 가보자.”

“으, 응. 나는 레이랑 같이 유카타를 입어보고 싶기도 해…….”

“얘들아…….”

나는 살짝 눈물을 글썽이면서 고개를 옆으로 돌렸다.

좋아, 오늘의 목표 달성.

나는 애들한테 보이지 않는 각도에서 히쭉 웃으면서, 자연스럽게 여름방학에 NTR 요원들과의 시간을 확보한 것에 만족하여 득의양양한 미소를 흘렸다.

“와, 너 우냐? 뜨거운 우정에 감동해서?”

“……정말! 후유키는 그런 부분이 싫어!”

“화내지 마. 후유키도 레이를 너무 심하게 가지고 놀진 말고.”

미안. 너희들을 가지고 노는 것은 나야.

연하 강탈자 캐릭터가 있으면 좋겠다……

아차, 처음부터 질 낮은 독백으로 시작해버렸다. 안녕하세요. 네토라 레이코입니다.

인간은 이렇게까지 욕망에 충실해질 수 있는 거구나! 하고 스스로도 경악할 정도인데, 어쨌든 원하는 것은 원하는 거니까 어쩔 수 없다.

어디서 갑자기 의붓동생 같은 게 튀어나와 주지 않으려나—?

아빠, 숨겨둔 자식 같은 거 없어? 내가 엄마를 설득하는 것을 도와줄 수도 있는데?

그런 생각을 하면서 차를 타고 몇 시간이나 이동했다. 여름방학에 돌입한 나는 현재 사는 곳에서 멀리 떨어진 할머니 할아버지 댁에 와 있었다. 아~ 사방이 온통 초록색이야.

"할머니— 나 놀러 왔어—."

"어이구, 멀리서 오느라 고생했지? 자, 어서 들어와."

그렇게 맞이해준 할머니는 내 얼굴을 보더니 인상 좋은 미소를 지으면서 늘 정해진 칭찬 문구를 던졌다.

"레이코, 잠깐 못 본 사이에 한층 더 아름다운 미인이 되었구나."

"아이참, 할머니 왜 이래. 매년 만날 때마다 그런 말 하잖아?"

"허허허. 여자애가 예뻐지면 칭찬은 몇 번을 해도 괜찮아. 아무튼 얘야, 여기 차가운 보리차 있다. 들어와서 편하게 있어."

할머니가 권하는 대로 나는 신발을 벗고 거실로 들어갔다.

"――――으."

거실에서 휴대폰을 한 손에 들고 편히 쉬고 있던 소년이, 내 얼굴을 보자마자 노골적으로 싫어하는 표정을 지었다.

한편 나는 이 아무것도 없는 시골에서 최고의 장난감을 발견하자 기분이 좋아져 활짝 웃었다.

"앗―! 치이, 벌써 와 있었구나~!"

"치이라고 부르지 마! 바보 레이!"

눈앞에 있는 건방진 꼬맹이는 치이, 즉 산자카 치히로. 한 살 어린 내 사촌 동생이다.

"너무해. 바로 얼마 전까지는 '누나~ 누나~' 하고 나한테 착 달라붙어 어리광을 부렸으면서…….'

"그게 언제 적 이야기야?! 나랑 한 살 차이밖에 안 나면서 누나인 척하지 마!"

치히로는 기염을 토했다. 하지만 나로선 눈앞에 있는 소년이 그저 귀엽기만 했다.

시건방진 꼬마 남자애…… 우리 동네의 내 주변에는 없는 타입이었다.

"으, 나는 괜찮지만 자기보다 나이가 많은 사람한테 그런 말투를 쓰는 건 안 좋거든? 너 자꾸 그러면 같이 목욕탕에 안 들어가준다?"

"뭐라고?! 너…… 너 진짜 바보 아니야?! 너 이제 중학생이잖아?!"

"응? 그게 무슨 상관인데? 얼마 전까지는 같이 들어갔었잖아. 치이는 나랑 같이 목욕탕 들어가기 싫어?"

"그………………그야 당연히 싫지! 나도 초등학교 6학년이야!"

침묵이 너무 길다.

보다시피 난폭한 말투와는 달리 은근히 나를 좋아하는 티가 나는 녀석이다. 참으로 훌륭한 '소재'라고 할 수 있다.

나는 속으로 혀를 날름거리면서 겉으로는 청초한 얼굴로 치이에게 착 달라붙었다.

"아하하, 그래, 그래. 치이도 내년에는 중학생이 되니까. 누나랑 같이 목욕탕에 들어가는 것도 슬슬 부끄러워질 나이인가."

"야, 더, 덥잖아! 달라붙지 마! ……그러는 레이 넌 뭐냐. 하나도 변한 게 없잖아. 진짜로 초등학교 졸업한 거 맞아?"

"해, 했거든?! 이, 이거 봐! 나의 세일러복 차림을 보라고!"

휴대폰 카메라의 앨범을 열었다. 입학식 때 남이 찍어준 교복 차림의 내 모습을 치이에게 보여줬다.

"흐, 흐응——……. 옷이 날개라더니, 딱 그거네."

"뭐야, 그냥 솔직하게 '예쁘다'고 칭찬해주면 되잖아!"

그대로 치이에게 내 휴대폰을 건네주자, 그는 자발적으로 휴대폰을 만지며 사진들을 훑어보기 시작했다.

물론 그것은 함정이었다.

"음⋯⋯."

내 앨범 속에는 유우와 단둘이 찍은 투샷 사진이 꽤 많이 섞여 있었다. 그걸 본 치이의 표정이 험악해졌다. "낚시 성공~~⋯⋯" 하고 나는 치이에게 들리지 않을 정도로 작게 중얼거리면서 히쭉 웃었다.

"⋯⋯레이, 이 남자는⋯⋯."

"아, 그 애가 '유우'야! 너도 알지? 내 소꿉친구! 치이한테는 말한 적 없던가?"

"흐―응⋯⋯ 이 녀석이⋯⋯."

치이는 잠시 험악한 얼굴로 휴대폰을 들여다보다가 나에게 질문을 던졌다.

"어⋯⋯ 이 녀석, 혹시 레이의 남자 친구⋯⋯ 같은 거야?"

"――뭐어?! 아, 아냐, 아냐! 유, 유우는, 그, 그런 거 아니거든?!"

나는 얼굴을 붉히면서 치이의 말을 요란하게 부정했다.

그렇게 노골적으로 진실을 숨기려다가 실패한 척한 뒤. 수줍게 웃으며 그에게 물어봤다.

"⋯⋯저, 저기, 치이. 호, 혹시, 나랑 유우가, 사귀는 것처럼 보이니⋯⋯?"

"————! ……흥! 저, 전혀 그렇게는 안 보이는데?! 애초에 레이 같은 어린애가 애인을 사귄다고? 100년은 일러!"

아아~~ 진짜 미치겠네~~~~.

은근히 좋아하는 연상의 여자 주변에 다른 남자의 그림자가 언뜻언뜻 보이는 게 싫다. 그런 어린애다운 순수한 질투심! 나는 이걸 위해 귀성했다고 해도 과언이 아니다.

매년 귀성할 때마다 치이를 다방면으로 꾸준히 유혹했던 보람이 있다. 1년에 한 번 열리는 축제 같은 거라고나 할까.

유우 그룹을 못 만나는 동안에는 치이를 놀리면서 잔뜩 영양 보충을 해야겠다.

"너, 너무해! 아아, 속상해—! 나 상처 받았어! 누나한테 그렇게 심한 말을 하다니, 그 벌로 치이는 저녁때까지 내 바디 필로우 역할입니다—."

"뭐?! 바, 바보야, 하지 마! 여기저기 다 닿잖아?!"

1년에 겨우 한두 번밖에 못 만나는 사촌 동생이다. 다소 스파르타식으로 그 정서를 엉망진창으로 만들어주마.

*

나—— 산자카 치히로에게는 위태위태한 사촌 누나가 있다.

"크하암——할머니, 안녕—."

할머니 할아버지 댁으로 귀성하는 것은 여름방학 연례 행사였다.

평소에 사는 동네에서는 맛볼 수 없는 농밀한 수풀의 냄새가 비일상적으로 느껴졌다. 나는 다소 흥분한 상태로 눈을 떴다.

"잘 잤니? 치히로. 아주 일찍 일어났구나."

침실로 제공된 방에서 내가 슬금슬금 나가자, 할머니는 감탄한 것처럼 웃었다.

그야 뭐, 아침 일찍 일어나면 하루가 더 길게 느껴져서 왠지 이득을 보는 것 같고, 또 이른 아침은 시원해서 쾌적하니까.

"이따가 레이코가 '조깅'을 다 하고 돌아오면 아침을 먹자꾸나."

"……그 녀석, 또 달리기하러 갔어? 운동부도 아닌데 참 대단하네."

나는 그렇게 어이없다는 듯이 중얼거리고 냉장고에서 차가운 보리차 물병을 꺼냈다. 그리고 방금 씻은 물통에 보리차를 담았다.

물통 뚜껑이 단단히 닫힌 것을 확인한 뒤, 그걸 옆구리에 낀 채 샌들을 신고 단층집 현관문 밖으로 나갔다.

아직은 햇볕의 열기를 흡수하지 않은 아스팔트를 시원한 바람이 어루만지고 있었다.

조금 걷다 보니 휴게 공간이 나왔다. 자판기와 벤치만

놓여 있는 공간인데, 대체 누가 이용하는지 전혀 모르겠다. 아무튼 나는 그곳에 앉았다.

"……슬슬 오려나."

나는 손에 든 휴대폰으로 시간을 확인하고 중얼거렸다.

잠시 후 얇은 운동복을 입은 소녀—— 문제의 '위태위태한 사촌 누나'가 가볍게 숨을 헐떡이면서 길모퉁이를 돌아 나타났다.

"——어, 치이? 안녕, 일찍 일어났구나!"

"여름방학인데도 용케 달리기를 하네. 평소에도 매일매일 빠짐없이 조깅하고 있지? 할머니 댁에 와 있는 동안에는 좀 쉬어도 되지 않아?"

"하지만 이미 습관이 되어버렸는걸. 달리기를 안 하면 오히려 마음이 불안해. 더구나 이 동네는 사람도 차도 별로 안 다니고, 공기도 맑아서 뛸 때 기분이 좋아. 저녁에도 뛸 건데, 치이 너도 같이 뛸래?"

"됐어. ……자."

나는 벤치에 놔뒀던 물통을 이 위태위태한 사촌 누나—— 네토라 레이코에게 떠넘기듯이 줬다.

"어, 이게 뭐야?"

"……보리차. 할머니 댁에서 가지고 나왔는데, 아직 안 마셨으니까 줄게."

"우와, 일부러 가지고 와준 거야?! 너무 좋다~~! 치이야, 고마워!"

겨우 이런 일로 호들갑스럽게 기뻐하는 레이. 나는 좀 쑥스러워져서 고개를 옆으로 홱 돌리고 변명했다.

"아, 아니, 너를 위해 가져온 거 아니거든?! 내가 산책하면서 마시려고 했는데, 생각보다 날이 시원해서 필요 없었던 거야!"

"응, 그래도 기뻐. 당장 마실게."

레이가 물통을 기울이고 꿀꺽꿀꺽 물을 마셨다.

땀에 젖은 새하얀 목이 움직이는 모습이 묘하게 섹시해 보였다. 나도 모르게 정신없이 쳐다봤다.

"……휴. 아, 치이. 너도 마실래?"

그런 내 시선을 눈치채고 뭔가 오해했는지 레이는 이쪽으로 물통을 쑥 내밀었다.

……이 녀석, 간접 키스라든가 그런 것은 전혀 생각을 안 하는 건가?

솔직히 말하자면 충동적으로 그 물통으로 손을 뻗을 뻔했다. 하지만 내 자존심인지 수치심인지 뭔지가 그걸 허락하지 않았다. 나는 레이의 제안을 거절했다.

"……피, 필요 없어. 목 안 말라."

"어, 그래? 그럼 집에 갈까? 뛰었더니 배고파졌어."

……집에 가는 건 좋은데, 손은 왜 내미는 거야. 설마 손을 잡자는 건가?

"……어린애도 아닌데. 손은 안 잡아도 돼."

"뭐~? 치이, 너무 차가워~."

내가 앞장서서 걸어가자, 레이는 툴툴거리면서 얼른 뛰어와 내 옆에 나란히 섰다.

……사실 레이가 내 옆에 나란히 서는 것은 싫었다.

나는 키가 별로 크지 않았다. 우리 반 전체에서도 끝에서부터 세는 게 더 빠를 정도.

그래서 위를 쳐다보듯이 시선을 들어 올리지 않으면 옆에 있는 레이의 얼굴을 볼 수 없었다. 그런 현실이 남자로서의 사소한 자존심을 쿡쿡 찌르며 공격하는 듯한 느낌이 들었다.

심지어 내가 그렇게 쳐다보는 상대는 내가 은근히 호감을 갖고 있는 여자애이니 말이다. 더더욱 비참한 기분이 들었다.

"아침밥 맛있을 것 같아―. 할머니가 만든 매실장아찌 반찬은 뭔가 상큼해서 완전히 밥도둑이라니까~."

그렇게 내 마음은 전혀 눈치채지도 못하고 떠들어대는 둔감한 바보 때문에 나는 좀 짜증이 나서 무심코 못된 말을 해버렸다.

"너 그러다 살찐다."

"…………흐, 흐응―! 걱정할 거 없거든?! 내, 내가, 뭐 때문에 매일 아침저녁으로 뛰는지 알기나 해?"

"목소리가 떨리는데."

"안 떨리는데요. 나 실은 복근도 장난 아니야! 플랭크 같은 운동도 날마다 꼬박꼬박 하고 있어!"

“아— 그러셔?”

“앗—! 치이, 너 안 믿는 거지?! 누나 말을 의심하는 거지—?!”

내 말을 듣고 발끈하여 붉으락푸르락하는 레이. 그 모습이 귀여워서 나는 실실 웃음이 나올 것 같았지만, 볼 안쪽의 살을 꽉 깨물고 억지로 표정을 감췄다.

——그때 이 사촌 누나가 돌연 터무니없는 짓을 했다.

“진짜거든! 자, 치이, 이거 봐! 식스 팩은 아니지만 그래도 복근의 골이 이렇게 있어!”

“——으헉?!”

레이가 자기 운동복의 옷자락을 훌렁 뒤집어 복부를 보여주는 바람에 나는 한순간 그대로 기절할 뻔했다.

잡티 하나 없는 새하얀 피부와, 본인 말마따나 잘록하고 탄탄한 허리.

희미하게 세로선이 드러나 있는 복근의 골과, 길쭉하고 예쁘게 생긴 배꼽. 나는 눈을 돌릴 여유도 없이 그것을 뚫어져라 응시하고 말았다.

그런 나를 보고 무슨 착각을 한 걸까. 이 바보는 자랑스러워하는 것처럼 흥! 하고 코웃음을 치더니 한층 더 골이 띵해지는 말을 꺼냈다.

“훗—! 어때, 굉장하지? 자, 한번 만져볼래?”

“……이, 이 바보야!”

“아얏?!”

저절로 레이의 배 쪽으로 뻗어나가려고 하는 손을 강철 같은 의지로 막아내고, 나는 힘차게 바보의 머리를 퍽 때렸다.

"이, 이런 길바닥에서, 남자한테 배를 보여주는 바보가 세상에 어디 있냐?!"

"……어, 남자? ……남자가 어디 있어?"

여 기 있 잖 아!!

우리가 알고 지낸 지도 그럭저럭 오래됐는데, 이 여자는 언제나 매사 이런 식이었다.

기막히게 사람이 좋고 남을 잘 돌봐주는 편이지만, 또 한편으로 성적인 면에서는 무서울 정도로 경계심이 없었다. 본인한테는 절대로 말해줄 생각은 없지만 실은 외모도 진짜 아이돌 뺨치게 예뻤다.

언젠가 나쁜 남자한테 잘못 걸리는 게 아닐까? 하고 매년 마주칠 때마다 미친 듯이 걱정이 될 정도였다.

나는 아침부터 극심한 피로감을 느끼면서 한숨을 푹 내쉬었다.

……방금 그 배꼽. 잊을 수 있을까?

망막에 새겨져버린 사촌 누나의 고혹적인 오목한 부분을, 동정 특유의 결벽성 때문에 필사적으로 머릿속에서 몰아내려고 하면서 나는 빨개진 얼굴로 씩씩거렸다.

＊

연하 강탈자 캐릭터가 있으면 좋겠다…….

나——네토라 레이코는 할머니가 차려주신 저녁밥을 먹으면서 무한의 저 너머로 생각을 날려 보내고 있었다.

할아버지 댁에 오고 나서 하루 종일 치이와 같이 놀다 보니, 연하의 외간 남자가 있었으면 좋겠다는 욕망이 나날이 커져만 갔다.

연하라는 특성을 살려 "난 너를 성적으로 의식하고 있지 않아~"란 태도를 취하면서, 유우나 후유키한테는 시도하기 어려운 '노림수가 빤히 보이는 야한 선택지'를 선택해볼 수도 있으니까. 그게 진짜로 즐거웠다. 마치 온라인 게임에서 새 직업이 업데이트된 듯한 감각이었다.

여기서 좋은 점이 뭐냐 하면, 치이에게 '연하란 입장 덕분에 가만히 있어도 이득을 본다'는 기쁨을 줌과 동시에, '나는 전혀 남자로 인식되지 않고 있구나'라는 절망을 주는 이율배반을 선사할 수 있다는 점이었다. 일석이조라고나 할까.

그런데 연하 강탈자 캐릭터란 것은 또 의외로 관리하기가 어려웠다.

어른은 어떨지 몰라도, 학생의 경우에 나이가 한 살 차이가 난다는 것은 그 숫자 이상으로 세계 자체가 동떨어져 버리는 것이다.

단순히 학년이 다르면 생활 리듬도 다르고, 서로 스케줄을 맞추기도 어렵다. 심지어 졸업 시즌이 되면 1년 동안은 학교 자체가 달라져 헤어져버리게 된다. 이렇게 되면 섬세한 차트 관리는 거의 불가능해진다.

그런 온갖 사정을 고려하여 나는 여태껏 연하 강탈자 캐릭터를 확보하려고 나서지 못했던 것이다.

어떻게든 꼭 가지고 싶어지면 그냥 고등학교 2학년 때 아무 후배나 꼬셔볼까?

처음 만난 사람이라도 얼마든지 유혹할 자신은 있다. 하지만 그건 너무 인스턴트식이지 않아? 강탈자 캐릭터로서는 뭔가 깊은 맛이 없는데~.

그 점에서 치이는 참으로 훌륭한 스펙을 자랑하는 인재라고 할 만했다.

사촌 누나라는 입장을 이용해 차근차근 시간과 노력을 들여 신뢰관계를 구축하는 데 성공했고, 쉬운 츤데레 같은 호의를 숨기지 못하는 그의 태도도 완벽하게 나의 식욕을 자극했다.

다만 유감스럽게도 우리가 살고 있는 지역은 너무 멀리 떨어져 있었다.

서로 만나려면 고속도로를 타고 이동해야 할 정도로 주소지가 전혀 다른 사람을 차트에 집어넣는 것은 아무래도 좀 무리라고 할까. 아쉽지만 치이는 메인 요리(유우)를 즐기기 전에 먹는 간식거리 역할을 맡는 게 타당할 것이다.

아아, 하지만 역시 가지고 싶은데.

“……치이, 가지고 싶네.”

“커헉?!”

치이가 사레들렸다. 아차, 내 욕망이 입 밖으로 새어나왔구나.

“허…… 야?! 가, 갑자기 뭔 소리를 하는 거야, 바보 레이?!”

“아, 미안. 치이 같은 남동생을 가지고 싶다~라고 생각했는데, 그게 입 밖에 나왔나 봐.”

치이의 아버지——즉, 나의 숙부님이 그런 우리를 보고 폭소를 터뜨리며 끼어들었다.

“그럼 진짜로 우리 집 가족이 될래? 레이코. 너라면 우리 집사람이랑 치히로도 기꺼이 환영할 텐데.”

“아하하♪ 그거 좋은데요~? ……치이야, 나랑 결혼해 줄래?”

“지, 진짜 상대를 못 해주겠네! 잘 먹었습니다! 나, 난 목욕하러 갈 거야!”

내가 노골적으로 귀여운 척하면서 치이에게 애교를 부리자, 그는 새빨개진 얼굴로 도망갔다. 동정 냄새가 풀풀 나서 참으로 좋구나.

나중에 내가 유우와 사귀게 되면 너한테 맨 처음으로 보고할 테니까. 최고의 BSS를 나에게 선사해줘.

“아하하, 너무 심하게 놀렸나요……?”

“아냐, 괜찮아. 그냥 부끄러워서 저러는 거야.”

"그럼 다행이지만…… 잘 먹었습니다."

나도 식사를 마쳤다. 그리고 시원한 저녁 바람이 부는 툇마루에 가서 앉았다.

"자, 그러면……."

나는 휴대폰을 꺼내 유우에게 전화를 걸었다.

*

돌연 레이한테서 전화가 왔다. 나──타치바나 유우키는 놀라서 심장이 튀어나올 뻔했다.

레이가 시골로 내려간 후 그룹 채팅방에서는 하루에 몇 번쯤 가볍게 메시지를 주고받긴 했지만, 나라는 개인에게 전화가 걸려온 것은 이번이 처음이었기 때문이다.

"왠지 유우 목소리가 듣고 싶어서……"란 말을 들었을 때에는 행복해서 하늘을 날 것 같았다. 그러나 나는 그런 마음을 애써 감추고 레이와 서로 평범하게 근황 보고를 했다.

"──뭐, 나는 대충 이렇게 지내는데. 유우는 어때?"

"나는 평소랑 똑같아. 가끔 후유키나 시라세와 만나기도 하지만, 기본적으로는 집 안에서 느긋하게 지내고 있어."

"아하하, 그거 좋은데? 너답잖아."

휴대폰 너머로 들려오는 레이의 목소리가 귀를 달콤하게 간질인다.

──어쩌지? 레이를 좋아하는 이 마음을 도저히 억누를

수 없어.

"아, 하지만 여름방학 숙제도 제대로 해야 해. 알았지? 특히 수학 숙제 같은 건 말이야. 양이 엄청 많으니까 날마다 꾸준히――."

"……레이."

"응, 왜?"

컵에서 물이 흘러넘치듯이. 내 마음이 레이에 대한 사랑을 전하고 싶어 한다.

"저, 저기, 이런 거, 전화로 말하면 안 된다고 생각하는데……."

"후후, 왜 그래? 갑자기 진지하게."

"……레이. 나는――."

"(레이―, 목욕탕 들어가도 돼―.)"

…………통화하는 저 뒤편에서 레이가 아닌 누군가의 목소리가 끼어들었다.

누가 레이에게 말을 걸었나 보다.

……내가 모르는 남자가.

"응―! 치이, 너무해~. 같이 목욕하자고 했는데 늘 혼자 먼저 들어가 버리고."

――뭐? 같이 목욕을 해? 레이가? 누구랑?

"(뭐, 뭐라고?! 야, 너 아까 결혼이 어쩌고저쩌고한 것도 그렇고, 진짜로 작작――.)"

"아, 미안해. 유우. 빨리 목욕하러 가지 않으면 다음 사람이 기다리게 되니까. 슬슬 전화 끊을게, 응?"

"어, 아, 으으, 응. ……저기, 레이야. 거기 있는 남자애
는 누구——."

"목소리 들어서 기뻤어. 그럼 안녕, 잘 자."

당혹스러워하는 내 조그만 목소리를 깨끗이 지워버리듯
이 레이는 전화를 끊었다.

몇 분 전까지 한껏 들떴던 기분은 흔적도 없이 사라졌
다. 그 대신 온몸이 덜덜 떨리는 오한이 나를 덮쳤다.

*

"치이, 그거 알아? 토마토 화분에 소금물을 좀 주면 아
주 달콤한 토마토가 열린대."

"……뭐? 그게 무슨 소리야?"

"맛있는 당근만 주는 게 아니라 가끔은 채찍도 좀 줘야
지만 좋은 결과가 나온다는 거야."

"?"

치이는 영문을 모르겠다는 듯이 고개를 갸웃거렸다.

알콩달콩 순수한 사랑으로 애정을 키워나가는 것도 좋
지만, 가끔은 이렇게 뇌를 파괴해주는 게 좋다. 그래야지
만 나에 대한 집착이 강해져서 NTR의 맛이 더 진해질 테
니까.

"……………………더워."

이글이글 타오르는 태양의 열선에 의해 달궈진 모래사장. 그곳에서 나──산자카 치히로는 안절부절못하면서 그저 하염없이 기다리고 있었다.

할아버지 댁에서 걸어서 몇 분 거리에 있는 해수욕장에서 노는 것은 매년 꼬박꼬박 하는 연례행사 중 하나였다.

이렇게 바다에 들어갈 기회는 시골에 왔을 때밖에 없고, 나도 수영은 싫어하지 않았다.

……다만 내가 그 무엇보다도 진심으로 기다리고 있는 것은──.

"치이! 오래 기다렸지!"

"……!"

등 뒤에서 들려오는 목소리. 내가 목이 빠지게 기다렸던 그 녀석의 목소리다. 나는 딱딱하게 굳은 채 어색하게 뒤를 돌아봤다.

"왜, 왜 이렇게 늦었어? 레이──."

뒤를 돌아본 나는 이번에야말로 완전히 굳어버렸다.

"아하하, 미안, 미안. 이런 수영복은 거의 입어보질 않아서 입는 데 시간이 좀 걸렸어."

레이가 입고 있는 수영복은 작년까지 잘 입었던 상하 일체형 원피스 타입이 아니었다. 상하의가 분리되어 있는 소위 비키니 타입의 수영복이었다.

원피스 타입의 수영복보다 필연적으로 맨살이 더 많이 노출되는 복장. 더구나 얼마 전의 그 사건으로 인해 망막에 새겨져 사라지질 않는 레이의 배꼽으로 내 시선이 고정될 뻔했는데, 나는 이를 악물고 그걸 참아냈다.

"어, 치이? 왜 그래?"

그런 내 심정을 아는지 모르는지. 레이는 딱딱하게 굳어 있는 내 얼굴을 의아하다는 듯이 들여다봤다.

그런데 저번에도 설명했듯이 내 키는 레이보다 훨씬 작았다.

그러니까 레이가 내 얼굴을 들여다보려고 하면, 필연적으로 몸을 앞으로 숙이는 자세가 되는 거고.

작년부터 급격히 몸매가 여자답게 변한 레이의 가슴골이 내 눈앞에——.

"——아, 아무것도 아니야! 돼, 됐고, 빨리 수영이나 하러 가자! 너 기다리느라 더워 죽는 줄 알았어!"

"어휴, 그러면 안 돼. 우선 준비운동부터 제대로 해야지."

이래저래 위험한 상황이 되어가고 있는 하반신을 어떻게든 감추려고 빨리 바다에 들어가려고 했는데, 레이가 더없이 논리적인 이유로 나를 막았다.

"으응~~."

레이는 몸의 근육을 풀어주려는 것처럼 두 손을 머리 위로 힘차게 올리더니 상반신을 뒤로 젖히듯이 쭉 기지개를 쳤다.

가, 가슴이…… 겨드랑이가…… 배꼽이……!

정말 미쳐버릴 것 같았다. 누가 이 무법자를 제발 좀 어떻게 해줘.

"……어휴, 뭐야? 치이. 너무 뚫어져라 보는 거 아냐?"

드디어 레이도 나의 사악한 시선을 눈치챘는지, 약간 화난 듯한 표정을 지으면서 자기 몸을 손으로 가렸다. 전혀 가려지지 않았어. 오히려 더 야해졌어.

"──헉?! 아, 아니, 저기, 이건……."

나는 제대로 변명도 못 하고 횡설수설했다. 그걸 본 레이는 난처한 미소를 지었다.

"하기야 치이도 남자애니까. 여자애의 몸에 관심을 가지는 것도 나쁜 일은 아니지만…… 너무 빤히 쳐다보지는 마. 그러다 좋아하는 여자애한테 미움받는다?"

"으윽."

암암리에 '너는 나의 연애 대상이 아니다'라고 알려주는 레이의 그 말은 내 심장에 푹 꽂혔다.

"……아, 그래도 이왕 이렇게 됐으니까. 너한테 한번 물어볼까?"

"뭐, 뭐를?"

"이 수영복 말이야. 어때? 내 나름대로 노력해본 건데. 남자애가 봤을 때 '확!' 하고 느껴지는 충격이 있어?"

그래, 무시무시한 충격이야. 내 체력 게이지는 이미 빨간색이라고.

그것을 솔직히 고백할 수도 없어서 나는 애매한 말로 넘어갔다.

"그, 글쎄, 레이치고는, 그럭저럭 괜찮은 것 같은데?"

"좀 석연찮은 말투인데…… 그래도 아까 뚫어져라 쳐다봤잖아? 그럼 나쁘진 않다는 뜻이겠지~?"

"누님. 제발 좀 전의 추태는 잊어주십시오."

싱글벙글 웃으면서 놀려대는 사촌 누나 앞에서 나는 모래사장에 넙죽 엎드려 절을 했다. 무릎과 이마가 뜨거웠다.

"……후후. 이 수영복, 유우가 보면 기뻐할까……?"

──그 한마디로 인해 내 뇌수가 급격히 얼어붙었다.

또.

또 그 남자구나.

시선을 들어보니, 내가 좋아하는 소녀가 나 아닌 남자를 생각하며 얼굴을 붉히고 있었다.

"──!"

"꺅! 어, 치이?"

나는 무의식중에 레이의 손을 난폭하게 확 낚아챘다. 그리고 파도가 밀려오는 바닷가로 뛰어갔다.

"──도, 도대체 언제까지 주절주절 떠들어댈 거야?! 눈앞에 바다가 있는데, 이제 그만 수영이나 하자!"

추한 질투심을 유치한 변명으로 애써 덮어버리면서 나는 레이를 억지로 수면으로 끌고 들어갔다.

"어푸! 야, 너—! 한번 해보자는 거야?!"

검은 머리카락이 흠뻑 젖은 레이는 깔깔 웃었다. 그리고 두 손으로 바닷물을 퍼서 나한테 뿌렸다.

그래.

지금 네 눈앞에 있는 것은 유우인지 뭔지 하는 남자가 아니야. 나야.

딴 데는 보지 말아줘.

마음속에 쌓인 앙금을 토해내듯이, 나는 지나칠 정도로 활기차게 레이와 함께 해수욕을 즐겼다.

"……휴."

바다에서 물놀이를 만끽하는 도중에 레이가 목마르다면서 나한테 자판기까지 다녀오라고 심부름을 시켰다.

뭐, 그 대신 내 몫까지 레이가 사주는 거라 불만은 없지만.

나는 레이와 내 몫을 합쳐 두 개의 스포츠 드링크를 손에 들고 모래사장으로 돌아갔다.

"……어?"

저 멀리 보이는 레이의 옆에 낯선 사람이 있었다. 젊은 남자 2인조인 것 같았다.

레이랑 무슨 이야기를 하는 것 같은데. 아무리 봐도 아는 사람 같지는 않았다.

"…………."

불길한 예감이 들었다. 나는 서둘러 레이 곁으로 뛰어갔다.

남자들 중 한 명이 친한 척하면서 레이의 어깨에 팔을 두르려던 순간, 내가 그들 앞을 가로막고 우뚝 섰다.

"레이, 오래 기다렸지? 자, 가자."

"아, 치이?"

그대로 나는 레이의 손을 확 잡아끌면서 그곳을 떠나려고 했다.

"아니, 잠깐만~. 넌 누구야? 동생? 우리는 네 누나랑 할 말이……."

경박해 보이는 남자가 그렇게 말했다. 나는 레이에게 시선을 돌렸다.

약간이지만 겁먹은 티가 나는 표정이었다. 그걸 본 나는 남자들을 향해 딱 잘라 말했다.

"미안. 내 '여자 친구'가 지금 좀 피곤한 것 같아서 쉬게 해주고 싶어. 그럼 잘 가."

내 말을 들은 남자들은 얼빠진 표정을 지었다.

그 틈에 나와 레이는 그곳을 떠났다.

"……어—, 미안해. 네가 사 오라던 스포츠 드링크. 그냥 두고 와버렸어."

"아, 아냐. 그건 괜찮은데……."

레이에게 치근거리던 남자들의 모습이 더 이상 안 보이

게 되자, 나는 어색한 분위기를 바꾸려고 입을 열었다.

"일단 물어보긴 할게. 아까 그 녀석들, 아는 사람이었어?"

"그럴 리가 있겠니. 헌팅당한 거야. 좀 끈질기게 굴어서 난처했는데. ……치이, 네가 와줘서 살았어."

아까 그놈들이 치근거렸을 때의 무서움이 되살아난 걸까. 나에게 붙잡힌 레이의 손이 희미하게 떨렸다.

……그렇겠지. 평소에 너무 얼빠진 철부지처럼 굴어서 잊어버리기 쉽지만, 실은 이 녀석도 평범한 여자애다. 자기보다 훨씬 큰 남자 둘한테 둘러싸이면 무서워하는 것도 당연했다.

"……이제 괜찮으니까 안심해도 돼."

"뭐?"

레이를 안심시키려고 나는 그녀의 머리를 가볍게 쓰다듬었다.

살짝 뒤꿈치를 들고 있는 내 모습은 객관적으로는 몹시 볼품없어 보일 것이다. 이렇게 키가 작은 내 몸이 정말로 원망스러웠다.

하지만, 그래도 나는 다행히 레이의 마음을 달래줄 수 있었다.

레이는 기분 좋게 미소 지으면서 얌전히 나에게 머리를 맡기고 있었다.

"역시 남자애는 남자애구나―. 좀 두근거렸어."

"……흥. 오늘은 꽤나 얌전하네? 무슨 꿍꿍이라도 있는 거야?"

"후후, 농담이 아니라 진심이야. 치이, 네가 멋있다고 생각했어. '내 여자 친구한테 손대지 마!'라니, 여자라면 한 번쯤은 들어보고 싶은 대사인걸."

……정말이지 이 여자는. 어쩜 이렇게 사람 마음을 잘 뒤흔드는 걸까.

"……후후, 그래그래. 치이는 정말로, 정말로————
맛 있 어 보 여."

"응? 미안, 방금 뭐라고 했어?"
"치이랑 사귀게 될 여자애는 행복하겠구나—라고 했지."
"네, 네. 칭찬 감사합니다."
이렇게 어느 여름날의 하루가 끝나가고 있었다.

*

어쩌면 나——네토라 레이코는 남들보다 조금 더 악랄할지도 모른다. 남들보다 아주 조금 더 자기중심적일지도 모른다.

스스로 쓰레기다, 악당이다 하고 실컷 자조하지만, 실제로 마음속 한구석에선 '그 정도로 끔찍한 쓰레기는 아니지 않아?'라고 생각하기도 하고, 자기 자신을 다크 히어로처럼 슬픈 사정을 짊어진 비극적인 인간이라고 여기기도 한다. 그리고 그런 나를 동정해주지 못하는 녀석을 무심코 '감수성이 부족하고 속이 좁은 소인배'라고 깔보는 인간이라는 것은 스스로도 알고 있었다.

설령 내가 나 자신을 사악한 괴물이라며 자조하더라도 주변 사람들은 "너는 인간이야"라고 말해줬으면 좋겠고, 내 악행에는 항상 슬픈 사정이 숨어 있으니까 그것도 다 어쩔 수 없는 일이라고 생각해주길 바라는 것이다.

본디 인간은 죄를 짓는 생물이다. 그것은 다시 말해 악행을 저지르는 생물이란 뜻이기도 하다.

하지만 설령 길을 잘못 들더라도, 그것을 용서해줄 수 있는 것도 또 인간이다. 인간은 몇 번이든 다시 일어설 수 있다. 죄는 미워해도 사람은 미워하지 마라. 응, 좋은 말이다.

그러니까 내가 잘못을 해도 미워하지 마라. 그런 짓을 하는 녀석은 인간성을 상실한 사악한 괴물이다. 그럼 당연히 용서할 수 없지. Q.E.D.(증명 종료)

뭐, 이렇게 조금 감상적인 독백을 시작해버렸는데. 그럴 만도 했다.

왜냐하면 지난 며칠 동안 내 마음을 위로해줬던 치이와 헤어질 날이 와버렸기 때문이다.

"우우우우~~ 치이야아……."

자동차에 짐을 싣고 있는 어머니와 아버지 옆에서 나는 이별을 아쉬워하면서 치이를 꽉 끌어안고 있었다.

"나 참…… 레이 년 해마다 이런 짓을 안 하면 직성이 안 풀리냐?"

평소의 치이라면 얼굴을 붉히며 저항했을 테지만, 지금의 나는 진짜로 울고 있었다. 그래서 그도 얌전히 포옹을 받아들이고 있었다. 훗, 쉬운 남자구나.

"아니, 쓸쓸한 걸 어떡해! 또 1년이나 못 만나는 거잖아?!"

이건 진심이었다.

최근에는 오네쇼타(누나+소년 연상연하) 장르의 에로 만화처럼 과도한 스킨십으로 치이의 정서를 파괴하고, 유우의 존재를 은근슬쩍 어필함으로써 치이한테서 흘러넘치는 어두운 감정을 '아~~ 맛있다, 맛있어!' 하고 즐겁게 맛보고 있었는데. 그 즐거움을 다시 맛보려면 1년이나 또 기다려야 하는 것이다. 그래서 순수하게 슬펐다.

"1년은 금방이야. 내년에는 내가 너보다 꼭 커질 거야."

"어, 아—, 응, 그래. 힘내, 알았지?"

"갑자기 평소 상태로 돌아가지 마! 너 진짜 정서가 맛이 간 거 아니냐?! 젠장, 내년까지는 반드시 160센티미터를 넘길 거니까 두고 봐!"

그런 대화를 하고 있는데 부모님이 불렀다. 아쉽지만 정말로 헤어져야 할 시간이다.

나는 휴대폰을 꺼내 셀카를 켰다.

"좋아, 그럼 작고 귀여운 치이는 마지막으로 보는 거니까. 기념사진이나 찍어둘까?"

"바보 레이. 너 지금 시비 거는 거냐?"

"하하, 뭐 어때. 좋잖아? 자, 좀 더 붙어봐."

나는 그를 확 잡아당겨 서로 뺨이 닿을 정도로 밀착했다. 귀까지 새빨개진 치이가 저항하기 전에 찰칵! 사진을 찍었다.

"치이, 채팅방에도 사진 보낼게. 휴대폰 대기화면으로 써도 돼!"

"누가 쓰겠냐, 이 멍청아! 학교 애들이 오해한단 말이야!"

"……뭐? 다들 그냥 사이좋은 사촌 누나라고 생각하지 않을까? 오해라니, 무슨 오해?"

내가 난청형 둔감 주인공 같은 표정을 짓자, 치이는 제 무덤을 팠다는 사실을 눈치챘는지 얼굴이 새빨개졌다. 아~ 맛있다, 맛있어.

"아악~~! 야, 그냥 빨리 가! 부모님이 아까부터 기다리시잖아!"

"알았어―. 그럼 내년에 또 봐."

끝으로 한 번만 더 치이를 가볍게 안아준 다음에 나는 그의 귓가에 속삭였다.

"……내년에는 좀 더 멋있어진 너를 보여줘, 응? 기대할게."

"뭐, 뭐엇?!"

자, 이 정도면 정서 파괴는 충분할 것이다. 이루어질 수 없는 사랑을 위해 마음껏 절차탁마를 해주길 바란다. BSS

도 NTR의 친척 같은 거니까. 나는 맛있게 먹어줄 수 있다.

"안녕—! 다음에 또 봐요—!"

차 안에서 치이와 조부모님을 향해 손을 흔들었다.

유우나 친구들과 멀리 떨어져 있어서 외로웠지만, 그래도 이건 이것대로 참 유익한 귀성이었다.

*

"……젠장."

레이 가족이 탄 차가 눈앞에서 사라지자 나—— 산자카 치히로는 욕설을 뱉었다.

"……1년? 그 정도는 눈 깜짝할 사이에 지나가. 느긋하게 여유 부릴 시간이 없다고……."

멍하니 넋 놓고 있다가는, 저 위태로운 사촌 누나는 틀림없이 금방 내 손이 닿지 않는 곳으로 가버릴 것이다.

어린애인 자신이 할 수 있는 일은 한계가 있다.

하지만 다시 말해, 극히 사소한 일이라도 할 수 있는 일이 있다는 뜻이기도 했다.

"저 녀석이 사는 도시의 학교에 들어갈 방법…… 찾아볼까."

안 될지도 모른다. 이제 와서는 늦었을지도 모른다. 헛수고로 끝날지도 모른다.

무더기로 떠오르는 온갖 부정적인 현실들.

하지만 그런 것들은, 내가 포기할 이유가 되지는 못했다.

휴대폰으로 날아온 레이와의 투샷 사진을 들여다봤다.

"우선 공부를 열심히 해볼까."

물론 이제 와서 저쪽 도시의 중학교로 옮겨가는 것은 현실적으로 불가능할 것이다.

하지만 고등학교라면? 죽을힘을 다해 공부하면 도시의 성적 좋은 고등학교를 선택할 수도 있을 것이다.

부모님도 괜찮다고 생각할 정도로 수준 높은 학교를 목표로 하자. 그러면 부모님도 반대는 해도 부정하지는 못할 것이다.

"……기다려, 레이. 최고로 멋있는 내 모습을 보여줄 테니까……!"

소년의 마음속에서 여름 햇살 못지않게 뜨거운 투지가 타오르기 시작했다.

＊

여름방학도 어느 정도 지났을 무렵.

나—— 시라세 유리는 이 동네의 대형 쇼핑몰에서 누군가와 만날 약속을 했다.

"……이상하지 않나?"

큼직한 유리에 자기 모습을 비춰 보면서 복장을 확인하기도 하고, 소중한 친구—— 아니, 소중한 여자가 선물해준 콤팩트 거울을 들여다보면서 혹시 화장이 망가지지 않았나 체크하기도 하고. 그렇게 기다리는 사람이 올 때까지 초조하게 시간을 보내고 있었다.

'기다리는 시간도 데이트의 묘미'란 이야기를 TV 같은 데서 본 적이 있는데 사실이었구나. 그런 생각을 하면서 나는 두려움인지 흥분인지 모를 신기한 기분을 맛보고 있었다.

……하기야 상대는 데이트라고 생각하지도 않을 테니까, 이건 완전히 나 혼자 북 치고 장구 치는 거지만.

"──우와, 세상에! 벌써 와 있었어?! 유리, 오래 기다렸지─!"

그때 기다리고 기다리던 목소리가 들렸다. 심장이 쿵 뛰었다.

목소리가 들린 방향으로 시선을 돌리자, 가볍게 숨을 헐떡이면서 약속 상대── 레이가 빠른 걸음으로 다가오고 있었다.

"미안! 오래 기다렸어?"

"아, 아냐. 나도 이제 막 왔어……."

거짓말이다.

실은 약속 시간보다 한 시간이나 일찍 와버렸다.

하지만 레이도 약속 시간보다 30분은 일찍 와줬다. 그러니까 레이도 나와의 외출을 기대하고 있었던 걸까? 하는 주제넘은 생각이 들기도 했다.

“아앗~! 뭐야, ‘이제 막 왔어’라는 대사는 내가 해보고 싶었는데!”

“뭐? 아, 저기, 미안……?”

“아하하, 농담이야. 그런데 나도 꽤 빨리 왔다고 생각했는데, 넌 대체 언제부터 와서 기다린 거야? ……혹시 한 시간쯤 일찍 와버린 거 아냐?”

정확히 정답을 맞힌 레이. 나는 내심 찔끔하면서도 절대로 동요한 티를 내지 않으려고 했다. 너무 부담스런 여자처럼 보이는 게 싫기도 하고…….

“아, 아냐, 정말로 이제 막 왔어…….”

“흐~~~~~응…….”

“으읏, 레이, 의심하는 거야……?”

“미안, 미안. 좋아, 그럼 갈까?! 오랜만에 유리랑 ‘데이트’ 하는 거라서 나 기대하고 있었어!”

레이의 별생각 없는 한마디에 나는 가슴이 꽉 막히는 기분을 느꼈다.

‘데이트’라니. 아마 틀림없이 농담으로 말한 거겠지만, 그래도 자신이 원하던 말을 해주는 레이에게 자신은 도저히 어쩔 수 없을 정도로 푹 빠져 들어가고 있었다.

“……저기, 레이. 타치바나나 쿠루시마는 정말 안 불러도 되는 거였어?”

최근에 할아버지 댁에서 돌아온 레이를 만나고 싶어 한 사람은 나 혼자만이 아니었다.

이렇게 레이를 독점하게 된 것은 당연히 기뻤지만, 다른 남자 둘에 대한 죄책감도 있었다. 그래서 나도 모르게 그런 질문을 해버렸다.

"……아니, 아무리 그래도 오늘 쇼핑에 남자를 데리고 다니면, 걔가 좀 불쌍하지 않아?"

"윽…… 하, 하긴, 그건 그럴지도……."

오늘 쇼핑의 주된 목적은 조만간 넷이서 가보기로 약속한 수영장에 갈 준비…… 요컨대 수영복을 새로 사는 것이었다.

물론 레이는 시골에 갈 때 새 수영복을 샀다고 하니까, 실제로는 나만 수영복을 고를 테지만.

"어휴. 작년에 산 걸 벌써 못 입게 되다니……."

"유리 넌 몸매가 좋으니까―. 자랑스러워할 수는 있어도 그렇게 부끄러워할 필요는 없다고 생각하는데."

수영복들이 전시되어 있는 코너를 구경하면서 레이가 올해의 유행과 코디 등을 고려해 이것저것 후보를 골라줬다.

전에 화장을 가르쳐줬을 때도 느꼈는데, 레이의 지식의 양은 정말 굉장했다.

패션이나 공부의 지식만 풍부한 게 아니다. 전에는 쿠루시마와 스포츠 의학에 관해 이야기하는 장면도 본 적이 있었다. 레이는 모르는 게 없지 않을까? 하는 생각도 들었다.

"어떻게 그렇게 이것저것 많이 알고 있어?"라고 전에 물어보기도 했는데, 레이는 "꼭 이루고 싶은 꿈을 이루기 위해서는 지식이 필요하거든"이라고 수줍게 이야기해줬다.

자세한 내용은 "부끄러워서 말 못 해" 하고 가르쳐주지 않았지만, 꿈을 이루기 위해 한결같이 노력하는 그 모습은 나에게는 마치 눈부신 빛처럼 보였다.

"으─음. 아예 나랑 비슷한 디자인으로 해볼래? 쌍둥이 코디 같은 거. 좀 해보고 싶어."

"레, 레이, 네 수영복은 상당히 과감한 비키니잖아? 나, 나는, 그런 건 좀……."

"유리한테 진짜 잘 어울릴 것 같은데─."

그룹 채팅방에 올라왔던 레이의 수영복 사진이 떠오르자 내 얼굴이 살짝 붉어졌다.

【REIKO : 할머니 댁 바다! 진짜 예뻐!】

그런 문장과 함께 사진이 날아왔었다. 수영복을 입고 즐겁게 양손으로 브이 자를 그리고 있는 레이의 사진. 그걸 봤을 때에는 상당한 충격을 받기도 했다.

아마 레이 본인은 별생각이 없을지도 모르지만, 타치바나와 쿠루시마도 보고 있는 채팅방 화면에 수영복 사진을 올린다는 것은 좀 심하게 무방비한 게 아닐까?

남자들이 읽었다는 표시만 남기고 한동안 침묵을 지키던 그 상황. 은근히 어색했거든?

……뭐, 실은 나 혼자 레이의 수영복 사진을 독점하고 싶었던 마음도 아예 없었던 것은 아니지만.

"으음~…… 오케이, 내가 보기엔 이게 제일 잘 어울리는 것 같은데. 어때?"

"으, 응. 나도 이게 좋겠다고 생각했어."

최종적으로 레이가 골라준 것은 스커트가 붙어 있는 외출복에 가까운 디자인의 원피스 수영복이었다.

피부 노출은 적지만 귀엽고 세련된 디자인이 내 취향이었고, 레이가 나를 위해 골라줬다는 것 자체만으로도 이미 내 마음에 쏙 들었다.

같은 반 남자들과 함께 수영장에 가는 것은 좀 부끄럽지만, 레이와 같이 노는 것은 기대된다. 나는 그런 생각을 하면서 방금 구입한 수영복을 보물처럼 소중히 끌어안았다.

"휴……."

"유리, 괜찮아? 피곤해?"

쇼핑을 마친 나는 레이와 함께 쇼핑몰 내의 프랜차이즈 카페에서 잠시 쉬고 있었다.

"아냐, 괜찮아. 그런데 이제는 어떻게 할래?"

"으음―. 유리, 너 시간 있어? 영화 보는 건 어때?"

"영화? 나야 좋지만, 요새 무슨 영화가 있는데……?"

내가 물어보자 레이는 휴대폰으로 쇼핑몰 내의 멀티플렉스 영화관 홈페이지를 띄워 살펴봤다.

"이건 어때? 야마다가 읽은 소설을 영화화한 작품인데."

"앗, 나도 제목은 들어본 것 같아."

레이가 제시한 것은 소설 원작 애니메이션 영화였다.

학교를 무대로 한 청춘 군상극. 나는 원작을 읽어본 적이 없지만 꽤 유명한 화제작인 것 같았다.

"평판도 나쁘지 않아 보이니까. 괜찮을 것 같은데?"

"좋아, 그럼 결정! 인터넷으로 예매할게. 상영이 시작될 때까지 여기서 시간 때울까?"

"응. 재미있겠다, 레이."

같이 쇼핑을 하고, 커피를 마시고, 영화를 보고…….

어쩐지 진짜 데이트 같잖아. 나는 무심코 그런 생각을 해버렸다.

……레이와 '진짜 데이트'를 하는 날은 결코 오지 않을 텐데.

레이를 '그런 식'으로 바라보는 것은 틀림없이 나 혼자만일 테니까.

그걸 아쉽다고 느끼면서도 현실을 바꿀 마음은 들지 않았다. 나의 진심은 무덤까지 가져갈 것이다.

나는 앞으로도 쭉 레이의 소중한 친구로 남고 싶으니까.

"아, 맞다. 유리네 할머니 댁은 어떤 곳이야?"

"어 그건, 주위에 온통 산밖에 없는 곳이야. 하지만 최근에는 근처에 있는 캠핑장에 오는 사람들이 꽤 많아져서……."

아무것도 모르는 레이의 웃는 얼굴을 황홀하게 바라보면서 나는 '레이의 친구' 자리를 고집했다.

이 자리를 잃어버리는 것에 비하면, 꺼림칙한 연모의 감정 한두 개쯤 숨기는 것은 별것도 아니다.

……그래, 그러니까 이걸로 족하다.

'──그렇게 생각했는데! 대체 이 영화는 뭐야?!'

"영화 재미있겠다~" 하고 레이와 순수하게 웃고 떠들었던 수십 분 전의 나를 힘껏 때려주고 싶었다.

아니, 이 영화가 재미없어서 그런 것은 아니었다. 스토리는 흡인력이 있고, 영상도 아름답고. 충분히 재미있는 편이라고 생각한다.

──다만 그, 뭐랄까. 각본이 상당히 과격했다.

남녀가 얽히는 장면은 뭐, 그래도 괜찮지만.

문제는 여자들끼리의 도가 지나친 우정──아아, 더 이상 얼버무리는 것은 그만두자.

레즈비언 요소가 너무 강했다. 백합이라든가 약간 탐미적인 분위기라든가 뭐 그런 수준이 아니라, 끈적끈적하고 생생한 정념이 스크린에서 나와 관객을 후려치는 듯한 착각이 들 정도였다.

"…………"

아아아아, 옆에 있는 레이도 민망해하는 것 같았다.

미리 영화의 내용을 좀 더 자세히 살펴볼 걸 그랬다. 아무리 그런 생각을 해봤자 이미 엎질러진 물이지만.

좀 전에 자신의 성적 취향은 무덤까지 비밀로 가져가겠다고 맹세했는데. 도대체 이게 무슨 일인가. 악마의 농간이라는 생각밖에 안 들었다.

“————!”

——스크린에 비친 두 명의 여학생들이 농후한 키스를 하고 있었다.

그리고 자신은 무의식중에 그들을 자신과 레이로 바꿔 놓고 있었다. 그걸 깨달은 순간, 나는 지독한 자기혐오에 사로잡혔다.

……고문 같은 두 시간이 끝났다. 서서히 밝아지는 영화관 안에서 나는 조용히 한숨을 내쉬었다.

영화 자체는 재미있었기 때문에 괜히 더 화가 났다. 그리고 옆에 있는 레이의 얼굴을 보는 게 무서웠다. 아니, 사실 내가 잘못한 것은 없지만.

“……저, 저기, 레이? 이제 나갈까?”

용기를 내어 옆에 있는 레이에게 말을 걸었다. 그런데 레이는 반응이 없었다.

“……레이?”

나는 어리둥절하여 그녀의 어깨에 손을 얹었다.

“——꺅?!”

그 순간 레이의 몸이 움찔! 하고 크게 움직였다.

언제나 평온하고 여유로운 레이답지 않은 행동이었다. 나도 덩달아 동요하고 말았다.

“레, 레이, 왜 그래?! 무, 무슨 일이야?”

“어, 아, 유, 유리? 아—, 저기, 어, 그게…….”

엄청나게 당황하는 레이. 이미 거의 다 나가긴 했지만 아직 영화관에 남아 있던 사람들이 일제히 의아해하는 시선으로 이쪽을 본다. 이건 별로 바람직하지 않았다.

"우, 우선 밖으로 나가자, 응? 걸을 수 있어?"

"으, 응…… 유리, 미안해……."

나는 일단 레이를 억지로 데리고 나가기로 했다.

"자, 여기 물. ……좀 진정됐어?"

"응. 미안해, 유리……."

레이는 내가 건네준 페트병에 입을 댔다. 이제야 겨우 마음이 진정된 것 같았다.

멀티플렉스 뒤편. 벤치만 놓여 있는 인적 없는 휴게 공간에서 나와 레이는 나란히 붙어 앉았다.

"……그게, 있잖아. 아까 그 영화를 봤더니."

레이는 독백을 하는 것처럼 띄엄띄엄 말을 꺼냈다.

"옛날 일이, 생각이 났어."

"옛날 일……?"

애매한 말투였다. 내가 그 말을 똑같이 되풀이하자 레이는 고개를 끄덕였다.

"응. 나 말이지, 어…… 이미 다 나았다고 생각했는데. 이걸 알게 되면 유리 너도, 유우랑 후유키도 나를 싫어하게 될 것 같아서, 그래서……."

두서없는 이야기.

그것은 가슴속에 잔뜩 맺힌 응어리가 너무 고통스러워서 토해내고 싶은데, 잘 토해내지도 못하는…… 그런 분위기였다.

"어, 유리……?"

나는 용기를 내어 레이의 떨리는 손을 붙잡았다.

"……레, 레이. 말하기 싫으면, 마, 말하지 않아도 돼. 하지만 혹시, 네가 말해서 속이 편해질 것 같으면, 나라도 괜찮다면 뭐든지 다 들어줄게. 응?"

횡설수설하는 내 말을 듣고 레이는 희미한 미소를 지었다. 그리고 마침내 결심한 것처럼 입을 열었다.

"초등학교 때―― 아니, 그보다 더 예전부터였나. 아무튼 나는 사실………… 남자도 여자도 '둘 다' 좋아할 수 있거든."

"…………헤엣?"

레이. 지금 뭐라고 했어?

"……두, 둘 다, 연애 대상으로 볼 수 있어. 중학생이 되기 전쯤에 그건 좀 이상하다고 생각해서, 일부러 남자만 좋아해보려고 의식적으로 노력했는데…… 아까 그 영화를 봤더니, 어, 다시 예전으로 돌아간 것 같아서…… 아앗! 오, 오해하지 말아줄래?! 유리 너한테 불순한 마음으로 접근했다든가, 그런 건 절대로 아니야!"

요약하자면 레이는 바이――양성애자 기질이 있나 보다.

――어라? 이거 혹시, 나도 기회가 있는 거 아냐?

머릿속에서 무지개색 빛이 어지러이 난반사되면서 팡파

르가 울려 퍼지는 참 바보 같은 연출이 펼쳐진 듯했다.

*

히 쭈 욱…….

오케이, 이 정도면 됐나.

완전히 벙찐 고양이처럼 된 유리를 바라보면서 나——네토라 레이코는 대체로 차트가 잘 진행되고 있음을 확신했다.

유리는 생각보다 온순한 초식동물 타입이었다. 그런 그녀를 상대로 다시금 NTR에 대한 포석을 까는 데 성공한 나는 진심으로 만족했다.

유리는 자기 자신의 동성애적 기질을 꺼림칙하게 느끼고 있었다. 하지만 나도 실은 비슷한 부류였다면? 그걸 알게 된 유리는 앞으로는 좀 더 적극적으로 나에게 접근해줄 것이다.

아아——, 다음에 다 같이 수영장에 놀러 가는 날이 기대되네요. 히쭉.

*

“——야, 잘 지냈냐? 유우키.”

“아, 후유키! 안녕—?”

푹푹 찌는 더위와 한여름의 햇살 속에서 나—— 쿠루시마 후유키는 절친인 유우키와 함께 우리 집에서 몇 정거장 떨어진 곳에 있는 워터 파크에 와 있었다.

"레이랑 시라세는?"

당연히 남자 둘이서 수영장에 놀러 온다는 땀내 나는 상황은 아니었다. 유우키와 함께 언제나 같이 노는 여자애 두 명까지 합쳐 넷이서 놀러 온 것이었다.

유우키의 말을 듣고 나는 휴대폰 메시지 앱으로 여자 두 명에게 어디 있는지 물어봤다. 그러자 금방 답장이 왔다.

"응, 좀 이따가 도착할 테니까 먼저 로비에 가서 기다리래. 덥다. 빨리 들어가자."

자동문을 통해 에어컨이 켜져 있는 실내에 들어가 한숨 돌렸다. 그리고 자판기에서 생수를 뽑아 들고 시간을 때웠다.

"너랑 레이와 함께 수영장에 오는 게 얼마 만인지 모르겠네. 실은 나 은근히 기대 많이 했어."

"이 수영장도 초등학교 저학년 때 이후로 처음 와봤으니까…… 4년 만인가?"

"그때보다는 놀이시설도 꽤 많이 늘었나 봐. 수상 운동기구라든가 커다란 워터 슬라이드 같은 거."

입구에서 나눠주던 팸플릿을 한 손에 들고 유우키가 너무나 순수하게 설레어하고 있었다. 그래서 저절로 내 장난기가 발동했다.

"그래, 기대를 했다고……? 응, 확실히 기대된다——. 레이와 시라세의 수영복."

"어헉?! 후, 후유키?! 나, 나는, 그런 뜻으로 말한 게……!"

"크크큭, 어차피 너도 나도 남자잖아? 숨길 필요 없어. 저번에 그룹 채팅방에 올라온 레이의 비키니 차림을 실제로 볼 수 있는 거잖아? 시라세도 의외로 장난 아니고. 남자라면 기대하는 것도 당연하지."

얼굴이 새빨개진 유우키를 가지고 놀고 있는데 저 멀리서 익숙한 목소리가 들려왔다.

아마 우리가 기다리던 사람이 도착한 모양이다.

"얘들아, 오래 기다렸지—!"

"타치바나, 쿠루시마, 안녕?"

헐렁한 블라우스와 롱스커트를 입은 시라세, 흰 원피스와 밀짚모자라는 정석적인 패션으로 나타난 레이. 두 사람이 이쪽으로 걸어왔다.

사복 차림의 두 여자 앞에서 나와 유우키는 약간 허둥거리면서도 애써 동요를 숨기고 인사를 받아줬다.

"응. 레이, 시라세. 안녕?"

"안녕, 둘 다 더운데 오느라 고생했다."

레이는 물론이고, 레이 덕분에 이미지가 확 달라진 시라세도 객관적으로 봤을 때 상당한 미소녀였다.

그런 두 사람이 나란히 걸어오자 엄청나게 눈에 띄었다. 힐끔힐끔 주변 사람들의 시선이 이쪽으로 향했다. 그래서 조금 우월감 비슷한 것을 느끼고 있었는데, 그때 레이가 내 손에 들린 페트병을 눈치챘다.

"앗, 후유키. 좋은 걸 가지고 있네? 한 모금만 줄래—?"

"응…… 그래, 마음대로 해라."

……간접 키스. 아니, 이 여자는 그런 에로틱한 의미는 생각도 안 할 거다.

레이는 '내 사람'이라고 한번 정한 사람에 대해서는 한없이 무방비해진다.

여기서 내가 이상하게 반응해도 분위기만 어색해질 뿐이다. 그래서 나는 자연스러운 척하면서 레이에게 페트병을 건네줬다.

"후유키, 고마워—! ……으응."

주저 없이 페트병 주둥이를 입술에 가져다대는 레이.

그 모습을 보려니까 왠지 민망해져서 나는 시선을 좀 아래로 내렸다.

……잠깐만. 나 지금 믿을 수 없는 것을 봤는데.

유우키도 눈치챘나 보다. 얼굴이 귀까지 온통 새빨개져 있었다.

이 바보야, 도대체 왜 흰색 원피스를 입으면서 비침 방지는 하나도 안 한 거냐?!

희미하게 비쳐 보이는 레이의 속옷 때문에 나는 정신이 나가버릴 것 같았다.

브래지어도 팬티도 조금만 눈에 힘을 주면 다 보일 것 같잖아. 이 멍청아.

잠깐, 애초에 시라세도 여자라면 눈치챘을 거 아냐?! 이런 건 네가 동성으로서 주의를 주라고!

"──휴. 고마워, 후유키."

그런 내 속마음도 모르고 태평하게 웃으면서 페트병을 돌려주는 레이.

……아니, 아무리 그래도 이건 아니지.

나 혼자만 본다면 얼마든지 환영──은 아니고.

나 말고 다른 녀석이 본다는 게 화나──는 것도 아니고.

……레이도 더 이상 아무것도 모르는 어린애가 아니다. 이건 아무래도 주의를 줘야 할 것이다. 나는 어쩔 수 없이 손해 보는 역할을 떠맡기로 했다.

"어─, 저기, 레이. ……다 보인다."

"응? 뭐가?"

"……속옷. 원피스 위로 다 비쳐 보여. 멀리 외출할 때는 좀 더 위기감을 가지는 게──."

"아, 괜찮아. 왜냐하면 이건 속옷이 아닌걸."

"……뭐?"

나는 그 말의 의미를 이해하지 못하고 곤혹스러워했다. 그때 레이가 원피스 가슴팍을 앞으로 쭉 잡아당겨서 나와 유우키에게 옷 안쪽을 보여줬다.

뭐 하는 거야, 이 녀석?!

"봐, 안에는 수영복을 입고 왔어! 당연히 갈아입을 속옷도 잊지 않고 가져왔고, 이따가 집에 갈 때 입을 비침 방지 속옷도 가져왔어! 속옷이 다 보이면 민망하잖아."

준비는 완벽해! 하고 웃으면서 두 손으로 브이 자를 그리는 레이. 그걸 본 나는 두통을 느끼면서 시라세에게 '네 단짝은 성교육을 대체 어떻게 받은 거냐?'란 시선을 보냈다. 시라세는 모르는 척 고개를 반대쪽으로 휙 돌렸다. 야.

옆을 봤더니 유우키는 코피를 참으려는 것처럼 하늘을 우러러보고 있었다.

"응, 그럼 이따 봐—."

합류하자마자 한바탕 소동이 있었지만, 어쨌든 나와 유우키는 레이 팀과 헤어져 탈의실로 향했다.

어차피 남자가 옷 갈아입는 것은 순식간이다. 그냥 벗고 입기만 하면 되니까.

재빨리 옷을 갈아입은 나와 유우키는 수영장 입구에서 레이와 시라세를 기다렸다.

"……학교 수영장에서도 생각했는데. 후유키, 너 복근이 장난 아니구나……."

"레이랑 똑같은 말 하지 마. 유우키 너도 초등학교 때에 비하면 제법 탄탄해졌잖아."

내 말을 들은 유우키는 쓴웃음을 지으며 뺨을 긁적거렸다.

"아—, 레이와 함께 달리기를 했으니까. 레이는 한계를 파악하는 능력이 좋아서 매번 거의 죽기 직전까지 달리게 했거든? 그래서 나한테는 좀 트라우마가 됐는데……."

"그 녀석의 이상하리만치 뛰어난 코칭 기술은 대체 뭘까? 진짜로 매니저가 되어주지 않으려나…….."

……웃으면서 그런 이야기를 했지만, 나는 내심 유우키를 과보호하는 레이의 태도에 대해 묘하게 언짢은 기분을 느꼈다.

나도, 실은 좀 더 레이와——.

"오래 기다렸지—?"

"두, 둘 다 기다리게 해서 미안해…….."

내 생각에 추악한 질투가 섞이기 시작했을 때, 레이와 시라세의 목소리가 날아와 그것을 깨뜨렸다.

레이는 자신만만하게 떡 버티고 섰다. 시라세는 그 뒤에 숨듯이 섰고.

……그래, 예상대로 둘 다 상당히 괜찮은 느낌이었다.

레이는 사진 속에서도 입었던 상쾌한 이미지의 하늘색 비키니였고, 시라세는 외출복에 가까운 노출이 적은 원피스 수영복을 입고 있었다. 둘 다 잘 어울려서 잡지 모델 같구나. 그런 진부한 감상이 마음속에 생겨났다.

여자의 비일상적인 피부 노출에 저절로 눈길을 빼앗기면서도, 나는 과잉 반응을 하지 않으려고 냉정하게 노력했다. 하지만 유우키는 그러지도 못하는 것 같았다.

"와…… 저, 저기, 레이야. 어—, 그…….."

"오, 너희 둘 다 잘 어울리는데? 예뻐 보여."

유우키가 횡설수설하고 있었으므로 내가 옆에서 슬쩍

도와줬다. 그러자 레이는 태양처럼 환하게 웃었다.

"후유키, 100점 만점이야! 칭찬할 때 쑥스러움이 없어서 아주 좋아! ……유우, 넌 좀 더 노력하자, 응?"

"으윽, 미안해. 레이……. 저기, 하지만, 나도 잘 어울린다고 생각해. 너도, 시라세도."

유우키가 간신히 칭찬을 쥐어짜내자 레이는 쓴웃음을 지으며 어깨를 으쓱했다.

"음——…… 뭐, 그 정도면 아슬아슬하게 합격인가?"

"대체 넌 뭔데?"

내가 한마디 쏘아붙이자 레이는 킥킥 웃으면서 가볍게 준비운동을 시작했다.

"자, 그럼 몸 좀 풀고 나서 수영해 볼까? 어디부터 갈래?"

"끝에서부터 하나씩 해치우자. 우선 유수 풀에 들어가면 다른 구역을 구경할 수 있는 것 같으니까, 그렇게 견학부터 해보자. 시간은 얼마든지 있으니까."

지금은 아직 오전.

레이와 유우키가 의욕을 불태우는 바람에 거의 수영장 오픈 시간에 맞춰 집합하게 되었으므로, 우리가 놀 시간은 얼마든지 있었다. 뭐, 지금부터 전력을 다해 논다면 아마 중간에 체력이 방전되어버릴 테지만.

"좋아, 그럼 가볼까?"

"""응—!""" 하고 합창하듯 겹쳐지는 세 사람의 목소리. 나는 쓴웃음을 지으며 유수 풀 입구로 향했다.

“오―, 저렇게 큰 슬라이드가 생겼구나. 예전에 셋이서 왔을 때에는 없었잖아?”

도중에 수상 운동기구나 큰 파도를 발생시키는 파도 풀 등을 간간이 둘러보면서 유수 풀에서 둥둥 떠다니고 있었는데, 그런 우리의 눈앞에 유독 시선을 사로잡는 거대한 구조물이 나타났다.

“아마 2인승 대형 워터 슬라이드일 거야. 가볼래, 레이?”

“응, 가자, 가자! 유리, 같이――.”

그렇게 말하면서 레이는 튜브를 붙잡고 있는 시라세를 돌아봤다. 그런데 시라세는 파랗게 질린 얼굴로 고개를 옆으로 흔들고 있었다.

“미, 미안해, 레이야. 난 고소 공포증이 있어서…….”

“아…… 그럼 어쩔 수 없네. 슬라이드는 다음 기회에――.”

“아, 아냐! 나한테는 신경 쓰지 말고 타고 와! 난 밑에서 기다릴게.”

하기야 시라세의 성격이라면, 자기 때문에 레이가 수영장에서 마음껏 놀지 못하는 게 더 신경 쓰일 테지.

“2인승이잖아? 그럼 나랑 시라세는 기다릴 테니까, 유우키랑 레이 둘이서――.”

“주먹 아님 가―위―!”

“어?”

레이의 한마디에 나는 무심코 반응하여 꽉 움켜쥔 주먹

을 내밀었다. 유우키도 마찬가지였나 보다. 조건반사로 가위를 냈다.

그리고 레이는 나처럼 주먹을 꽉 쥐어 내밀고 있었다.

"좋아, 일단 나랑 후유키가 같이 타고 올까?"

"뭐? 아, 아니, 나는……."

"아— 아쉽다. 나도 타고 싶었는데."

"그럼 다음에는 유우는 고정이고, 나머지 한 명은 나랑 후유키가 가위바위보로 정할까?"

내가 무슨 말을 하기도 전에 기정사실처럼 이야기가 흘러가고 있었다.

……레이, 넌 괜찮아? 파트너가 유우키가 아니라 나여도?

나도 그렇게까지 둔한 편은 아니었다. 레이가 유우키에게 친구 이상의 감정을 품고 있다는 것쯤은 눈치채고 있었다.

그러니까 나 자신의 감정과는 상관없이 웬만한 상황에서는 유우키에게 이것저것 양보하려고 했는데…….

"저기—, 레이?"

"응, 왜? 후유키."

슬라이드 탑승구로 가는 계단을 오르면서 나는 레이에게 질문했다.

"유우키가 아니어도 괜찮은 거야? 같이 슬라이드 타는 사람."

"뭐? 아, 그야 당연히 유우랑 같이 타고 싶은데?"

"………………!"

……어찌 보면 이미 알고 있던 대답이었다. 그런데도 내 마음은 제멋대로 우울해지려고 했다.

그야 그렇겠지. 레이는 당연히 나보다 유우키와 같이 있는 것을 좋아할——.

"——그러니까 맨 처음에 너랑 같이 타게 되어서 다행이야! 알다시피 난 가위바위보 잘하잖아? 너한테는 미안하지만 다음엔 또 내가 유우랑 같이 탈 거야—!"

"……뭐?"

"애초에 나는 너하고도 같이 슬라이드 타고 싶었는걸. 아, 물론 유리하고도. 알지?"

"……하! 그게 뭐야? 욕심도 많네."

"뭐 어때? 친구들이랑 수영장에 오는 건 오랜만인걸. 그러니 좀 욕심 부리면서 마음껏 놀아도 되잖아?"

뺨을 부풀리면서 툴툴거리는 레이. 나는 기운 빠진 미소를 지었다.

연애에 관한 것은 솔직히 말해서 잘 모르겠지만, 그래도 레이는 나와 유우키를 둘 다 평등하게 소중히 여겨주고 있었다.

……그렇다면 얌전히 포기하는 것은 아직은 좀 이르지 않나?

나는 다소 가벼워진 발걸음으로 레이와 함께 슬라이드 탑승구로 이어지는 계단을 끝까지 올라갔다.

"우와―…… 생각보다 더 높네? 후유키……."

"아마 높이는 20미터라고 팸플릿에 적혀 있었을 거야. 이 정도면 국내 최고 수준으로 고저차가 나는 워터 슬라이드일걸?"

"……내가 유리는 아니지만, 그래도 좀 무서워졌어."

그런 말을 하면서도 즐겁게 웃는 레이. 그걸 본 나는 쓴웃음을 지었다. 그리고 우리는 튜브가 앞뒤로 두 개 붙어 있는 듯한 형태의 워터 슬라이드 전용 보트에 타기로 했다.

"레이, 넌 앞이랑 뒤 중 어디가 좋아?"

"당연히 앞이지! 가위바위보 할래?"

"아니, 난 어느 쪽이든 상관없으니까 뒤에 타도 돼."

그런 말을 주고받으면서 우리는 코스 위에서 안전요원의 출발 신호를 기다렸다.

……물살이 꽤 셀 것 같은데.

조금 긴장하면서 나는 레이에 이어 보트 뒤쪽에 앉았다.

"꺅, 후후, 간지럽잖아? 후유키."

"……아―, 미안."

……보트의 구조상 뒤에 앉은 사람의 다리는 앞에 앉은 사람의 옆구리로 들어가게 되어 있었다.

다리이긴 하지만, 그래도 레이의 부드러운 감촉이 느껴져 나는 허둥거렸다.

한편 레이는 전혀 신경도 안 쓰는 것 같았다. 그냥 나 혼자 난리 치는 거잖아…….

그런 생각을 하고 있는데 안전요원이 출발 신호를 보냈다.

"후유키! 간다―!"

"그래, 튕겨 날아가지나 마라―."

그 직후. 우리가 탄 보트는 지상을 향해 급가속하기 시작했다.

"이햐앗――!!"

"이거 보기보다 더 화끈한데……?!"

레이의 환호성을 들으면서 나는 좌우로 마구 흔들리는 보트에 의식을 집중시켰다.

시간으로 따지면 겨우 몇 분 정도였을까. 우리가 탄 보트는 마음껏 가속하다가 최종적으로는 물보라를 일으키며 골인 지점인 수면과 충돌했다.

"와앗!"

"――푸핫! 헉, 레이? 너 괜찮아――?"

나는 격렬한 물보라에 휘말려 푹 젖은 얼굴을 닦고 레이에게 말을 걸었다.

"아하하, 굉장했어! 그렇지? 후유키!"

흠뻑 젖은 머리카락을 쓸어 올리면서 웃는 얼굴로 이쪽을 돌아보는 레이. 그 모습을 본 순간 나는 얼어붙었다.

"아, 커억……?!"

레이의――정확히 말하자면 레이의 '아무것도 안 걸친' 상반신을 보고, 나는 그저 한심한 신음성을 흘릴 수밖에 없었다.

중학생이 되고 나서 한층 더 몸매가 여자다워진 레이.

나는 그 봉긋한 가슴과 핑크색 끝부분에서 눈을 떼지 못하고 딱딱하게 굳어버렸다. 그런 내 모습을 본 레이는 그제야 시선을 밑으로 내리더니 자신의 상태를 눈치챘다.

"——으응? ……어, 아, 뭐야?! 후, 후유키! 보지 마?!"

"자, 잠깐, 진정——으악?!"

동요한 레이가 갑자기 움직이는 바람에 보트가 출렁거렸다. 그대로 우리가 탄 보트는 깔끔하게 뒤집혀버렸다.

물은 허리까지만 잠기는 수준이었다. 하지만 동요한 레이는 패닉 상태에 빠진 것처럼 마구 허우적거렸으므로 나는 허둥지둥 그쪽으로 뛰어갔다.

"레이, 괜찮아?!"

"——푸핫! 어헉, 쿨럭!"

내가 억지로 레이를 끌어당기자, 레이는 약간 숨이 막혀 헐떡거리면서 정신을 못 차리고 나에게 달라붙었다.

……그러면 뭐, 필연적으로 레이의 가슴이 '꾸욱' 하고 밀착될 수밖에 없었고…….

나는 정신이 아득해지는 것을 느꼈지만, 그래도 필사적으로 혈류가 하반신의 일부분에 집중되는 것을 막으려고 머릿속에 할아버지와 할머니 얼굴을 떠올렸다.

그러는 사이에 레이는 겨우 정신을 차린 것 같았다. 귀까지 새빨개진 얼굴로 조그맣게 중얼거렸다.

"……저, 저기, 후유키. 지…… 지금 떨어지면, 이것저것

다 보이니까…… 조금만 더, 이대로 있어도 돼……?”

그러더니 레이는 점점 더 가슴을 딱 붙이듯이 나를 끌어안았다.

제발 좀 살려주라…….

가슴팍에 느껴지는 레이의 가슴의 감촉. 그로 인해 내 머릿속의 할아버지와 할머니 얼굴이 사라져간다.

이봐, 쿠루시마 후유키. 너 오늘 여기서 죽는 거냐.

“————앗!”

레이가 뭔가 난처한 사실을 눈치챈 것처럼 신음성을 흘렸다.

그야 뭐, 그렇겠지. 이렇게 딱 달라붙어 있으니, 내 하복부에서 어마어마한 사건이 벌어진 것은 모를 수가 없겠지. 나는 말없이 두 손으로 얼굴을 가렸다.

“저, 저기, 미안. 하, 하긴, 후유키도 남자애니까…………어, 저기…… 저, 정말 늠름해서 좋다고 생각해!”

“죽여줘…….”

그로부터 수십 초 후. 지상에서 우리의 상황을 보고 있던 시라세와 유우키가 물 위에 둥둥 떠내려간 레이의 수영복 상의를 회수해서 허둥지둥 이쪽으로 뛰어와준 덕분에, 나는 천국과 지옥에서 해방될 수 있었다.

*

실은 이것도 다 계획된 거지.

나—— 네토라 레이코는 후유키를 끌어안은 채 히쭉! 하고 입을 초승달처럼 쫙 찢어지게 벌렸다.

나는 지상에 도착하기 전에 수영복 상의의 잠금장치를 빛의 속도로 민첩하게 풀어서 완벽한 형태로 후유키의 정서를 파괴하는 데 성공했다.

덤으로 후유키 주니어의 존재를 느끼고 부끄러워함으로써 '난 너를 분명히 남자로 보고 있어'라고 어필하는 작업도 다 끝냈다. 완벽했다.

사전에 이 친구들한테는 비밀로 수영장을 시찰하러 왔었다. 그렇게 현장 사전조사를 한 보람이 있었다. 애들한테는 4년 만에 와본다고 했지만, 그건 거짓말이었다.

나는 대의를 위해서는 기꺼이 몸을 던질 수 있는 여자다.

장래에 네토라레를 당하기 위해서라면 수영복을 벗어 던지고 가슴 한두 개쯤 보여 주는 것도, 그걸 꽉꽉 눌러 붙이는 것도 거부하지 않는 네토라레 여자인 것이다.

한동안 나는 자신의 하복부를 꾹꾹 찌르는 후유키 주니어를 느끼고 있었다. 그 후 유우와 유리가 물에 떠내려간 내 수영복을 회수해 가지고 와줬다.

나는 유리가 건네준 수영복 상의를 입고 나서 친구들에게 고맙다고 인사했다.

"아하하…… 어, 저기, 고마워. 유우. 유리. 내가 좀 패닉 상태에 빠져서……."

“으, 응…….”

“아, 아니, 아무튼 별일이 없어서 다행, 이야…….”

좀 전까지 내가 후유키를 끌어안고 있는 모습을 봤었던 두 사람은 눈에 띄게 동요하고 있었다.

아아~~ 너무 좋아 미치겠네.

＊

“아, 정말 재미있었다~! 얘들아, 그렇지?”

해 질 무렵. 수영장에서 제일 가까운 역으로 걸어가면서 나는 기분 좋게 싱글벙글 웃으며 다른 친구들에게 말을 걸었다.

“하하, 물론 재미있긴 했지만…… 난 내일 근육통이 생길 것 같아…….”

“흐아암…… 수영을 하고 나면 이—상하게 잠이 온단 말이지.”

“나도…… 이따가 전철에서 졸다가 내릴 역을 지나칠까 봐 걱정이야…….”

워터 슬라이드에서의 노출 이벤트 직후에는 약간 분위기가 어색해졌었다. 하지만 가슴을 다 보여준 당사자가 전혀 신경 쓰지 않는 것처럼 행동했으므로, 집에 돌아갈 무렵에는 표면적으로는 평소와 같은 분위기가 돌아와 있었다.

“…………뭐, 뭐야, 왜 그래? 레이.”

물론 후유키는 여전히 어쩔 줄 몰라 하는 속내를 완벽하게 감추진 못했지만.

내가 몸을 던진 보람이 있다고나 할까. 아, 맛있다.

"으응—? 아니, 그냥. 우리가 다 같이 전철 안에서 졸다가 종점까지 가버리는 것도 청춘의 한 페이지 같아서 재미있겠다는 생각이 들어서."

"야, 야. 관둬라. 이상한 복선 깔지 마."

"우후후. 혹시나 꾸벅꾸벅 졸면, 유리의 잠자는 얼굴을 사진 찍어야지."

"뭐? 레, 레이야, 그러지 마."

"아, 맞다. 사진 하니까 생각났는데……."

유리와 훈훈한 백합 상황을 연출하면서 나는 휴대폰을 만지작거렸다. 곧바로 그룹 채팅방에 사진을 보냈다.

"어? 레이야, 뭐 보냈어?"

"수영장에서 찍은 기념사진. 아직 안 보냈었잖아."

채팅창에 표시되어 있는 것은 수영장에서 촬영한 우리들 네 명의 단체 사진이었다.

내가 옆에 찰싹 달라붙어서 쑥스러운지 웃고 있는 유리.

이런 사진에는 익숙한지 상쾌한 미소를 짓고 있는 후유키.

부끄러워하면서도 후유키를 따라 브이를 만들고 있는 유우.

——그래. 나쁘지 않다.

"……좋은 사진이네. 레이."

"그렇지? 이것만으로도 우리가 다 같이 수영장에 온 보람이 있어."

나는 온화한 미소를 지으며 유우를 쳐다봤다.

정말 소중한 친구. 소중한 사람. 그런 그들과 함께한 어느 여름날의 추억.

틀림없이 이 사진을 볼 때마다 나는 몇 번이든 다시 떠올릴 것이다.

수영장 물의 차가움.

다 같이 먹었던 점심밥의 맛.

나란히 걸었던 황혼녘의 바람의 냄새.

소중한 사람들의 웃는 얼굴.

둘도 없이 소중한 청춘의 '추억'…… 그것이 나의 NTR 풀코스의 '애피타이저'다…….

참고로 나의 풀코스는 여기서부터 '유우의 절망', '후유키의 죄책감' 등 최악의 메뉴가 줄줄이 차려져 나올 예정이었다. 스스로 생각해봐도 구제할 길 없는 쓰레기였다.

이처럼 언젠가 맛보게 될 풀코스의 맛을 황홀하게 몽상하면서, 나는 친구들과 함께 역의 플랫폼으로 들어온 전철을 탔다.

＊

"후아암……."

전철의 진동도 기분 좋게 느껴지는 이 상황에서 나—— 쿠루시마 후유키는 몇 번째인지 모를 하품을 늘어지게 했다.

"후유키, 너도 졸리면 자도 돼. 내가 잘 깨워줄게."

이미 유우키와 시라세는 곤히 잠들어버렸다. 깨어 있는 사람은 나와 레이밖에 없었다.

그 다정한 목소리와 미소가 내 가슴을 두근거리게 했지만, 나는 일부러 크게 어깨를 으쓱하면서 빈정거리듯이 웃었다.

"흥, 내가 잠들면 사진을 찍으려는 거지? 레이, 그거 나쁜 취미야."

"아, 들켰네? 유우랑 유리는 이미 찍었으니까, 이제 후유키만 찍으면 완성인데—."

까르르 웃으면서 휴대폰을 만지작거리는 레이. 나는 쓴웃음을 지었다.

……안 되겠다. 역시 자꾸만 의식하게 된다.

수영장에서 있었던 사건은 건전한 남자 중학생에게는 너무 독한 극약이었다.

잊으려고 해도 무의식중에 시선이 자꾸만 레이의 가슴으로 갔다. 레이의 가슴의 모양과 감촉이 뇌리에서 마구 난무했다.

"……후, 후유키. 너무 밝힌다……."

"으헉?!"

나의 음흉한 시선을 눈치챈 레이가 두 손으로 가슴을 가렸다.

"내가 분명히 잊어 달라고 했잖아……."

"……아니, 진짜 미안하긴 한데. 사람의 뇌는 휴대폰이 아니잖아. 그리 쉽게 기억을 지우거나 버릴 수는 없다고……."

"으윽~~! 남의 배꼽에 '그런 것'을 들이대 놓고선 이렇게 뻔뻔하게 굴다니, 진짜로 문제가 있는 거 아냐?!"

"악, 그만해! 진짜 죄책감과 수치심 때문에 죽을 것 같으니까! 나, 남자는 그런 걸 제어할 수 없단 말이야! 그러는 너도 좀 딱딱해졌었잖아!"

"우, 우와, 저질이다──?! 그, 그건 수영장 물이 차가워서……!"

우리가 시끄럽게 굴자 유우키와 시라세가 살짝 꿈틀거렸다. 그걸 본 우리는 둘 다 냉정해졌다.

"……관두자. 유리랑 유우한테 이런 멍청한 말다툼은 들려주고 싶지 않아."

"……그러게. 어─, 저기…… 정말로 미안하게 생각하고는 있어. 사과하는 것도 이상하지만. 내가 뭔가 해줄 수 있는 게 있다면 해줄게. 어때, 그걸로 봐주지 않을래?"

몹시 곤란해하는 내 얼굴을 보더니 레이는 가볍게 웃고 나서 조건을 하나 제시했다.

"좋아, 그럼 다음 주에 상점가에서 개최되는 여름 축제에 나랑 같이 놀러 가자. 그걸로 용서해줄게."

"뭐? 어—…… 그건……."

설마 데이트 신청이냐?

그렇게 들뜬 생각이 머릿속에 퍼뜩 떠올랐지만, 물론 이 여자는 그런 연애에 가까운 생각을 떠올릴 만한 녀석이 아니었다.

"유우랑 유리한테도 같이 가자고 할 거니까. 넷이서 또 같이 놀자. 여름방학도 슬슬 끝나가잖아."

아—, 네, 네. 그럴 줄 알았습니다. 쳇.

하지만 여름방학의 마지막 추억으로 다 함께 여름 축제를 즐기는 것도 나쁘진 않겠다 싶었다.

"그래, 알았어. 삼가 명을 받들겠습니다."

"흠, 좋아. 그럼 이제 화해하자."

그러더니 레이는 천진난만하게 웃으면서 이쪽으로 한 손을 내밀었다.

나는 레이의 하얗고 작은 손을 잡고 가볍게 위아래로 흔들었다.

"사실 우리가 싸운 건 아닌데."

"에이, 뭐 어때. 기분이 중요한 거야, 기분이."

차창 너머로 스며드는 저녁 햇살 아래에서 촉촉한 레이의 머리카락이 반짝반짝 빛났다.

——아아, 역시 포기하고 싶진 않아.

그동안 쭉 숨겨왔던 사랑의 불씨는 은은하게 계속 빛을

내고 있었다.

＊

"엄마, 나 다녀올게."
"응, 그래—. 너무 늦게까지 놀지는 마—."
어머니에게 그렇게 말한 뒤 나—— 타치바나 유우키는 집을 나섰다.
목적지는 상점가가 있는 큰길. 이 지역에서 개최되는 여름 축제 장소였다.
이번에도 레이의 제안으로 나, 후유키, 시라세, 그렇게 항상 같이 노는 네 명이 뭉쳐서 여름 축제를 구경하러 가기로 한 것이다.
『유리와 함께 유카타를 입고 갈 테니까 기대해』란 레이의 말이 떠올랐다. 나는 들뜬 마음으로 상점가로 향했다.
"——오, 일찍 왔네? 유우키."
약속 장소인 상점가 입구에서 심심풀이로 휴대폰을 만지작거리고 있었는데, 그런 내 앞에 후유키가 1등으로 나타났다.
"여자애들을 기다리게 하면 미안하니까."
"하긴, 그건 그런가. 레이랑 시라세는 둘 다 외모가 눈에 띄니까. 이상한 놈한테 걸려서 뭔가 문제가 생겨도 별로지."
"맞아. 여름방학의 마지막 추억에 문제가 생기는 건 싫어."

그런 이야기를 하면서 남자 둘이서 멍하니 친구를 기다렸다.

이 상점가의 여름 축제는 큰길을 통째로 빌려서 이루어지는 이 지역의 제법 큰 이벤트이기도 했다. 그래서 놀러 온 우리 중학교 학생들도 간간이 눈에 띄었다.

"앗, 쿠루시마랑 타치바나다!"

"안녕? 우리 말고도 우리 학교 애들이 많이 놀러 왔더라."

그중에는 이렇게 우리에게 말을 걸어주는 사람도 있었다.

유카타를 입고 온 우리 반 여학생 그룹과 가볍게 인사를 나눴는데, 그녀들이 같이 놀지 않겠느냐고 우리에게 제안했다.

"미안, 지금 친구를 기다리고 있어서."

"응. 모처럼 같이 놀자고 해줬는데 미안해."

우리의 말을 들은 여자애들은 장난으로 낙담하는 척했다.

"아아―, 뭐야. 까였네."

"우리랑 놀고 싶으면 말 걸어줘. 우리도 한동안 여기서 놀 거니까."

그러더니 가볍게 손을 흔들고 떠나갔다.

속으로 '끈질기게 권유받지 않아서 다행이다' 하고 안도했다. 그런데 그때 옆에서 후유키가 히죽히죽 짓궂은 미소를 지으며 나를 팔꿈치로 쿡 찔렀다.

"야, 유우키? 여자한테 헌팅을 당하다니, 인기 좋다?"

"방금 그건 후유키를 노린 거였잖아. 나는 기껏해야 재미있는 애완동물 취급밖에 안 돼."

"——그렇게 겸손하게 굴 필요 없잖아? 유우도 후유키에게 지지 않을 정도로 여자들한테 꽤 인기 많은걸."
등 뒤에서 그런 목소리가 들렸다. 나와 후유키는 뒤를 돌아봤다.
그곳에는 나팔꽃 무늬 유카타를 입은 레이와, 금붕어 무늬 유카타를 입은 시라세가 서 있었다.
"얘들아, 오래 기다렸지?"
"늦어서 미안해. 내가 옷을 입느라 오래 걸려서⋯⋯."
"원래 가슴이 크면 유카타는 잘 입기 어렵거든—."
"레, 레이! 부끄러우니까 그런 말 하지 마!"
사이좋게 노는 두 사람 앞에서 나는 몰래 연습해뒀던 말을 꺼냈다.
"으, 응. 두, 둘 다, 유카타가 정말 잘 어울려."
"우와, 국어책 읽기다."
"윽."
레이의 가차 없는 일도양단에 나는 상당한 충격을 받았다. 그때 시라세가 옹호해줬다.
"레, 레이. 타치바나가 노력하고 있잖아. 말을 좀 착하게⋯⋯."
"아하하, 미안, 미안. 칭찬해줘서 기뻐! 유우, 고마워."
"으, 응."

유카타 차림의 레이를 넋 놓고 바라보면서도 나는 얼빠진 표정을 짓지 않으려고 마음을 다잡았다.

"그나저나 우리는 이렇게 기합을 잔뜩 넣고 왔는데, 남자들은 뭐야? 평상복이라니~?"

"아니, 남자는 뭘 입어도 상관없지 않아?"

"하지만 모처럼 여름 축제에 놀러 왔잖아. 나는 남자가 진베이* 같은 걸 입고 오길 바랐는데ㅡ. 특히 후유키는 그런 옷이 잘 어울릴 것 같거든?"

"네, 네. 내년에도 기억하고 있으면 한번 고려해볼게요."

후유키와 레이가 가볍게 농담하듯이 그런 이야기를 했다.

……왠지 저번의 그 수영장 사건 이후로 두 사람의 거리가 좀 가까워진 듯한 느낌이 들었다. 이건 내 기분 탓일까.

"타치바나? 왜 그래?"

"ㅡㅡ응? 아냐. 시라세. 아무것도 아니야."

나도 모르게 불안한 표정을 지었는지 시라세가 나에게 말을 걸었다. 나는 허둥지둥 평온한 척하면서 아무 문제도 없다고 시라세에게 말했다.

ㅡㅡ괜찮아. 나의 지나친 생각이야.

왜냐하면 후유키는 내가 레이를 좋아한다는 사실을 알고 있으니까.

초등학교 시절에 나는 주제넘게도 레이를 짝사랑하게 되었는데, 후유키는 그런 나를 격려하고 응원해줬잖아.

----

* 남자가 입는 여름용 짧은 전통 의상.

『괜찮아. 유우키, 너는 엄청나게 좋은 녀석이잖아. 레이도 너의 좋은 점은 많이 알고 있을 거야.』

『하지만 후유키. 난 너처럼 멋있지도 않고…….』

『레이는 네 생각보다 훨씬 더 너를 소중히 여기고 있다니까. 자, 기운 내!』

나는 레이가 누군가에게 고백을 받을 때마다 의기소침해지는 겁쟁이였다. 그런데 후유키는 언제나 그런 나를 격려해주지 않았던가. 그랬던 그를 의심하다니, 배은망덕한 것도 정도가 있다.

나는 죄책감에 시달리면서 머리를 가볍게 흔들었다. 끈적끈적한 의심의 감정은 머리에서 좀처럼 떨어져 나가주지 않았지만, 그래도 기분을 새롭게 바꿀 정도의 여유는 생겼다.

"좋아, 그럼 가볼까! 유우. 떨어지기라도 하면 큰일이니까 손잡자, 응?"

"레, 레이…… 슬슬 어린애 취급은 그만해줘……."

나는 언제까지나 네가 돌봐줘야 하는 어린애가 아니야.

네 옆에 나란히 설 수 있는 '남자'로서 나를 봐줬으면 좋겠어.

그런 마음은 축제의 북적거림 속에 녹아 들어갔다.

"……………"

드득드득드득드득드득.

"저, 저기…… 레이?"

빠각.

"악—?! 조금만 더 하면 성공할 뻔했는데—!"

분홍색 납작한 판을 송곳으로 살살 찌르던 레이가 비명을 질렀다.

레이는 소위 '달고나 뽑기' 놀이에 푹 빠져 있었다. 나는 쓴웃음을 지으며 그 어깨에 손을 올렸다.

"아하하, 아쉽게 됐네."

"유, 유우. 한 번 더! 한 번만 더 하게 해줘!"

레이는 줄기 부분이 똑 부러져버린 튤립 형태의 납작한 과자를 분하다는 듯이 입안에 확 집어넣었다. 그러자 후유키가 손가락으로 엑스 자를 만들었다.

"달고나 뽑기처럼 시간이 걸리는 게임을 처음부터 하면 어쩌자는 거야? 우리 아직 상점가 입구에서 10미터도 못 벗어났다."

"쿠루시마도 이렇게 말하잖아. 달고나 뽑기는 나중에 하자, 응?"

"으윽, 뭐, 유리가 그렇게 말한다면……."

친구들이 어르고 달래자 레이는 미련을 보이면서도 달고나 뽑기 가게를 뒤로했다.

"어휴. 여기서 군자금을 늘리고 싶었는데."

"관둬, 관둬. 저 가게 아저씨가 얼마나 까다로운지 알아? 한두 개는 순순히 상금과 교환해주지만, 그 이상은 어떻게든 트집을 잡아 불합격을 시킨다니까."

"아하하, 그래서 나랑 후유키도 옛날에 자주 쓴맛을 봤었지……."

그렇기 때문에 나와 후유키는 달고나 뽑기를 처음 한 개만 성공시켜서 무사히 푼돈을 벌었다. 참고로 시라세는 손재주가 끔찍하게 없어서 그냥 레이를 응원만 하고 있었다.

레이도 고액의 상금을 받으려고 고난이도 형태에 돌격했다가 결국 참패를 당하고 말았기에, 결국 여성 팀은 성과가 전혀 없었다. 나중에 뭐라도 사줘야겠다.

"자, 그럼 이제 어쩔까. 밥 먹기에는 아직 좀 이른데. 일단 끝에서부터 하나씩 구경하고 다닐까?"

"그러게. 돌아다니면서 맛있어 보이는 가게는 찜해뒀다가 나중에 사러 가자."

후유키의 제안에 우리는 찬성했다. 그리고 시끌벅적한 축제 현장을 걷기 시작했다.

점점 지나가는 여름을 아쉬워하는 사람들이 많은 걸까. 상점가에는 상당한 인파가 모여 있었다. 방심하면 우리도 금방 뿔뿔이 흩어져버릴 것 같았다.

"유리, 사람이 너무 많은데 손잡을까?"

"으, 응. 고마워. 레이."

레이의 말에 시라세는 순순히 고개를 끄덕이고 그녀의

손을 잡았다. 그러자 레이는 만족한 것처럼 웃더니 나를 향해 심술궂은 미소를 지었다.

"후후, 유리는 정말 솔직하고 귀엽네~. 유우는 애늙은 이가 되어서 이제는 나랑 손잡는 것도 싫어하는데."

"아, 아니, 싫어하는 건……."

내가 웅얼웅얼 변명하자 레이는 만족했는지 천진난만하게 활짝 웃었다.

"농담이야, 농담. 유리는 남자랑 손잡는 것은 별로 달가워하지 않을 테고, 아무래도 셋이서 손잡으면 걷기 힘들 테니까 하는 수 없지, 뭐."

그렇게 잡담을 하거나 여름방학 숙제의 진행 상황 등을 이야기하면서 우리는 여름 축제를 마음껏 즐겼다.

절대로 좋은 경품은 안 나온다고 소문난 끈 뽑기 게임, 금붕어 건지기, 사격 놀이 등을 하고 놀면서 약 한 시간 동안 우리는 시끌벅적한 축제의 거리를 걸어 다녔다.

"자, 실컷 돌아다녀서 배도 고픈데 슬슬 밥이라도 사 먹을까?"

"응, 찬성이야—. 마침 저기에 휴게소도 있잖아. 자리 잡을까?"

후유키의 말에 레이가 동조했다. 우리는 간단한 야외 천막 아래 의자와 테이블이 배치되어 있는 휴게소로 향했다.

운 좋게 4인용 공간을 확보하는 데 성공한 우리는 거기서 한숨 돌렸다. 이때 레이가 도중에 휴대폰으로 찍어둔 음식 부스 사진들을 보여줬다.

"우리 뭐 먹을까? 역시 타코야키랑 야키소바는 꼭 먹어야겠지—?"

"난 케밥도 좀 궁금한데—."

"레이야, 아까 저쪽에서 타피오카 가게도 봤어."

"어, 정말?!"

시끄럽게 떠들면서 예산을 고려해 무엇을 살지 메뉴를 정해나갔다.

"뭐, 대충 이 정도면 됐나? 그럼 나랑 유우키가 가서 사 올 테니까 여자들은 여기서 자리를 맡아놓고——."

"앗, 잠깐만. 후유키. 나랑 유우가 가서 사 올 테니까, 너는 유리와 함께 여기서 기다려."

레이의 말에 우리는 어리둥절한 표정을 지었다. 그러자 레이가 인선의 이유를 설명했다.

"여자 둘이서 멍하니 있으면 이상한 사람이 말을 걸어서 귀찮아질 수도 있잖아? 유리도 계속 걸어 다녀서 좀 피곤한 것 같으니까. 후유키가 여기 남아서 유리를 지켜줘."

"어, 뭐, 나야 상관없지만……."

"응, 그럼 부탁한다? 우리는 갈까? 유우."

"어, 으, 응."

그러더니 벌떡 일어난 레이가 내 손을 붙잡고 인파 속으로 걸어 들어갔다.

——나는 그 행동에서 아주 조금 기묘한 억지스러움을

느꼈지만, 즐겁게 웃는 레이의 얼굴을 보자 그렇게 사소한 위화감은 금방 녹아 사라져 버렸다.

"…………."

"저기, 쿠루시마?"

"──응? 아, 미안. 정신이 좀 멍해져서. 왜? 시라세."

"아, 아니, 뭐 별일은 아니지만…… 왠지 좀, 네 표정이 무서워 보여서 신경 쓰였거든……."

"뭐? 내가 그런 표정을 지었어? 미안, 기분이 나쁜 건 아닌데──."

뒤쪽에서 후유키와 시라세가 무슨 이야기를 하고 있었지만, 대화 내용은 주위의 활기와 소음에 파묻혀 내 귀에는 닿지 않았다.

──────히쭉.

"유우, 이거 봐. 딸기색이야."

'쏙' 하고 빙수 시럽 때문에 빨갛게 변한 혀를 보여주는 레이. 그걸 본 나는 불끈불끈…… 아, 아니지. 불끈불끈…… 아니라고. 불끈──두근거림을 느끼면서도, 레이의 머리를 가볍게 쿡 찔렀다.

"아야!"

"레이, 버릇없어."

"윽, 뭐야. 축제 음식에 테이블 매너를 따지는 사람이 어디 있어—?"

음식을 사 와서 휴게소에서 넷이 함께 식사하는 중이었다. 이미 배도 불러서 다들 편안하게 늘어져 있었다.

"불꽃놀이 시간까지는 얼마나 남았지?"

레이가 여름 축제의 대미를 장식하는 불꽃놀이 이벤트까지 시간이 얼마나 남았는지 물어봤다. 그러자 후유키가 휴대폰을 켰다.

"음—, 앞으로 10분쯤 남았네. 다른 데로 갈까?"

"어차피 좋은 곳은 남들이 다 차지했을 거야. 여기서도 보일 테니까 느긋하게 있자."

놀다가 좀 지쳐버린 우리는 그 말에 동의했다. 그리고 불꽃놀이가 시작될 때까지의 짧은 시간 동안 잡담을 나눴다.

"뭔가 의외인데—? 다들 여름방학 숙제를 잘 끝냈다니."

"평소부터 계획적으로 하라고, 어디 사는 누구 씨가 시끄럽게 잔소리를 해댔으니까."

"게다가 중학생이 되었는데도 여름방학 숙제 때문에 선생님한테 혼나는 건 좀 부끄럽잖아?"

"……여름방학. 끝나가는구나."

조금 쓸쓸한 것처럼 레이가 중얼거렸다.

그 말을 들은 시라세는 뜻밖이란 표정을 지었다.

"어, 레이라면 '너희들이랑 또 매일매일 만날 수 있게 되어서 기뻐!'라고 말할 줄 알았는데?"

"응, 그건 그래. 하지만 이렇게 큰 이벤트가 끝나버리면, '어린아이'로 있을 수 있는 시간이 또 하나 끝나는구나…… 하는 생각이 들어서. 왠지 좀 쓸쓸해져."

"레이……?"

그 울적한 시선과 의미심장한 말에 나는 약간 불안해졌다.

레이에게 무슨 말을 하면 좋을까 하고 잠깐 머뭇거렸다. 그런데 그때, 바람 빠지는 듯한 얼빠진 소리가 밤하늘에 울려 퍼졌다.

"──앗."

폭음.

공기가 흔들리는 감각이 느껴지면서 어둠 속에 화려한 빛의 꽃이 피어났다.

"와……."

"역시 여름에는 이거지."

불꽃축제의 불꽃만큼 본격적인 것은 아니지만, 그래도 밤하늘을 비추는 불의 꽃은 한숨이 흘러나올 정도로 아름다웠다.

"──예쁘다, 그렇지? 유우."

테이블 밑에서 살며시 레이의 손이 내 손을 잡았다.

평소에 나를 이끌어줄 때처럼 강하게 잡는 것이 아니라, 조심스럽게 손가락과 손가락을 서로 얽으면서 약하게 잡고 있었다. 나는 반사적으로 불꽃에서 시선을 떼고 레이를 뚫어져라 봤다.

"레이……?"

"……불꽃이 터지는 동안에만, 허락해 줘."

온화하지만 어쩐지 서글퍼 보이는 레이의 부서질 듯한 미소. 나는 더 이상 아무 말도 못 하고 그저 불꽃만 우러러볼 수밖에 없었다.

이윽고 유난히 큰 불꽃이 터졌다. 그것을 끝으로, 약간 째지는 듯한 음성으로 불꽃놀이 종료를 알리는 안내방송이 들려왔다.

내 손가락에 얽혀 있던 레이의 손가락이 마치 환상이었던 것처럼 스르르 떨어져 나갔다.

"아아—. 아쉽지만 이제 끝났구나."

거기 있는 것은 평소와 다름없이 활기차고 다정한 레이였다.

"——그럼 다음에는 학교에서 만나는 건가?"

"응, 아마도. 레이, 유우키, 너희 둘 다 어두우니까 조심해서 돌아가."

여름 축제 구경을 마치고 돌아가는 길.

시라세를 먼저 바래다준 다음에 후유키와 헤어지고, 나와 레이는 둘이서 집으로 가는 길을 걷고 있었다.

"유우, 정말 재미있었지?!"

"응. 내년에도 또 다 같이 가자."

불꽃놀이 때 보여줬던 그늘진 레이의 모습은 완전히 사

라져 있었다.

내가 잘못 본 게 아닐까 하는 생각이 들 정도였다.

"…………."

하지만 손에 남아 있는 레이의 손가락의 감촉이 나에게 호소했다. 그것은 환상이 아니었다고.

"유우, 집까지 바래다줘서 고마워."

"응, 아, 그래……."

어느새 우리는 레이의 집 앞에 도착해 있었다.

나는 여름 축제에 같이 가자고 제안해줘서 고맙다고 레이에게 인사한 뒤 그곳을 떠나려고 했다.

"……저기, 유우. 아직 시간 좀 있어?"

"뭐?"

나를 붙잡는 듯한 레이의 한마디. 나는 그대로 멈춰 섰다.

레이는 허둥지둥 현관 안으로 들어가더니 잠시 후 내 앞으로 돌아왔다.

"연장전. 조금만 하지 않을래?"

레이는 긴 손잡이가 달려 있는 일회용 라이터와, 봉지에 들어 있는 불꽃놀이 막대 폭죽을 손에 쥐고 있었다.

나는 레이의 제안을 받아들였다. 막대 폭죽을 한 손에 들고, 레이의 집에서 걸어서 몇 분쯤 걸리는 조그만 공원으로 갔다.

"여기 오는 것도 오랜만이네."

“유치원 시절에는 너랑 이 공원에서 자주 놀았는데. 안 그래? 유우.”

작은 모래밭과 놀이기구 몇 개밖에 없는 쓸쓸한 공원이었다. 이런 초라한 모양새 때문인지 그 당시 아이들에게는 인기가 없었다.

하지만 그 대신 여기에 놀러 오는 사람은 나와 레이 정도밖에 없었으므로, 공원을 통째로 빌린 것처럼 둘이서 놀 수 있는 이 공원을 그때의 나는 제법 좋아했었다.

“자, 폭죽은 반씩 나누자.”

레이가 집에서 가져온 소형 양동이에 공원의 수돗물을 받았다. 그렇게 우리는 폭죽놀이를 할 준비를 마쳤다.

“레이, 받아.”

“고마워. 유우.”

나는 손잡이 달린 라이터로 레이의 손에 들린 막대 폭죽에 불을 붙였다.

타닥타닥 작은 불꽃이 튀기 시작했다. 그걸 확인한 후 자신의 폭죽에도 불을 붙였다.

좀 전에 여름 축제의 하늘로 쏘아졌던 불꽃과는 비교하는 것조차 우스울 정도로 작은 불꽃. 하지만 이건 이것대로 정취가 있어 나쁘진 않았다.

“……있잖아, 유우.”

불꽃의 작은 불빛과 약한 가로등 불빛이 레이의 얼굴을 어렴풋이 비췄다.

"난 말이야. 중학생이 되면 '좀 더 유우와 가까워지면 좋겠다'고 생각했어."

"그건……."

그건 나도 마찬가지였다.

레이와 좀 더 가까워지고 싶다.

……가능하다면 친구 이상으로.

내가 그런 속마음을 토로하기 전에 레이가 말을 이었다.

"……하지만 말이지. 유리와 친구가 되고, 후유키와도 전보다 더 가까워졌고…… 그리고, 언제나 유우가 곁에 있잖아. 지금 나는 하루하루가 너무나 즐거워. 늘 행복하다고 생각하고 있어."

레이의 손에 들린 막대 폭죽의 기세가 서서히 약해졌다. 그것은 레이의 심경을 나타내는 것 같았다.

"유우와, 좀 더 가까워지고 싶어. ……하지만 지금이 너무 행복해서, 친구들 모두와 함께 있는 것이 눈물 나게 즐거워서…… 내가 무슨 짓을 했다가는, 이런 일상이 끝나버릴까 봐 무서워……."

"레이……."

수명이 다한 막대 폭죽이 검게 변해 침묵했다. 툭 하고 끝부분이 바닥에 떨어졌다.

"……무서워. 무서워, 유우…… 변하는 게, 무서워……."

고개 숙인 채 떨고 있는 레이. 나는 그녀를 안아줬다.

“레이.”

“유우……?”

“……변하지 않아도 된다고 말하진 않을게. 나는 네 덕분에 변했으니까.”

열등감과 체념의 늪에 빠졌던 과거의 나를 바꿔준 사람은——구해준 사람은 레이였다.

그러니까 이번에는 내가 레이를 끌어 당겨줄 것이다.

——과거에 레이가 나에게 그렇게 해줬듯이!

“——넌 나한테는 그 무엇보다도 소중한, 둘도 없이 소중한 여자애야. 처음 만난 날부터 쭉, 계속…….”

“유, 유우…….”

“같이 변해가자, 레이. 틀림없이 그 앞에는 지금보다 더 즐겁고 멋진 나날이 기다리고 있을 거야.”

아주 조금만, 나는 레이를 껴안은 팔에 힘을 줬다.

“내가——우리가, 네 곁에 있으니까.”

……여기서 “내가 네 곁에 있어”라고 단언하지 못하는 것이 나의 약점일 것이다.

하지만 분명 후유키와 시라세도 나와 같은 마음이겠지.

영원히 어린아이로 남아 있을 수는 없다.

그렇다면 우리 함께 변해가자. 더 나은 내일을 향해. 더 즐거운 미래를 향해.

“……뭐야, 유우답지 않게 건방진 말이나 하고.”

“평소에는 늘 너한테 휘둘리면서 살잖아. 가끔은 이러는 것도 괜찮지 않아?”

나는 레이를 도발하는 것처럼 짓궂은 미소를 지었다.

속이 빤히 보이는 연기였지만, 그래도 레이는 내 의도를 이해했는지 장단을 맞춰줬다.

“와, 너 진짜 안 귀여워! 언제 이렇게 나쁜 남자애로 변해버린 거야?!”

“아하하, 그래. 그 정도로 기운이 났으면 이제 괜찮겠네. 자, 폭죽놀이나 계속하자.”

화난 것 같으면서도 기뻐하는 것 같은 표정. 좀 복잡한 표정을 짓고 있는 레이와 함께 나머지 막대 폭죽을 처리했다.

달빛과 폭죽의 섬광을 받은 레이의 옆얼굴은 참으로 아름다웠다.

＊

“……무서워. 무서워, 유우…… 변하는 게, 무서워…….”

불이 꺼진 막대 폭죽을 든 채 나── 네토라 레이코는 고개를 숙였다.

이건 연기도 뭣도 아니었다. 나 자신의 솔직한 속마음이었다.

──나는 어찌할 수 없을 정도로 ‘변화’를 무서워하고 있었다.

그렇다. 현재 나는 유우, 후유키, 유리까지 품질이 아주 좋은 NTR 배우들을 준비하는 데 성공했다. 그런데 이런 현 상황에서 외간 남자 후보를 더 늘려버린다면 진행의 완성도가 무너지지 않을까? 하는 극도의 두려움을 도저히 주체할 수 없었다.

사실 당초 예정보다 외간 남자 후보 선별 작업은 잘 진행되지 않았다.

추가로 불량배, 음침한 변태, 근육 고릴라 같은 캐릭터들도 손에 넣고 싶었다. 여자 후배를 맡길 만한 경박한 남자도 아직 확보하지 못했다.

……하지만 후유키와 유리만 있어도 충분하지 않을까?

억지로 범위를 넓혔다가 다 망쳐버릴 바에야, 차라리 현상 유지에 전념하는 게 성공률이 높지 않을까. 그래, 그건 확실하다.

위험을 줄이고 실수를 없애고 '완벽'을 추구하는 것이 잘못된 것일 리 없다.

이것은 게임도 아니고 놀이도 아니다. 내 인생을 칩으로 건 일생일대의 사업이다.

난 지금 놀이를 하는 게 아니라고!! 옆에 유우가 없었더라면 나는 분홍색으로 빛을 내면서 소리를 질렀을 것이다.

내가 그렇게 갈등하고 있는데, 유우가 갑자기 나를 끌어안았다.

"……변하지 않아도 된다고 말하진 않을게. 나는 네 덕분에 변했으니까."

　미안, 유우. 나 지금 생각을 좀 하고 있거든. 네 이야기는 나중에 하지 않을래?

　하지만 나는 상황을 읽을 줄 아는 여자다.

　대충 분위기를 파악하고 얌전한 표정을 지으면서 유우의 이야기를 들어보기로 했다. 거참 똑똑하구나. 나는 자화자찬했다.

　"——넌 나한테는 그 무엇보다도 소중한, 둘도 없이 소중한 여자애야. 처음 만난 날부터 쭉, 계속……."

　"————!"

　그것은 옛날에 내가 했던 말을 인용한 것이었다.

　그래. 실패 따윈 두려워하지 않고 오로지 꿈을 향해 미친 듯이 달려가던 그 시절——.

　"유, 유우……."

　나는 떨리는 입술로 신음하듯이 그의 이름을 불렀다.

　"같이 변해가자, 레이. 틀림없이 그 앞에는 지금보다 더 즐겁고 멋진 나날이 기다리고 있을 거야."

　——아아, 그렇구나.

　미래의 가능성을 믿는 유우의 말을 들은 순간, 나는 내 실수를 깨달았다.

　완벽한 현상 유지? 그런 것은 의미가 없는 것이다.

　'완벽'하다면, 그 이상은 있을 수 없다. 거기에 '창조'의 여지는 없다. 그것은 지혜도, 재능도 끼어들 틈이 없다는 뜻이다. 러브 코미디의 히로인이 할 만한 이야기는 아닌 것 같지만, 그건 이제 와서 따지는 것도 웃기고.

요컨대 지금의 나에게 필요한 것은 '완벽' 따위가 아니었던 것이다.

어제보다 더 나은 미래(NTR).

지금보다 더 멋진 가능성(외간 남자).

현재 상황보다 더 눈부신 미지(뇌 파괴)!

이것이야말로 인간의 꿈! 인간의 소망! 인간의 업!!

나는 나 자신의 성적 취향을 인류 전체의 문제로 바꿔치기했다.

와, 인류란 것은 참 나쁜 존재구나.

역시 나도 인류 전체의 카르마에 농락당한 불쌍한 희생자였던 것이다. 그러니 나를 동정해라. 나를 불쌍하다고 생각해라. 약자를 괴롭히지 마라!!

구역질나는 엉터리 논리와 쓰레기 같은 자기 정당화. 그 사이에서 고속으로 반복 뜀뛰기를 하면서도, 나는 그런 티를 전혀 내지 않고 유우와 막대 폭죽을 가지고 놀았다. 그 후 그는 나를 집까지 바래다줬다.

"저, 저기, 어, 유우……."

"으, 응."

"저기, 나 기뻤어. 내가 소중하다고 말해줘서. ……나, 나도, 네가……."

"레이~? 왔니—?"

""?!""

딱 좋은 타이밍에 어머니가 나를 불렀다. 이리하여 나는 유우와의 여름 축제 이벤트를 종료하기로 했다.

반쯤 고백이나 마찬가지인 상황을 흐지부지하게 만들어주는 기적의 인터셉트였다. 나는 크게 만족했다. 히죽.

"그, 그럼 난 갈게. 유우, 안녕! 늦게까지 같이 있어 줘서 고마워!"

"어, 아, 응! 아, 안녕!"

나는 혈액 조작으로 뺨을 붉히면서 억지로 대화를 끝낸 후 유우의 앞에서 떠났다.

고마워, 유우. 네 덕분에 나는 원점으로 돌아갈 수 있었어.

실은 그러면 안 되지만!

정말 지독한 짓이지만……!

외간 남자가 다섯 명! ——아니, 열 명은 더 있었으면 좋겠어!!

뇌를 잔뜩 파괴하고 싶어어어어!!

휴. 속이 시원하다.

좋아, 그럼 2학기에도 열심히 활동해볼까.

나는 속이 시원해졌으므로 2학기에도 열심히 잘해보기로 했다. 여름방학이 끝났다.

네, 여름방학도 끝나고 2학기가 시작됐습니다.

안녕하세요. 네토라 레이코입니다.

——그런데 사실 평범한 학교생활을 하다 보면 특별히 할 말이 없기도 했다.

왜냐하면 유우와 친구들도 중학교라는 새로운 환경에 익숙해졌고, 1학기와 여름방학을 통해 같은 반 학생들끼리의 인간관계도 안정되었기 때문이다. 이렇게 되면 일상생활 속에서 특별한 이벤트는 일어나지 않는 것이 현실이다.

물론 나는 유우와 친구들의 호감도 조정은 게을리하지 않았지만.

유우를 상대로는 안달복달 순수한 커플 성립 직전의 순애 러브 코미디 노선으로 접근. 후유키와 유리를 상대로는 성욕을 자극하는 에로 코미디 노선 같은 이벤트를 준비해 NTR 차트의 정밀도를 높이고 있었다. 또 종종 군것질하듯이 같은 반 학생인 야마다와 책상을 딱 붙이고 소셜 게임을 하면서 놀기도 하고, 맛있었던 과자를 나눠 주기도 하면서 '오타쿠에게 친절한 여자애' 같은 행동으로 그의 정서를 파괴하곤 했다.

하지만 이 정도는 나한테는 일상의 밍밍한 4컷 만화만큼 평범한 나날의 한 장면일 뿐이다. 그러므로 2학기 초반에는 나는 정말로 아무 이벤트도 없는 평화로운 학교생활을 보내고 있었다.

이런 상황에서 행동 리소스가 남아도는 내가 할 일은 하나밖에 없었다.

──그렇다. 외간 남자 후보를 선별하는 것이다.

절친 캐릭터와 백합 캐릭터는 이미 확보했다. 그러니 다음 목표물은…… 불량 캐릭터다.

그런데 이 불량 캐릭터. NTR에 조예가 깊은 지식인이라면 당연히 알고 있을 테지만, 관리하기가 무척 어렵다.

본디 규칙을 무시하는 속성이 있으므로 그는 NTR과는 전혀 상관없는 데서 문제를 일으켜 차트에서 이탈할 가능성이 있다. 그 정도는 조금만 머리를 굴려보면 간단히 예측할 수 있으리라.

안 그래도 외간 남자를 키우려면 시간과 노력이 장난 아니게 드는데 말이다. 그렇게 키운 녀석이 도둑질이나 폭행 같은 걸로 일일이 정학이나 퇴학을 당한다면? 진짜 말도 안 되는 이야기다.

그렇게 나쁜 짓을 할 바엔 차라리 같은 불량배 동료를 끌어들여 나를 폐허에서 (자체 검열)이나 해라. 비디오카메라 등등은 내가 직접 준비할 테니까.

그렇다고 내가 완벽하게 고삐를 쥐어서 그를 순종적인 꼭두각시로 만들어버린다면, 그건 또 불량 속성의 외간 남자로서 의미가 없어진다. 이 부분을 잘 조절하는 것이 정말로 어렵다.

　전생에 내가 양아치 커플을 깨뜨렸을 때에도 상황 조정을 하느라 엄청나게 고생했었다. 이제 와서 돌이켜보면 좋은 추억이지만.

　그런 점들을 고려해본다면, 무턱대고 불량한 외간 남자 캐릭터 연성에 도전하는 것은 좀 무모한 짓이라고 할 수 있으리라.

　뭐, 다소 허점이 생기더라도 그 후에는 전부 다 실수 없이 해낸다면 문제없으니까 속행해도 되겠지. 하지만 원래 급할수록 돌아가라는 말도 있으니까 여기선 신중하게 행동해보자.

　그래서 나는 우선 연습 삼아 프로토타입의 불량한 외간 남자를 미리 테스트용으로 몇 명 만들어보기로 했다.

　"넌 언제나 여기에 있구나?"

　"──아앙?"

　때로는 치안이 안 좋은 오락실에서 한가하게 놀고 있는 악동한테 접근해보기도 하고.

　"어, 저기, 고맙습니다⋯⋯."

　"⋯⋯쳇. 그냥 짜증 나서 때린 거지. 너를 위해 때린 게 아니야."

　때로는 불량배들이 모여 있는 뒷골목에서, 적당히 경박

한 바람둥이한테 일부러 쫓기면서 내 목표물이 있는 곳으로 도망쳐보기도 하고.

"부, 부탁이에요. 저, 저의 학생증, 돌려주세요!"
"큭큭큭. 야, 너무 무서워하지 마. 그냥~ 나랑 좀 어울려주기만 하면 된다니까?"
때로는 학생증(수제 위조품)을 빼앗겨서(정확히는 내가 떠넘겼지만), 벌벌 떨면서 상대의 요구를 들어주기도 하고.

뭐, 그런 식으로 테스트 제품을 몇 개 만들어내면서 내 나름대로 불량한 외간 남자 연성에 관한 노하우를 축적하는 데 성공하긴 했다.
참고로 내가 작성한 프로토타입들은 처음부터 차트에 집어넣을 예정은 없었으므로, 적당한 타이밍에 방류해 깔끔하게 내버렸다.
요컨대 그들은 일회용 실험동물이었던 것이다.
그들 대부분은 씁쓸한 청춘의 한 페이지로서 그 이별을 받아들이고 거의 원만하게 헤어졌다. 그런데 그중에는 폭력이나 협박의 냄새를 풍기면서 나에게 육체관계를 요구하는 녀석도 당연히 있었다.
아, 좋아, 좋아~~! 역시 불량 캐릭터란 것은~ 이래야 제 맛이지~~!
개인적으로는 얌전히 나와 헤어져준 순한 양아치들보다

더 좋은 인상을 받았다.

　──다만 유감스럽게도 NTR 본편은 고등학생 때 시작하기로 이미 정해놓았다.

　협박당해 벌벌 떨면서 교복을 벗는 것 정도는 허용해줄 수 있고, 테스트나 할 겸 실제로 해보기도 했지만. 본격적인 행위는 NG다.

　"──뭐냐?"

　나는 내 속옷을 건드리려고 하는 프로토타입의 뒤통수를 콱 붙잡아 그대로 폐허의 벽에 박아버렸다.

　그 남자는 순식간에 기절해 바닥에 쓰러졌다. 모름지기 완벽한 네토라레 여자는 상황을 통제할 수 있는 폭력의 힘을 가지고 있는 법이다. 피조물 주제에 조물주를 이긴다는 게 말이나 되겠느냐!

　그 후 나는 기절한 남자가 눈을 떴을 때 정확히 보일 만한 위치에다가 뭔가를 적어놓았다. 그것은 그 남자를 위협하는 온갖 정보였다. 그렇게 "목숨이 아까우면 전부 다 잊어라"라는 내용을 온건하게 전해두었다.

　어쩌면 이놈은 내 지시를 따르지 않을지도 모른다. 하지만 그때는 내가 더 강력하게 조교를 해주면 되니까. 다소 귀찮긴 해도 실수라고 할 정도는 아니었다.

　애초에 거세하기 쉬운 소재를 프로토타입으로 선택하기도 했고. 완벽한 네토라레 여자는 사후 관리도 빈틈없이 하는 법이다.

이런 식으로 악동 같은 프로토타입들도 처분 완료.

난폭한 취급을 당하는 것은 후유키나 유리를 상대로는 맛볼 수 없는 체험이었다. 그래서 좀 기분이 좋긴 했다. 하지만 그들은 결국 미리 테스트용으로 만들어낸 존재일 뿐. 본편이 시작되기 전에 맛보는 '간식'에 불과하니까 벌써부터 배불리 먹을 수는 없었다.

슬프구나. 나는 풀이 죽었다.

아무튼 대충 이렇게 평화롭고 아기자기한 일상을 즐기고 있었는데, 드디어 학교생활 쪽에서도 정석적인 큰 이벤트가 다가왔다.

그렇다. 학교 축제, 문화제였다.

*

"——문화제?"

"응! 이제 곧 학교에서 할 거야. 아아, 기대된다—."

그러면서 아이처럼 신나게 떠드는 사촌 누나. 나—— 산자카 치히로는 휴대폰 화면을 통해 그 모습을 보고 있었다.

"가끔은 치이 얼굴도 보고 싶어!"라는 레이의 요청에 의해 나는 이렇게 좀처럼 쓸 일이 없는 영상 통화 기능을 써서 한 달에 몇 번 정도는 레이의 얼굴을 보고 있었다.

뭐, 솔직히 말하자면, 나로선 내심 은근히 호감을 가지고 있는 소녀와 이렇게 얼굴을 마주 보고 이야기하는 것은 상당히 기쁜 일이다……. 그런데 이 여자는 변함없이 너무나 무방비하구나.

"응, 그래서 말이지. 실은 카페 같은 것을 해보고 싶었는데, 음식점은 1학년은 하면 안 된다는 규칙이 있어서——."

이제 막 목욕을 하고 나온 걸까. 레이는 얇은 셔츠와 다리가 꽤 많이 노출된 반바지를 입고 있었다. 그것은 아직 동정인 남자한테는 참으로 자극적인 시각 폭력이었다.

아무리 내가 사촌 동생이어도 그렇지, 나이가 한 살밖에 차이가 안 나는 남자 앞에서 어떻게 이렇게 무방비할 수 있을까?

설마 학교에서도 남자한테 이런 모습을 보여주는 건가? 그렇게 생각하자 현재 원거리 짝사랑 중인 나로서는 미칠 노릇이었다.

이러다가 진짜로 머잖아 나쁜 남자한테 잡아먹힐지도 모른다.

『치이야, 소개할게! 이 사람이 내 애인인 마 군이야!』
『안녕하심까——. 레이 남친임다——.』

——껄렁껄렁하고 진짜 형편없어 보이는 남자한테 레이가 홀랑 넘어가버린 장면이 저절로 상상이 됐다. 저도 모르게 "으아아아" 하고 뭐라 형용할 수 없는 소리가 흘러나올 뻔했다.

“──어휴, 뭐야. 듣고 있어? 치이?”

“어, 응. 듣고 있어, 듣고 있어.”

나는 마음이 딴 데 가버린 상태였는데, 그때 레이가 휴대폰 너머에서 화난 듯한 표정으로 얼굴을 가까이 들이댔다.

좀 헐렁한 셔츠의 네크라인 안쪽에서 뭔가 이것저것 보일 것 같아서 자연스레 시선이 빨려 들어갔다. 그래도 휴대폰 카메라 너머로는 내 시선이 상대에게 보이진 않겠지. 그래서 나는 망설임 없이 뚫어져라 쳐다봤다.

‘한심한 놈’이라고 나를 비웃을 테냐? 예쁜 사촌 누나에게 흑심을 품어본 적이 없는 녀석이라면 또 모를까, 그 외에는 용서하지 않을 테다.

친척 중에 이런 성인 만화 캐릭터 같은 여자가 있어서 툭하면 정서가 파괴되는 내 입장이 되어보란 말이다.

……솔직히 말하자면 그 덕분에 이득을 보는 면도 없잖아 있지만. 아무튼 이대로 있으면 나는 오로지 청초한 누님한테만 반응하여 흥분하는 몸이 되어버릴 것이다. 그래서 내심 벌벌 떨고 있었다.

“어휴…… 치이네 집이 근처에 있었으면 같이 문화제 데이트를 하자고 했을 텐데.”

아악──!! 야, 너! 진짜 그런 점이 문제라고! 너 듣고 있냐!!

나를 놀리고 있다는 것쯤은 알고 있었다. 그런데도 그 말에 두근거리지 않을 수 없었다.

내 성적 취향에 '귀여운 악마 같은 누님'까지 추가해버리다니. 남의 성적 취향을 장난감처럼 여기고 있는 건가? 이 여자는.

나는 속으로 열여덟 번쯤 빙글빙글 돌았다. 그리고 그걸 전혀 겉으로 티내지 않고 기막혀하는 표정을 지었다.

"내가 굳이 레이를 돌봐주려고 신칸센까지 타야 한다고? 무슨 벌칙이야?"

"너, 너무해! 치이, 나는 누나거든! 너보다 나이 많아!"

그렇게 레이와 장난치며 노는 것을 나는 진심으로 즐겼다. 하지만 즐거운 시간은 정말 눈 깜짝할 사이에 지나가기 마련이다. 레이와 영상 통화를 할 때마다 그 사실을 통감했다.

"앗, 벌써 시간이 이렇게 됐네? 그럼 난 이제 슬슬 자러 갈게."

"넌 진짜 일찍 자는구나. 아직 9시인데?"

"수면 부족은 피부 미용의 적이거든? 이래 봬도 난 어여쁜 소녀라서."

"아, 그러세요. 그럼 다음에 보자."

오호호 웃는 레이. 나는 쓴웃음을 지으며 통화를 끝내려고 했다.

"……치이가 근처에 살면 참 좋을 텐데."

"──────!"

돌연 쓸쓸한 목소리가 스피커를 통해 흘러나왔다.

그런 건, 내가 제일 진심으로 생각하고 있어.

좀 더 레이와 가까운 곳에 있었으면——아니, 설령 떨어져 있더라도 쉽게 레이를 만나러 갈 만한 능력이 있었으면 얼마나 좋았을까.

나는 신칸센 차비조차 내 돈으로 낼 수 없는 어린애다. 그런 자신의 처지가 진심으로 원망스러웠다.

빨리 어른이 되고 싶다.

레이에게 어린애가 아니라 '남자'로 여겨질 만한 존재가 되고 싶다.

이를 악무는 듯한 내 얼굴을 보고 레이가 무슨 생각을 했는지는 모르겠지만, 그녀는 마치 억지로 만들어낸 듯한 밝은 표정을 지었다.

"……농담이야. 미안해, 치이. 이상한 말을 해서. 귀여운 사촌 동생을 괴롭히다니, 나는 누나 실격인가 봐."

"……! 아, 아니, 나는!"

——하다못해 오기는 부리고 싶었다. 조금이라도 더 빨리 레이를 따라잡기 위해.

"나는 너를, 한 번도 '누나'라고 생각해본 적 없어!"

"으에엑?! 자, 잠깐, 왜 갑자기 나를 비난하는 거야?!"

"매번 지긋지긋하게 나를 어린애 취급이나 하고! ……키든 뭐든 전부 다, 내가 금방 너를 추월해버릴 거야! 단단히 각오하고 기다려!"

"치, 치이야?"

곤혹스러워하는 레이를 내버려둔 채 나는 일방적으로 전화를 끊었다.

"……아~~ 젠장. 얼굴에서 불나겠네…… 이러면 잠도 못 자잖아……."

확 달아오른 얼굴을 숨기려는 것처럼 나는 베개에 얼굴을 묻었다.

내일도 일찍 일어나야 하는데. 제대로 잘 수 있을지 걱정이다…….

그날 나는 암컷 사마귀에게 포식당하는 영문 모를 악몽을 꿨다.

이상하게도 BGM은 레이의 웃음소리였던 것 같다. 하지만 대부분의 꿈이 그렇듯이 이번에도 눈을 뜬 지 몇 분 후에는 악몽의 상세한 내용은 기억하지 못하게 되었다.

*

"——네, 그럼 이번 문화제에서 우리 1학년 B반은 귀신의 집을 하게 되었습니다!"

우리 반 반장의 한마디에 교실 전체가 와! 하고 활기를 띠었다. 나——쿠루시마 후유키는 뒷자리에 있는 유우키에게 말을 걸었다.

"문화제에서 귀신의 집이라니, 너무 흔하잖아."

"그만큼 인기 있는 문화제의 꽃이란 거겠지? 재미있을 것 같아서 난 좋은데."

"뭐, 그건 그래. 그러고 보니 문예부는 이번 문화제에서 뭔가 안 해?"

"어, 그게—…… 우리 지도교사는 게으름뱅—아니, 방임주의의 화신 같은 사람이거든. 그래서 매달 활동 성과로서 제출하고 있는 시나 소설 같은 것들을 우리 동아리실에 전시하는 걸로 끝내려나 봐."

쓴웃음을 짓는 유우키. 그의 등 뒤에서 레이가 시라세와 함께 우리 대화에 끼어들었다.

"뭐, 그 대신 우리 학급 행사에 집중할 수 있을 테니까 잘 됐잖아? 그러는 후유키 너는 어때? 축구부는 뭔가 안 해?"

"아—, 우리는 아무것도 안 해. 애초에 운동부 중에서 뭔가 이벤트를 하는 동아리는 댄스부 정도밖에 없을걸?"

"그럼 너도 학급 행사에 전념할 수 있겠네. 믿을게요, 스포츠맨 씨~?"

레이가 반쯤 농담하듯이 내 어깨를 주무르며 격려해줬다.

부드럽게 풍겨오는 달콤한 향기. 나는 내심 당황하면서도 그걸 숨기고 "네, 네" 하고 건성으로 대꾸했다. 그때 유우키가 불만스런 얼굴로 레이를 쳐다봤다.

"저기, 레이? 나도 일단 옛날보다는 믿음직한 남자가 되었다고 생각하는데……."

"아하하, 응, 유우. 물론 너도 믿고 있는데? 유리와 함께 응원할게.”

“아니, 너도 도와야지.”

그렇게 우리의 문화제 준비가 시작되었다.

“쿠루시마, 너희들은 물건을 좀 사 와줘. 자, 이게 쇼핑 목록이야.”

“알았어—.”

방과 후. 학급 위원에게 재료 조달을 부탁받은 쇼핑 그룹——즉 나와 유우키와 레이와 시라세라는 평소의 단짝 4인조는 학교 근처의 쇼핑몰에 와 있었다.

“너무 오래 걸리면 다른 애들한테 미안하니까. 둘씩 따로 돌아다니면서 빨리 끝낼까?”

레이의 말에 고개를 끄덕인 후 나는 층별 안내도를 한 손에 들고 유우키에게 다가갔다.

“음, 그래. 그럼 나랑 유우키, 레이랑 시라세가 같이——.”

“남자들끼리 모여서 뭘 어쩌려고? 짐도 꽤 많을 텐데. 그냥 남녀 한 쌍씩 나누자, 응? 자, 내가 제비를 만들어왔으니 하나씩 뽑아봐.”

“……야. 이거 미리 준비해 온 거지?”

“이왕 할 거면 준비도 즐겁게 해야지♪ 자, 이 제비 끄트머리에 그림을 그려놨으니까. 같은 그림이 있는 사람끼리 한 팀인 거다?”

레이는 평소에는 비교적 차분한 편이고 우등생처럼 행

동하는데, 나랑 유우키랑 시라세 앞에서는 진짜 어린애처럼 유치하게 군다. 그만큼 우리를 솔직하게 대한다는 거겠지. 그 사실에 가슴이 따뜻해지는 것을 느끼면서 나는 레이의 손안에 있는 제비를 뽑았다.

"자, 그럼 나와 시라세는 서관부터 둘러볼 테니까, 후유키랑 레이는 동관 쪽을 잘 부탁해. 괜찮지?"

"알았어. 쇼핑이 끝나면 입구 광장에서 만나자."

"유리, 나중에 봐—."

제비뽑기 결과 나와 레이, 유우키와 시라세가 한 팀이 되었다.

무작위로 팀을 정한 결과였지만 뜻밖에도 레이와 단둘이 있게 되었다. 나는 아주 조금 유우키에 대한 사악한 우월감을 느꼈지만, 그런 감정은 자기혐오와 더불어 확 떨쳐버렸다.

"——자, 우리도 갈까?"

"응. 아, 나한테도 쇼핑 목록 좀 보여줄래?"

쇼핑몰 서관으로 가는 유우키와 시라세의 뒷모습을 지켜본 후 우리도 반대쪽을 향해 걷기 시작했다.

"어디 보자—. 유우 팀은 공구 코너 쪽으로 갔으니까……우선은 종합 생활용품점인가. 좋아, 가자. 후유키."

"——?!"

쇼핑 목록을 들여다보던 레이가 나를 인도하려는 것처

럼 자기 팔로 내 팔을 감싸 잡아당겼다. 팔꿈치에서 느껴지는 부드러운 살의 감촉. 나는 무의식중에 어금니를 꽉 깨물었다.

……여전히 거리감이 이상한 여자구나.

기쁜가, 기쁘지 않은가 묻는다면 굳이 대답할 필요도 없으리라. 하지만 그보다는 부끄러움이 더 컸다.

나는 너무 난폭해지지 않게 주의하면서 레이의 팔을 떨쳐냈다.

"……무, 물건 사러 왔는데, 갑자기 방해되게 팔을 붙잡는 녀석이 어디 있냐?"

"뭐? 아니, 지금은 어차피 빈손이고…… 아, 혹시 부끄러워서 그래?"

싱글벙글 짓궂은 미소를 짓는 레이. 나는 약간 짜증이 나서 반격에 나섰다.

"그러는 너는 안 부끄럽냐? 수영장에서 자기 가슴을 다 보여준 상대한테 가슴을 딱 붙이고 있잖아."

"………………"

레이의 얼굴이 순식간에 사과처럼 새빨갛게 변했다.

실은 나도 은근히 자폭한 셈이지만. 뭐, 죽을 때는 같이 죽는 거다. 가끔은 그 이상한 거리감에 대해 반성 좀 해라.

"따, 딱 붙인 적 없거든?! 후, 후유키, 그런 거 정말 센스 없는 짓인 거 알아?!"

"아 그래, 그건 미안해. 나는 무식한 스포츠맨 타입이거든. 그런데 너 가슴이 더 커진 거 아니야? 시라세를 따라 잡을 날도 머지않은 것 같다."

"와, 저질이야—! 후유키! 나, 나는 별로 신경 안 쓰지만, 여자애한테 그런 말을 하면 안 돼! 그러다 좋아하는 여자애한테 미움 받는다?!"

그렇게 딱 잘라 말하더니 레이는 씩씩거리면서 성큼성큼 먼저 가버렸다.

뭐, 그래도 나를 혼자 버려두지는 않고 적당히 걸어갔다가 고개를 돌려 이쪽을 확인하긴 했다. 그런 레이의 착한 성격 때문에 나는 쓴웃음을 짓고 말았다.

"……'나는 신경 안 쓴다'라……."

방금 레이가 한 말을 되새기듯이 중얼거린 후.

"……나야말로 신경 안 써. 레이가 아닌 딴 여자가 나를 어떻게 생각하든지."

깊은 한숨을 한 번 내쉬었다. 그리고 나는 레이의 기분을 어떻게 풀어줄지 생각해보면서 사랑하는 사람의 뒷모습을 향해 서둘러 걸음을 옮겼다.

"헉…… 휴…… 피, 피곤해……."

"레, 레이…… 괜찮아……?"

"그, 그러는 유리, 너야말로…… 아아—, 천은 별로 안 무겁겠지~ 하고 만만하게 봤는데……."

쇼핑몰에서 물건을 사서 귀환한 후. 레이와 시라세는 교실 한구석에 지쳐 쓰러져 있었다. 나는 쓴웃음을 지으며 그들을 향해 책받침으로 부채질을 해줬다.

"아아~~ 기분 좋다~~……."

"레, 레이야…… 좀 조용히 말해……."

"아차, 으응…… 고마워, 후유키. 이제 10월인데 아직도 덥네~."

"……그러게. 아무튼 무리하지 마라."

무방비하게 셔츠 가슴팍 부분을 펄럭거리고 있는 레이한테서 나는 일부러 시선을 뗐다. 그때 자판기에 음료수 4인분을 사러 갔던 유우키가 돌아왔다(이것은 쇼핑 팀한테 주는 포상인 듯했다).

"이거 받아, 레이. 자, 시라세, 후유키도."

"어, 땡큐—."

"고마워, 타치바나."

"고마워— 유우. ……휴, 이제야 좀 살 것 같다."

무가당 홍차를 한 모금 마시더니 레이의 안색이 겨우 좀 나아졌다. 나도 탄산음료 페트병을 기울이면서 별생각 없이 쇼핑 목록을 들여다봤다.

천. 페인트. 목재. 골판지 상자. 기타 등등…….

……그래, 확실히 넷이서 사러 갈 만한 양은 아니다. 일단 우리들 외에도 또 물건을 사러 간 팀이 있지만, 분담을 해도 이 모양인가.

이처럼 계획이 엉성한 것까지 다 포함해 문화제겠지. 나는 그렇게 괜히 어른스러운 생각도 해봤다.

"시라세의 말대로 카트를 빌리길 참 잘했어. 아니, 그런데 레이, 시라세. 너희는 그냥 나랑 유우키한테 짐 운반을 맡기면 됐었잖아?"

"그런 재미없는 말 하지 마. 다 같이 고생하는 것도 문화제의 묘미잖아?"

"그런가?"

레이는 꿀꺽 홍차를 다 마셔버렸다. 그리고 땀이 식었는지 기운차게 일어났다.

"──좋아, 나 부활했어! 얘들아─, 뭐 도와줄 거 없어─?"

"오, 네토라. 그럼 넌 저쪽에서 야마다랑 같이 골판지 상자를 분해해서 넓은 판 하나로 만들어줘─."

"오케이─. 야마다─!"

평소보다 20퍼센트쯤 더 기운이 넘치는 레이가 같은 반 친구인 야마다한테 착 달라붙었다. 나는 쓴웃음을 지으며 그 모습을 지켜봤다.

저래 봬도 레이는 이벤트를 상당히 좋아하는 편이었다. 기획하는 것도 참가하는 것도 다 좋아하기 때문에, 나와 유우키도 초등학교 시절부터 이래저래 끌려 다니곤 했다.

……돌이켜보니 그 시절부터 뭘 하든지 간에 늘 셋이서 한 팀이었구나.

레이도 분명히 유우키와 단둘이 있고 싶을 때도 있었을 것이다. 그런데도 고집스럽게 꼭 셋이서 있으려고 애썼던 것 같다. 지금은 시라세도 포함해 네 명인가.

그건 마치 자신의 사랑보다도 우정을 더 소중히 여기는 것 같아서.

그런 레이의 모습을 볼 때마다 나는…… 유우키나 시라세와의 우정보다도 자꾸만 레이에 대한 사랑을 우선시하려고 하는 자신의 추함을 어쩔 수 없이 자각하고 말았다.

그런데도 나는 레이를 완전히 포기할 수 없었다.

……여차하면 유우키한테서 빼앗아서라도——.

"후유키?"

"——응, 아, 미안. 그냥 좀 멍하니 있었어. 무슨 이야기하고 있었더라?"

……내가 지금 무슨 생각을 한 거지?

어두운 생각이 뇌를 꽉 채우기 직전. 유우키의 목소리를 듣고 나는 정신을 차렸다.

"우리도 슬슬 뭔가 도와주러 가자고 시라세랑 이야기하고 있었어. 자, 후유키. 너도 같이 가자."

"아, 오케이—. 시라세, 너도 괜찮아?"

"응. 수분 보충을 했더니 많이 좋아졌어. 걱정하지 마."

"좋아. 반장—, 우리한테도 일거리 좀 줘—."

……유우키는 친구다. 죽이 잘 맞는 절친이다.

하지만 그것은 우리 사이에 레이가 있기 때문이 아닐까?

레이가 있으니까 나는 유우키와 계속 친구로 지내고 있는 게 아닐까?

레이를 손에 넣고 싶다는 욕심 때문에——.

……아니다. 아니라고, 믿고 싶다.

그리고 나는 오늘도 추하고 더러운 내 속마음을 숨기고 웃는다.

——부디 레이와 유우키에게 자신의 추잡한 본성이 들통나지 않기를 바라면서.

＊

——뭐, 대충 그런 생각을 하고 있겠지—.

야마다와 어깨가 닿을 정도로 딱 붙어 골판지 상자를 마구 해체하면서, 나—— 네토라 레이코는 우정과 사랑 사이에서 번민하는 후유키를 사랑스럽게 감상하고 있었다.

네토라레 여자 특유의 통찰력 덕분에 나는 굳이 직접 손 대지 않아도 멀리서 외간 남자들의 부정적인 감정을 맛있게 먹을 수 있었다. 아~~ 맛있다, 맛있어.

"어? 네토라, 무슨 문제 있어?"

실제로 나는 문제가 있는 인간이지만, 그걸 대놓고 말하는 건 실례잖아? 야마다.

히쭉히쭉 웃음을 그려낼 것 같은 표정근을 억지로 진정시키면서 얼굴을 씰룩거리고 있었는데, 그런 나를 보고 야마다가 의아한 표정을 지었다.

어휴, 안 돼, 안 돼. 요새는 모든 것이 순조롭게 진행돼서 자제력이 약해진 것 같아.

나의 네토라레가 실행되려면 앞으로 3년은 더 기다려야 하니까. 이런 데서 내 본성이 들통나면 NTR 차트 주자로서 체면이 말이 아니게 될 것이다.

"……어, 왜? 나 뭔가 이상했어?"

일단 이 예쁜 얼굴로 밀고 나가면서 적당히 뭉개버리자. 나는 어리둥절한 표정으로 고개를 살짝 갸웃하고 야마다를 쳐다봤다.

"아—…… 아, 아냐. 그냥 내 기분 탓이었나 봐. 신경 쓰지 마."

"에이, 뭐야~ 신경 쓰이는데—. 분명 뭔가 있었던 거지, 응—?"

"네, 네토라. 나 커터칼 들고 있으니까 너무 딱 달라붙으면 안 돼……!"

자꾸만 신경 쓰이는 같은 반 여자애가 자신에게 밀착하자, 야마다는 금방 의심 따윈 잊어버렸다. 다루기 쉬운 녀석.

역시 기본 스펙이 훌륭하면 섣불리 머리를 굴리는 것보다는 그냥 순수한 능력으로 밀어붙이는 게 여러모로 일이 잘 풀리는구나. 괜히 무모하게 지략 캐릭터인 척하면서 완벽한 계획을 세우려고 하는 녀석은 꼭 어딘가에서 파탄이 나서 발목 잡혀버리는 것이다. 만화 같은 데서 그런 스토리는 질릴 정도로 많이 다뤄지지 않았나?

나는 그렇게 사냥감 앞에서 입맛을 다시는 삼류와는 다

르다. 이길 수 있는 시합은 놓치지 않고 꼭 이긴다. 자, 두려움에 벌벌 떨어라……!

아무튼 문화제 준비도 좋지만, 문화제 당일의 예정과 그쪽 준비도 이것저것 생각해둬야 한다. 할 일은 산더미같이 많았다.

나는 교실 한구석에서 사이좋게 페인트 붓을 휘두르고 있는 유우와 후유키를 바라봤다. 그리고 최고의 사냥감을 앞에 두고 슬그머니 입맛을 다셨다.

＊

"──영차. 반장─, 이걸로 합판은 끝이냐─?"

"어, 땡큐, 쿠루시마. 아직 설치 준비를 하는 도중이니까 일단 구석에 놔둬줘~."

"알았어─."

귀신의 집 통로에 사용할 합판을 교실 구석으로 가져간 다음에 나──쿠루시마 후유키는 살짝 땀이 난 이마를 손으로 문질렀다.

달력은 이미 10월이지만 이렇게 큰 짐을 옮기다 보면 역시 더웠다. 손으로 파닥파닥 부채질을 하고 있는데, 골판지 상자를 끌어안고 있는 유우키가 이쪽으로 다가왔다.

"후유키, 이 공구는 어디서 가져온 건지 알아?"

"응? ……미안, 난 처음 보는데. 반장한테 물어──."

“우악~~.”

““으아아아악?!””

쑤욱~ 하고 골판지 상자에 가려져 안 보이던 곳에서 누군가가 나타났다. 흰색 소복을 입고 삼각형 두건을 쓴 전형적인 차림의 여성——귀신으로 분장한 레이가 우리들 사이에 끼어든 것이다.

“어때, 놀랐어?”

“레, 레이…… 짐 들고 있는 사람을 놀라게 하지 마.”

“우와—, 너 머리가 기니까 잘 어울린다—?”

할인 매장에서 사 온 것처럼 싼티 나는 흰색 소복(실제로 샀다. 단돈 1000엔)이지만, 레이의 얼굴이 쓸데없이 예뻐서 꽤 박력 있는 귀신이 되어버렸다. 그 말을 들은 본인은 조금 불만이 있어 보였지만.

“윽, 귀신 분장이 잘 어울린다는 말을 들으니 마음이 좀 복잡한걸. 아, 유우. 그 상자는 과학실에서 가져온 거야.”

“앗, 그렇구나. 고마워, 레이. 그럼 난 가져다주고 올게.”

“응, 조심해서 다녀와~.”

골판지 상자를 품에 안은 유우키가 떠나갔다. 그 모습을 지켜본 후 레이는 빙글 나를 향해 돌아섰다.

“후유키, 너도 고생했어. 네가 너무 열심히 일하니까 반장이 좀 쉬라고 하던데.”

“어, 그런가? 동아리 활동에 비하면 체력이 남아돌 정도인데…… 뭐, 그래도 그렇게까지 말한다면 나도 좀 쉬어볼까."

나는 가볍게 기지개를 켰다. 그때 레이가 호들갑스럽게 손을 번쩍 들었다.

"네, 네—! 그런 후유키를 위한 기쁜 소식이 있습니다. 지금 가정 실습실에서 음식점을 내려고 하는 사람들이 테스트 제품을 만들어 나눠주고 있대. 우리 구경하러 가보자."

"아, 어쩐지 복도에서 무슨 단내가 나는 것 같더라. ……그런데 너는 일 안 하고 놀아도 돼?"

"노는 거 아니에요. 나도 제대로 일하고 있거든? 그리고 이 차림으로 여기저기 어슬렁거리면서 홍보하고 오라는 지령을 받았다고요."

그러더니 레이는 내 등을 강하게 밀었다.

나는 쓴웃음을 지으면서, 내 등을 미는 가느다란 팔이 시키는 대로 가정 실습실로 걸어갔다.

"아 참, 시라세는? 이런 데 갈 때는 항상 같이 가자고 했잖아."

"어—…… 그게, 유리도 귀신 역할을 맡았잖아? 같이 소복을 입고 교내를 천천히 돌아다니면서 홍보를 해보자고 권했는데…… 코스프레를 하고 돌아다니는 건 부끄러워서 못 하겠다고 해서……."

"아~ 하긴, 시라세의 성격상 그건 안 되겠네."

"뭐, 그렇지. 유리는 예쁘니까 좀 더 자신감을 가져도 될 텐데. 유우도 바빠 보였으니 그 두 사람한테는 미안하지만 우리끼리만 간식 먹으러 가자.”

 ──그렇다.

 지금 나와 레이는 단둘이 있는 거다.

 그렇게 생각한 순간, 유우키에 대한 죄책감을 느끼면서도 나는 레이에게 한 발짝 다가가는 과감한 말을 던지고 있었다.

 “……저기, 레이.”

 “응? 왜? 후유키.”

 “……이, 이번 문화제. 둘이서 같이 구경하지 않을래?”

 내 말을 들은 레이는 어리둥절한 표정을 지었다.

 “아, 알다시피! 시라세와 유우키는 우리랑 당번 시간이 다르잖아? 평소처럼 네 명이 다 모일 수 없는 시간대에는, 우리 둘이서 여기저기 구경하고 다니는 것도 나쁘진 않을지도~라고 생각을 해봤어!”

 ……한심한 나는 순간적으로 예방선을 몇 개나 쳐버렸다.

 여기서 솔직하게 “레이와 함께 있고 싶어”라고 말할 수 있는 성격이었으면 얼마나 좋았을까.

 “……아, 아니면, 벌써 다른 녀석이랑, 약속을……?”

 “어…… 저기, 후유키. 너한테 따로 말하진 않았지만, 난 당연히 너랑 같이 구경하러 다닐 생각이었는데……?”

 “──뭐엇?”

 그런 레이의 말을 듣고 내 입에서는 얼빠진 신음성이 흘러나왔다.

레이도 레이 나름대로 내 말을 듣고 동요한 것 같았다. 길고 검은 머리카락을 손가락으로 만지작거리기 시작했다.

"아——…… 그, 그렇구나. 미안해. 후유키…… 너는 내 절친이니까, 아무 말도 안 해도 나랑 같이 놀아줄 거라고 착각하고 있었어……. 그, 그래. 후유키의 마음속에서 내 위치는 그런 느낌이었구나……?"

레이는 생각보다 나와 친하지 않았다고 오해했는지 우울하게 자학하듯이 웃었다.

그런 레이를 본 나는 허둥지둥 변명하려고 했다.

"아, 아냐! 아니야……. 그, 그런 뜻이——."

"……장난이야~! 후후, 내가 좀 장난이 심했나?"

"뭐?! 야, 너 진짜……."

확 달라진 표정으로 웃는 레이. 나는 안도인지 분노인지 모를 감정에 휩싸여 얼굴이 빨개졌다.

예전부터 이 녀석은 남을 쥐락펴락하는 능력이 좋은 여자라고 생각했지만, 아무리 그래도 이번엔 장난이 좀 지나쳤다. 나는 그런 항의를 담은 시선으로 쳐다봤다. 하지만 레이는 그저 깔깔 웃기만 했다.

"미안, 미안. 그래도 너랑 같이 구경하러 다닐 생각이었다는 건 사실이거든? ……게다가 조금 충격을 받은 것도 거짓말은 아니고."

"아니, 그건……."

"아, 미안. 이것도 심술궂은 말투였네. ……이러면 안 되

는데. 후유키가 너무 다정하니까 내가 자꾸 어리광만 부리
는 것 같아. 아무 말도 안 해도 언제나 함께 있어줄 거라고
생각하다니…….”

레이는 좀 쓸쓸하게 미소 지었다. 나는 가슴이 꽉 막히
는 듯한 기분을 느꼈다.

……아니야.

언제나 함께—— 곁에 있어주길 바라는 것은 레이가 아
니다. 오히려 나다.

그렇게 말하고 싶었다. 태도로 보여주고 싶었다.

나는 충동적으로 레이의 가냘픈 몸을 끌어안으려고 팔
을 내밀었다.

그러나 그 손이 레이에게 닿기 전에, 마치 진짜 귀신처
럼 레이의 몸이 스르르 내 곁에서 멀어져갔다.

“아~~ 이러면 안 돼. 이제 곧 즐거운 문화제가 시작될
텐데 우울한 표정이나 짓다니! 빨리 단것을 먹고 기합을
넣어야겠어!”

——정신을 차려 보니 어느새 우리는 가정 실습실 앞에
도착해 있었다.

레이는 가벼운 발걸음으로 시식용 음식을 나눠주는 학
생에게 다가갔다. 그리고 과자가 담긴 종이컵을 두 개 받
아서 다시 내 곁으로 돌아왔다.

“자, 이건 후유키 거야. 뜨거울 수도 있으니까 조심해,
알았지?”

건네받은 종이컵에는 탁구공 크기의 밀가루 음식——베이비 카스텔라가 들어 있었다.

나는 멍하니 이쑤시개에 꽂힌 베이비 카스텔라를 입에 집어넣었다.

싸구려 단맛은 마치 씁쓸한 내 속마음을 달래주는 것 같았다. 그래서 나도 모르게 쓴웃음을 지었다.

"으~~응, 맛있다!"

옆에서 레이의 그런 목소리가 들려왔다.

"맛있지? 후유키!"

"……하하, 응, 그러네."

레이가 쾌활하게 웃으면서 내 얼굴을 들여다봤다.

——괜찮은 걸까. 나는 제대로 웃고 있는 걸까?

아까 그 레이의 쓸쓸해 보이는 미소가 뇌리에 스쳤다. 레이에게 쓸데없는 걱정거리를 안겨주고 싶진 않았다.

나는 레이의 절친이고, 레이가 어리광을 부릴 수 있는 존재이고…….

그래, 지금은 그거면 된다. 레이가 마음 편하게 느끼는 관계를 유지하기 위해서…….

그런 내 생각을 아는지 모르는지 레이는 한층 더 짙은 미소를 지었다.

"응, 응. 정말로, 진짜…….

진 짜 맛 있 어. 후 유 키."

내 얼굴을 가만히 쳐다보면서 레이가 베이비 카스텔라

에 대한 감상을 이야기했다.

그토록 기뻐해준다면, 그 음식을 만든 녀석도 분명히 만족하겠지.

"그렇게 맛있어? 그럼 만든 사람한테 말해줘. 무조건 기뻐할 테니까."

"응, 맞아. 맛있는 것을 제공해준 사람한테 제대~로 인사를 해야지, 응?"

"……? 어, 그렇지."

레이의 말을 들은 나는 아주 약간 위화감을 느꼈지만, 눈앞에서 깔깔 귀엽게 웃고 있는 레이의 모습을 보자 사소한 의문 따윈 금방 사라져버렸다.

베이비 카스텔라를 다 먹어치운 후, 나와 레이는 시식용 음식을 나눠준 학생에게 고맙다고 인사하고 감상을 이야기했다. 그리고 다시 문화제를 위한 작업을 진행해나갔다.

*

──문화제 당일.

1학년 B반 '귀신의 집'에서.

"──아아아아아아아아아."

""으아아아아악?!""

우물 속에서 검은 머리카락을 길게 늘어뜨린 여자가 기괴한 소리를 내면서 쑥 튀어나오자, 커플 같은 남녀는 비명을 지르며 도망쳤다.

그 장면을 바라보면서 처녀귀신으로 분장한 나—— 네토라 레이코는 조용히 득의양양한 미소를 지었다.

"흠, 전생에 놀이공원 데이트를 하는 커플을 깨뜨리기 위해 귀신의 집에서 아르바이트를 했던 경험이 이런 데서 도움이 될 줄이야."

'인간 만사 새옹지마란 말이지' 하고 전생의 쓰레기 같은 경력을 감개무량하게 떠올리고 있는데, 등 뒤에서 나와 교대할 처녀귀신인 유리가 말을 걸었다.

"레이야, 고생했어. 교대 시간이야."

"응, 고마워. 유리. 뒷일은 부탁할게."

나는 담당 구역을 유리에게 맡기고 스태프용 뒤쪽 공간으로 물러났다.

얼른 흰색 소복을 벗고, 문화제 스타일인 플리츠스커트와 반티로 갈아입었다. 그리고 복도에서 초조하게 안절부절못하면서 기다리고 있는 후유키에게 말을 걸었다.

"후유키, 오래 기다렸지!"

"어, 응. 나도 막 일을 끝낸 참이라 별로 오래 기다리진 않았는데."

여자와 단둘이 문화제 구경——그것도 상대가 좋아하는 여자라면 사춘기 남자한테는 다소 자극이 강한 상황일 것이다. 그래서 후유키는 흥분하여 날아갈 것 같은 기분을 애써 진정시키면서 태연한 척하고 있는 것 같았다. 아아,

맛있다.

나는 그런 그의 손을 붙잡고 이끌며 활기 넘치는 복도를 걷기 시작했다.

"후유키, 우리 실컷 구경하고 다니자!"

"으, 응."

보들보들 기분 좋은 감촉의 손이 자신의 손을 잡아주고, 꽃같이 화사하게 웃는 얼굴이 무방비하게 자신을 바라본다. 후유키는 이런 상황에서 센스 있게 대답할 정도로 여유로운 어른은 아니었던 모양이다.

그는 자기도 모르게 퉁명스럽게 대답했다가 내심 자책하고 있는 듯했다. 하지만 나는 신경 쓰지 않고 생글생글 웃으며 그를 바라봤다. 그 미소 때문에 한층 더 후유키의 심장 박동이 빨라졌다. 그것은 그야말로 첫 데이트 자리에서 들떠버린 순진한 남자의 모습 그 자체였다.

유감스럽게도 옆에 있는 여자가 순진함과는 거리가 먼, 벌써 오래전에 인간성 서비스가 종료되어버린 쓰레기쓰레기 열매를 먹은 전신 쓰레기 인간(환수종 모델 '오물')이란 것이 유일하고도 가장 큰 문제점이지만. 그걸 이 자리에서 그에게 가르쳐주는 것은 너무 잔인한 짓일 것이다. 실로 '모르는 게 약'인 경우도 있음을 보여주는 좋은 예였다.

*

“앗, 저건 시식 때 먹어봤던 베이비 카스텔라잖아! 맛있었는데. 살까?!”

“후유키, 네 타코야키 맛있어 보인다. 하나만 주라. ……아, 미안. 나 지금 양손이 다 찼는데. 먹여줄래?”

“날씨가 좋으니 걷기만 해도 꽤 덥네. 자, 아까 네가 타코야키를 나눠줬으니까 나는 이 음료수를 나눠줄게(자기가 마시던 것).”

요즘에는 만화책에서도 보기 드물 정도로 농도가 짙은 러브 코미디 행동의 폭탄을 맞은 결과, 나——쿠루시마 후유키는 온몸의 모든 구멍에서 설탕을 토해낼 지경이 되어버렸다. 덤으로 부정맥도 생길 것 같았다.
“으—음. 너무 많이 먹었나?”
이쪽은 소리 없이 체력 게이지가 붉게 변해버렸는데, 레이는 그런 내 사정도 모르고 만족스럽게 자기 배를 쓰다듬고 있었다.
“야, 식도락도 좋지만 그 외에도 이런저런 행사 코너가 많이 있으니까. 좀 구경하고 다니자, 응?”
“그러게—. 이 근처에 뭔가 재미있는 거 없나?”
“아…… 그럼 저건 어때?”
레이가 한마디 하자, 나는 사전에 조사해뒀던 행사 코너

들 중에서 데이트 계획 후보로 넣어뒀던 곳으로 레이를 유도했다.

"오— 코스프레 사진을 찍어주는 거구나?"

"연극부와 사진부의 합동 코너야. 배경 같은 것도 이것 저것 준비해뒀나 봐."

"재미있겠다! 가보자, 후유키!"

예상대로 관심을 보이는 레이. 나는 속으로 아싸! 하고 주먹을 불끈 쥐면서 사진 촬영 코너로 발을 들여놓았다.

"마음에 드는 배경과 의상을 골라주세요—."

접수처의 안내를 받은 나와 레이는 대여용 의상들이 진열되어 있는 코너를 살펴봤다.

연극부가 사용하는 의상을 빌려주고 있어서인지 의상의 질은 의외로 나쁘지 않았다.

"앗, 이거 재미있겠는데?"

레이가 선택한 것은 검은색 망토와 간이 드레스 세트였다. 설명문을 보니 흡혈귀를 모티브로 한 의상 같았다.

"흐—음. 뭐, 괜찮아 보이네."

"그렇지? 그럼 후유키, 넌 이거 입어—."

레이는 당연하다는 듯이 검은색 턱시도와 망토가 한 세트인 남자 흡혈귀 세트를 나에게 건네줬다. 나는 뭐라 형용할 수 없는 표정을 지었다.

"……나의 선택권은?"

"투샷을 찍는데 서로 콘셉트가 안 맞으면 어쩌자는 거

야? 자, 빨리. 빨리 갈아입어, 응?”

“아— 알았어. 밀지 마, 밀지 말라고.”

그 후 레이와 나는 실내에 설치되어 있는 탈의 공간에서 의상을 입고, 고성이 모티브인 배경을 등지고 사진을 찍었다.

“……아니, 그런데 드레스와 턱시도라면…….”

“응? 왜 그래, 후유키?”

‘결혼식 같잖아’란 말은 당연히 할 수 없었다. 나는 입을 다물었다. 그때 레이가 갑자기 명안이 떠오른 것처럼 짝! 하고 손뼉을 쳤다.

“이왕이면 뭔가 흡혈귀 같은 사진을 찍어보고 싶어!”

“흡혈귀 같은 거라니. 뭔가 쓸 만한 소품이 있었나……?”

나는 별다른 아이디어가 없었다. 그런데 레이가 이쪽을 향해 살짝 고개를 기울이면서 그 하얀 목덜미를 나한테 보여줬다.

“레이? 너 뭐 하는…….”

“후유키. 여기를 콱—! 하고 깨물어볼래?”

“……뭐라고?!”

네크라인이 헐렁하게 파인 드레스 위로 훤히 드러나 있는 목. 레이가 그곳을 손가락으로 가리키며 그런 말을 하자, 나는 반사적으로 얼빠진 비명을 지르고 말았다.

“뭐야, 반응이 왜 이래……? 서, 설마 더러워서 그러는 거야? 오, 오늘은 땀을 많이 흘리진 않았거든? 안 더러워!”

"너, 너란 녀석은, 진짜로……!"

엉뚱한 소리를 하는 레이 앞에서 나는 두통을 참으려고 이마를 꾹 눌렀다.

달콤한 향기가 은은하게 나는 레이의 하얀 목…… 거기에 입술을 대고 싶다는 욕망을 필사적으로 억제하고, 나는 최선을 다해 이성을 풀가동시켜 레이의 아이디어를 기각했다.

*

그런데 혈액 조작이란 것은 대체 뭘까?

나, 네토라 레이코는 새삼스레 자신이 가지고 있는 그 불가사의한 능력에 대해 의문을 느꼈다. 진짜로 이제 와서 새삼스레.

뭐랄까. 언제부터인가 자연스럽게 감각적으로 사용할 수 있게 되어서, '운 좋은 변태' 같은 러브 코미디 이벤트에서는 안면의 혈류를 조작해 얼굴을 붉히는 연기를 하는 식으로 사용하고 있었는데. 도대체 이 능력은 뭘까?

근육에 혈류를 집중시키면 신체능력도 강화할 수 있다. 시험 삼아 해봤는데, 사과쯤은 가볍게 한 손으로 박살내는 괴력 고릴라가 될 수 있었다. 대충 배틀물에서 흔히 나오는 '시간제한이 있는 버프'와 비슷한 이미지라고나 할까.

저번에 불량배 타입의 외간 남자 테스트 제품── 버릇

없는 프로토타입들을 제압할 때에도 나는 이 능력을 활용했었다.

설마 이것이 나의 전생 치트 능력인 걸까? 아, 필요 없는데~~.

배틀 만화의 세계에서 다시 태어났다면 또 몰라도. 내가 원하는 것은 러브 코미디(NTR)다. 정말 진심으로 필요 없는 능력이었다.

이런 것을 줄 바에야 차라리 상대의 호감도를 알 수 있는 '미연시 절친 캐릭터의 눈' 같은 것을 주지 그랬나.

이렇게 쓸모없는 능력을 굳이 전생 보너스로 선택하다니. 나를 전생시킨 신은 틀림없이 성격이 삐뚤어졌을 거다. 용서할 수 없다. 나는 이 세상의 부조리함에 대해 화를 냈다.

앗, 하지만 안구 주변에 혈류를 집중시키면 시각 기능이 기막히게 업그레이드되기 때문에 그건 정말로 도움이 되었다. 주로 유우를 스토킹할 때.

내가 진심으로 능력을 발휘하면 남의 골격이나 근육의 움직임까지 투시할 수 있다. 눈 주변의 혈관이 툭툭 불거지면서 징그럽게 변한다는 결점이 있지만. 뭐, 이런 전력 시각 강화란 기술은 좀처럼 안 쓰지만.

처음부터 끝까지 철저히 쓸모가 없는 능력은 아니므로 나는 신을 용서해주기로 했다.

다음에는 안 봐준다? 감사하도록 해.

"유리, 보건실 갈래?"

"──뭐?"

귀신의 집에서 일하던 유우와 유리도 이제 일이 다 끝나서, 평소처럼 네 명이 모여 문화제를 구경하고 다니는 도중이었다.

나는 혈관이 튀어나오지 않을 정도로만 시각을 강화해 유리를 관찰했다.

본인은 숨기려고 하는 것 같았지만 내 눈은 속일 수 없었다.

유리는 약간 안색이 안 좋았다. 분명히 평소보다 더 피곤해 보였다.

표면적으로는 태연한 척하고 있지만, 실은 걷는 것조차 꽤 힘들어 보였다.

'그날'은 아닐 텐데. 아마도 주위에 사람이 너무 많아서 피곤해진 것이리라. 본디 유리는 아싸 속성이기도 하고. 어쩔 수 없지.

당연하다는 듯이 유리의 생리 주기를 파악하고 있는 것만 봐도 난 정말로 네토라레 여자의 귀감이라 할 만했다. 아무도 칭찬해주지 않기 때문에 내가 자화자찬해봤다. 응, 훌륭해.

"아니, 저기, 나는……."

"빨리 눈치채지 못해서 미안해. 그래도 난 유리가 무리하지 않았으면 좋겠어."

"……응."

끝까지 속일 수 없다는 것을 깨달은 걸까. 유리는 금방 백기를 들어줬다.

정말 고분고분하고 착한 아이다. 한시라도 빨리 뇌를 파괴하고 싶다♣

"저기, 레이. 혹시 시라세가 컨디션이 안 좋은 거야?"

유리의 기특한 모습을 보고 저절로 군침을 흘릴 뻔했는데, 그때 유우가 걱정스런 얼굴로 나에게 말을 걸었다.

나는 쓰읍 하고 군침을 삼켰다. 그리고 좀 난처한 표정으로 웃으면서 유우를 봤다.

"응, 조금. 약간 피곤한 것 같으니까 보건실에 데려다주고 올게. 유우랑 후유키는——."

"……레이. 그, 시라세의 컨디션 말인데. 남자가 같이 가도 되는 거야?"

유우가 소곤소곤 작은 목소리로 나에게 물었다.

무턱대고 동행했다가 오히려 유리를 불편하게 만들면 안 된다고 생각해서 나름대로 배려를 한 것이리라.

하지만 그걸 나에게 묻는 것은 좀 섬세함이 부족한 게 아닐까? 하는 생각도 들지만. 그런 멍청한 부분도 사랑스러우니까 용서해주자. 아아, 귀엽다~~ 유우(히쭉).

나는 눈빛으로 유우의 말을 긍정해줬다.

"응, 그럼 나랑 후유키는 음료수라도 사 올게. 둘이 먼저 보건실에 가 있어."

"뭐? 아, 아니, 그럼 너무 미안한데. 다들 나한테는 신경 쓰지 말고 문화제를……."

"시라세는 녹차 좋아하지? 레이는 무가당 홍차. 그럼 이따 보자—."

후유키가 강제로 대화를 끝내더니 가볍게 손을 흔들면서 유우와 함께 이 자리를 떠났다. 이럴 때 추진력이 강한 남자가 있으면 도움이 되는구나.

"자, 우리도 갈까? 천천히 가도 되니까 무리하지는 마. 알았지?"

"으으…… 미안해, 레이."

나는 유리를 돌보면서 무사히 보건실에 도착했다.

선생님한테 멀미약을 받고 유리를 빈 침대에 눕혔다.

"……레이, 고마워. 좀 편해진 것 같아."

"다행이다~…… 어휴, 유리. 컨디션이 안 좋으면 말을 제대로 해야지, 응?"

"으윽, 미안해…… 즐거운 문화제 날인데, 너희 모두를 귀찮게 하고 싶지 않아서……."

"유리야."

나는 풀죽은 유리의 머리를 품에 끌어안았다.

"어, 레, 레이?"

"물론 문화제는 즐겁거든? 하지만 그건 문화제 자체가 즐겁다기보다는, 우리 모두가—— 유리가 즐거움을 느껴주기 때문이야."

"……."

그대로 아이를 달래듯이 유리의 등을 툭툭 가볍게 두드
려줬다.

"동아리 활동도, 시험공부도, 수영장도, 여름 축제도, 문
화제도…… 난 그냥 놀고 싶은 게 아니라, 유리 너와——
친구들 모두와, 조금이라도 더 오래 같이 있고 싶어서 그
랬던 거야. 이벤트 자체는 그걸 위한 구실이라고나 할까."

"레이……."

"그러니까 지금은 문화제보다도 너를 돌보는 게 우선이
야. 게다가——."

나는 슬쩍 뒤를 돌아봤다. 그러자 마치 타이밍을 계산한
것처럼 페트병을 들고 온 유우와 후유키가 나타났다.

"너를 간병하는 것을 '귀찮다'고 생각하는 사람은 여기엔
없어."

"응, 맞아. 시라세하고는 꽤 오래 알고 지냈잖아. 그러니
우리를 좀 믿어봐."

후유키가 유리와 나에게 페트병을 내밀었다. 나는 짓궂
은 미소를 지으며 그를 쳐다봤다.

"아, 그런데 여자애들의 대화를 몰래 엿들으면서 등장할
타이밍을 가늠하는 못된 남자애가 여기 두 명은 있는 것
같은데?"

"그렇게 비난하듯이 말하지 마. 여자 둘이서 진지한 이

야기를 하고 있어서 차마 못 들어갔던 거야."

응, 알아.

실은 유우와 후유키에게 들려주려고 우정 토크를 했던 거니까.

나는 유리가 남자 둘의 존재를 눈치채지 못하도록 유리의 얼굴을 내 가슴에 묻어버리는 백합 행동을 했다. 그 덕분에 내 계략은 무사히 발동된 것이다.

이렇게까지 내가 이 절친 그룹의 우정을 중시하고 있는데, 설마 혼자 폭주해서 연애 감정으로 나한테 고백하는 녀석이 있겠어? 당연히 없겠지?!

최근 들어 후유키의 호감도를 좀 심하게 높여놓은 감이 있었다. 그래서 슬쩍 견제를 해둔 것이다. 외간 남자들의 플래그 관리는 네토라레 여자의 의무이니까.

응, 그나저나 유리의 체력은…… 내가 보기엔 얌전히 휴식을 취하면 아마도 한 시간 내에 회복되지 않을까? 타임 스케줄상 슬슬 이 문화제 이벤트도 대단원을 향해 달려가고 있었다.

*

"우와―, 잘 탄다, 잘 타―."

땅거미가 지기 시작한 운동장 한가운데에서 활활 타오르는 캠프파이어를 즐겁게 바라보는 레이. 그 옆에서 나――

타치바나 유우키도 마찬가지로 캠프파이어의 일렁이는 불꽃을 바라보고 있었다.

"요즘은 캠프파이어를 해주는 학교도 별로 없잖아."

"뭐, 안전성을 생각하면 그렇겠지—. 하지만 역시 후야제에서는 캠프파이어가 기본이잖아? ……아아~~ 후유키랑 유리도 같이 있었으면 좋았을 텐데~."

——그렇다. 이렇게 캠프파이어를 바라보고 있는 우리들 옆에 후유키와 시라세는 없었다.

시라세는 그 후 컨디션은 회복됐지만 역시나 피로가 완전히 사라지진 않았다. 그래서 후야제에서는 레이와 포크댄스만 조금 추고 나서 조퇴했다.

후유키는 운동부 역할 담당으로서 캠프파이어 설치 작업에 동원됐는데, 그 후 운동부 쪽 사람들의 뒤풀이에 그대로 끌려가 버렸다.

"하는 수 없지. 다들 이런저런 사정이 있었으니까."

"그건 그렇지만…… 어휴—! 유우. 춤 한 번 더 추자."

그러더니 레이는 내 손을 잡고 포크댄스 추는 사람들 틈에 끼어들었다.

"레이도 참 터프하구나."

"다 같이 엄청 춤을 출 거라고 생각하고 스텝을 외웠단 말이야. 그러니 오늘 밤에는 유우가 3인분 몫만큼 나를 상대해줘야 해. 각오하라구?"

나는 쓴웃음을 지으면서도 행복해서 터질 것 같은 심장

을 애써 진정시키며 레이의 손을 잡았다.

　──♪──♪──♪

기본적인 음악에 맞춰 간단한 스텝을 밟았다.

매끄러운 검은 머리카락을 휘날리며 빙그르르 도는 레이.

그 눈동자가 나를 쳐다봤다.

"……유우."

"응."

"여름 축제 날. 기억해? 우리 같이 변하자고 말해줬잖아."

"당연히 기억하지."

"나 말이야. 정말로 기뻤어. 복잡하게 엉켜 있던 실타래
가 너의 한마디 덕분에 풀리는 느낌이었어. 그래서 나 자
신의 진정한 마음과 대면할 수 있었던 것 같아."

확. 돌연 여자애란 게 믿어지지 않을 만큼 강한 힘으로
레이의 팔이 나를 끌어당겼다.

나는 균형을 잃고 비틀거리다가 반사적으로 레이의 허
리를 꽉 끌어안고 말았다. 그래서 허둥거릴 뻔했는데, 레
이는 그저 다정하게 웃기만 했다.

"이번 문화제 기간에는…… 오늘뿐만 아니라 준비하는
동안에도 나는 내내 즐거웠어. 실내 꾸미기 작업을 돕는
것도. 귀신으로 분장하는 것도. 친구들이랑 문화제를 구경
하고 다니는 것도 전부, 전부 다…… 너무 즐거워서 눈물
이 날 것 같았어."

"……그랬구나. 다행이다. 레이."

"응…… 고마워. 유우. 그날 밤 나를 말려줘서. 변하자고 말해줘서. 그러니까 지켜봐줘. 난 틀림없이 네가 깜짝 놀랄 정도로 멋지게 변할 테니까."

——쪽! 하고 레이의 입술이 살짝 내 뺨에 닿았다.

"?! 레, 레이?!"

갑작스런 감촉에 나는 깜짝 놀라 뺨을 감싸면서 뒷걸음질 쳤다.

레이의 뺨은 캠프파이어의 불길에 지지 않을 정도로 빨갛게 물들어 있었다.

"……어, 저기, 그래도, 이보다 더 앞으로 나아가는 건, 조금만 더 기다려주지 않을래? 그, 그러니까, 우리가 좀 더 어른이 될 때까지…."

"으, 응……."

나는 신음하듯이 대답을 쥐어 짜냈다. 그러자 레이는 수줍게 웃었다.

불빛을 받아 빛나는 그 모습은 너무나 환상적이고 숨 막히게 아름다웠다.

"지켜봐줘. 유우. 난 앞으로 점점 더 예뻐질 테니까. 네 곁에서."

음악이 멈춘다. 후야제가 끝난다.

스피커에서 약간 째지는 듯한 음성으로 폐회 안내방송이 흘러나왔다.

레이는 잡고 있던 내 손을 놓더니 앞으로 좀 뛰어갔다.

그리고 웃는 얼굴로 이쪽을 돌아봤다.

　"──변해가는 내 모습을, 가장 가까운 곳에서…… 지
켜 봐 줘."

　──한순간, 그 웃음이 몹시 일그러져 보였다.

　"……?!"

밤의 어둠과 캠프파이어의 불규칙적인 일렁임 때문에
착각을 한 걸까.

　나는 눈을 비볐다. 그러자 그곳에는 평소와 같은…… 아
니, 평소보다 더 멋진 레이의 웃는 얼굴이 있었다.

　"……자, 그럼 후유키를 데리러 갈까? 후야제 때는 거의
이야기를 못 했잖아. 적어도 집에는 같이 갔으면 좋겠어."

　"……으, 응. 그래……."

　이리하여 나의 문화제는 크나큰 기쁨과 작은 위화감을
남기면서 막을 내렸다.

12월이다.

기말고사도 끝나고 시내가 온통 반짝반짝한 조명 장식으로 뒤덮이기 시작한 요즈음.

안녕하세요. 네토라 레이코입니다.

문화제가 있었던 10월 이후로 시간을 훅 건너뛰었는데, 그건 너그럽게 봐주시길.

전에도 말했듯이 일상생활에서 특필할 만한 이벤트란 것은 그리 쉽게 발생하진 않으니까. 어쩔 수 없다.

"자, 그럼 다들 새해 복 많이 받아라~."

종업식도 무사히 종료되고, 담임의 그런 인사를 끝으로 올해 마지막 HR 시간은 끝났다.

"왠지 2학기는 눈 깜짝할 사이에 지나간 것 같아―. 기간 자체는 1학기랑 비슷할 텐데."

방과 후, 해방감에 젖어 있는 같은 반 학생들이 많이 남아 있는 교실. 그곳에서 우리들 단짝 4인조도 이별을 아쉬워하며 잡담을 나누고 있었다.

"운동회랑 문화제 같은 이벤트가 잔뜩 있었으니까―. 체감상 짧게 느껴지는 게 당연한가?"

"반대로 3학기는 별다른 행사도 없으니까 길게 느껴질지도 몰라."

유우와 후유키가 그런 대화를 나누자, 나는 유리한테 착 달라붙은 채 짓궂은 미소를 지으며 남자들을 쳐다봤다.

"남자는 그럴지도 모르지만, 여자한테는 상당히 큰 이벤트가 기다리고 있는데 말이지―. 안 그래? 유리."

"어? 그건…… 밸런타인데이 말이야?"

"응! 우리 같이 초콜릿 만들자."

꺅꺅 즐겁게 떠들면서 손을 맞잡는 나와 유리.

사실 밸런타인데이는 개인적으로 많이 기대하고 있는 이벤트였다.

설령 호의가 없어도 남자에게 무차별적으로 초콜릿을 나눠줄 수 있는 날.

즉, 대량의 뇌 파괴와 어두운 감정을 회수할 수 있는 보너스 스테이지인 것이다.

엑스트라인 남자들의 뇌를 파괴한다. 이 얼마나 기분 좋은 일인가!

나는 너무나 커다란 나의 인류애를 친구들에게 들키지 않도록 슬그머니 미소녀 얼굴로 덮어 가렸다. 최근에는 NTR 차트가 순조롭게 진행되고 있어서 그런지, 이따금 욕망을 억제하지 못해서 얼굴에 쓰레기 같은 본성이 묻어 나는 경우가 있었다. 주의해야지.

＊

하교 후 레이랑 시라세와 헤어진 나—— 타치바나 유우키는 후유키와 둘이서 어슬렁어슬렁 쇼핑몰 안을 돌아다니고 있었다.

평소에 워낙 사이가 좋다 보니 의외라고 느껴질 수도 있지만, 이래 봬도 우리는 사춘기 남자와 여자다. 이렇게 동성들끼리만 뭉쳐서 놀러 가는 것도 그리 드문 일은 아니었다.

"크리스마스랑 새해 첫 참배 말인데. 당연히 레이가 무슨 이야기를 꺼낼 줄 알았는데, 결국 아무 말도 안 했네."

"그러게. 뭐, 올해는 가족들끼리 느긋하게 지내고 싶은 기분일지도 모르지?"

레이는 이벤트를 좋아한다. 그러니까 당연히 연말에도 다 같이 모여서 뭔가 하자! 하고 제안할 줄 알았다. 그래서 지금 이 상황이 나로선 조금 김빠지는 느낌이었다.

그럼 네가 먼저 레이한테 같이 놀자고 제안하지 그랬냐? ……라고 한다면 대꾸할 말도 없지만. 좋아하는 사람한테 같이 놀자고 돌발적으로 제안할 정도의 애드리브 능력이 나한테는 없어서…….

그 결과 이렇게 마음은 편하지만 묘하게 아쉬운 오후를 맞이하게 된 것이었다.

——참고로 남자 둘이 연말연시 이벤트에 초대받지 못한 진짜 이유는 '오물(레이코)에 의한 남자 둘의 호감도 조정'이라는 쓰레기 같은 의도 때문이었지만, 물론 두 사람

은 이런 진상을 알 길이 없었다.

"……후유키."

"으응? 왜? 유우키."

푸드 코트에서 식어버린 감자튀김을 만지작거리고 있는 후유키에게 나는 진지한 표정으로 말을 걸었다.

"……있잖아. 사귀지도 않는 사람한테 크리스마스 선물을 받으면, 기분이 나쁠까?"

"뭐? 그게 무슨 이야기—— 아, 레이에게 뭔가 선물을 주려고?"

"아니, 물론 이상한 의도가 있는 건 아니고, 그냥 순수하게 평소의 고마움을 표시하고 싶다고나 할까……."

횡설수설하는 나를 본 후유키는 쓴웃음을 지었다. 그리고 만지작거리던 감자튀김을 입에 쏙 집어넣었다.

"글쎄— 괜찮지 않을까? 처음 보는 사람이 그러는 거면 또 몰라도, 네가 선물해주는 거라면 레이도 기뻐할 거야."

"그런가?"

"그렇지. ……좋아, 나도 레이한테는 신세를 많이 졌으니까. 우리 같이 크리스마스 선물을 찾아볼래? 나도 선물하면 너도 선물하기 쉬울 거 아냐?"

"정말? 그래도 되겠어? 후유키."

"그냥 덤으로 하는 거야, 덤으로. 아—, 하지만 너무 비싼 것은 사지 마라? 그건 상대도 부담스러워 할 거야."

"그, 그 정도는 알아."

"진짜로~?"

몰랐던 것 같은 유우키의 모습을 보고 후유키는 쾌활하게 웃었다.

남자 둘의 새콤달콤하고도 훈훈한 청춘의 한 페이지처럼 보이는 장면. 그러나 후유키의 행동은 완전히 유우키에 대한 견제였다. 후유키 본인이 스스로 그걸 아는지 모르는지는 확실치 않지만.

그리고 후유키의 이런 어둡고 부정적인 감정은, 기둥 뒤에 숨어 이쪽을 지켜보고 있는 스토커 오물 인간이 눈 주변의 혈관을 마구 꿈틀거리면서 히쭉히쭉 웃으며 맛있게 먹고 있었다.

*

"안녕하세요—. 새해 복 많이 받으세요. 아주머니."

1월 1일 아침.

종종 불어오는 찬바람 때문에 몸을 움츠리면서, 나——쿠루시마 후유키는 타치바나네 집을 방문했다.

유우키와 둘이서 근처에 있는 신사로 새해 첫 참배를 가기로 약속했기 때문이다.

나는 현관에서 나를 맞이해준 유우키의 어머니와 새해

인사를 나눴다.

"어머나, 후유키. 새해 복 많이 받아. 유우키랑 만나기로 약속했니?"

"네. 새해 첫 참배를 하러 신사에 가기로 약속했어요."

"그래? 어머, 뭐야. 그 애도 참. 너랑 약속해놓고선 아직도 자고 있는 것 같던데. 저기, 괜찮으면 들어오지 않을래?"

"감사합니다. 그럼 잠깐 들어가서 그 녀석을 깨워 올게요."

나는 그렇게 대답하고 타치바나네 집으로 들어갔다. 그리고 익숙한 듯이 유우키의 방에 가서 문을 열고 불룩한 침대한테 말을 걸었다.

"유우키, 일어나—."

"……으응, 후유키……?"

내 목소리를 들은 유우키는 졸린 눈으로 침대에서 일어났다.

"……어? 벌써 시간이 이렇게 됐어? 미안, 완전히 늦잠을 자서……."

"아니, 급할 건 없으니까 괜찮아. 기다릴 테니까 세수하고 와."

"으응~……."

아직 잠이 덜 깬 것 같은 유우키의 모습을 보고 쓴웃음을 지으면서 나는 휴대폰을 꺼내 들었다.

메시지 앱을 열자 거기에는 레이의 메시지가 표시되어 있었다.

【REIKO : 후유키, 새해 복 많이 받아! 올해도 나랑 사이 좋게 지내주면 좋겠어!】

【FUYUKI : 새해 복—. 올해도 잘 부탁해—.】

【REIKO : (뭔지는 몰라도 고양이처럼 생긴 생물의 이모티콘)】

【FUYUKI : (뭔지는 몰라도 개처럼 생긴 생물의 이모티콘)】

날짜가 바뀜과 동시에 날아온 메시지. 그 기록을 훑어보면서 나는 초조해서 어쩔 줄 모르겠는 속마음을 어떻게든 진정시키려고 머리를 마구 쥐어뜯었다.

“……내가 먼저 새해 첫 참배를 같이 가자고 하는 건 너무 적극적인가? 평소 같으면 그런 참배 이야기도 레이가 먼저 꺼내줬을 텐데. 레이는 아무 말도 없는데 내가 먼저 제안하면 어쩐지 흑심이 있는 것 같잖아~…….”

중얼중얼 혼잣말을 하면서 계속 레이를 꾀어낼 메시지를 썼다 지웠다 반복했다.

그러나 결국 레이에 대한 메시지는 보내지지 않았다. 그 전에 외출 준비를 마친 유우키가 돌아왔으므로 남자 둘이서 새해 첫 참배를 하러 가게 되었다.

“——야, 유우키.”

“응, 왜? 후유키.”

“레이한테는 첫 참배를 같이 가자고 안 했냐?”

신사로 가는 도중에 나는 유우키에게 물어봤다.

그러자 유우키는 묘하게 씁쓸한 표정을 지으며 대답했다.

"어—…… 응, 그게, 실은 같이 가자고 말해볼까 했는데……."

"했는데?"

"남자가 여자한테 같이 놀자고 말하기는 좀 어렵지 않아? ……게다가 혹시나 레이한테 거절당하면 충격으로 쓰러질 것 같아서 용기가 안 났어. 새해 첫날부터 그런 도박은 하고 싶지 않았거든."

"……이해해."

서로 쓴웃음을 지으며 마주 보는 미소년 두 사람.

아무리 외모가 잘났어도 그들은 얼마 전까진 초등학생이었다. 그러니까 세련되게 여자에게 같이 놀자고 제안하는 기술을 그들에게 바라는 것은 좀 가혹한 짓일 것이다.

*

"유리, 새해 복 많이 받아!"

"으, 응, 새해 복 많이 받아. 레이야."

참배객들로 붐비는 신사 입구에서 나—— 시라세 유리는 레이와 새해 인사를 나눴다.

"저기, 이렇게 같이 가자고 해줘서 고마워. 나 친구랑 새해 첫 참배를 하러 온 건 처음이야."

"아하하, 고맙긴 뭐가 고마워. 내가 너랑 같이 새해 첫 참배를 하고 싶었을 뿐인데."

스르르 자연스럽게 팔짱을 끼는 레이. 나는 무심코 긴장해 몸을 굳혔다.

"후, 후아, 좋은 냄새가…… 크흠. 있잖아, 레이야? 좀 신경 쓰이는 게 있는데……."

"응, 뭔데?"

"어, 저기, 타치바나와 쿠루시마는 안 불러도 되는 거야?"

나는 동요를 숨기려고 레이에게 그런 질문을 던졌다.

실제로도 좀 궁금하기는 했다. 평소에는 늘 네 명이 단체로 행동하는 것에 집착하는 듯했던 레이가 이런 새해 첫 참배 같은 이벤트에서 단둘이 행동하려고 하다니.

"……왜? 나와 단둘이 있는 건 싫어?"

조금 슬퍼하는 것처럼 눈을 살짝 치뜨고 이쪽을 보면서 묻는 레이. 그 모습을 본 나는 당황하여 부정했다.

"헉?! 아, 아냐, 절대로 그런 건 아니야! 오, 오히려, 나로선 기쁘다고나 할까……."

"후후. 가끔은 여자들끼리만 노는 것도 좋잖아? 자, 빨리 가자."

레이가 얼렁뚱땅 넘어가려고 한다. 그걸 느끼면서도 나는 레이의 천진난만한 웃음에 이끌려 그냥 넘어가고 말았다.

실제로 레이가 남자들보다도 나를 선택해줬다는 사실에 아주 조금 사악한 우월감을 느끼긴 했다. 그러니 사실상 나는 이 상황을 환영할망정 억지로 부정할 이유는 없었다.

"유리. 운세 제비 결과는 어때?"

새전함에 돈을 넣고 참배를 마친 후 둘이서 제비를 뽑아 봤는데, 레이가 나에게 그렇게 물었다.

"어— 그건…… 아, 대길이다."

"오~ 시작부터 운이 좋은데?"

"응, 고마워. 그러는 너는?"

"후후후…… 짠—!"

【대흉】

레이는 활짝 웃으며 최악의 제비를 쑥 내밀었다. 나는 무의식중에 소리를 질렀다.

"으아악?! 대, 대흉?! 나, 난 처음 봤어…….”

"아하하, 여기 적힌 내용도 굉장하다니까? '회개하지 않으면 천벌 받을 것이다'래.”

"세, 세상에, 너무해! 레이가 회개해야 할 잘못이 뭐가 있다고?!"

친구가 아무런 근거도 없이 비난을 받자 나는 반사적으로 분개했다.

"우후후, 고마워. 유리. 그런데 원래 점이란 것은 맞을 수도 있고, 안 맞을 수도 있잖아? 그냥 올해는 조심하면서 잘 지내라는 신의 충고라고 생각하면 돼.”

대흉을 뽑은 본인이 그렇게 태평하게 굴었으므로 나로서도 더 이상 뭐라고 지적할 수는 없었다.

"그리고 유리, 네가 옆에 있잖아. 이렇게 귀여운 여자애와 새해 첫 참배 데이트를 하고 있으니까, 오늘의 나는 절대로 대흉이 아니라 이 동네에서 최고로 운이 좋은 여자일 거야."

"레, 레이……."

햇빛을 받아 아름다운 검은 머리카락을 반짝반짝 빛내면서 웃는 레이. 그 모습을 본 나는 견딜 수 없을 정도로 가슴이 벅차올랐다.

——아아, 레이랑, 하고 싶어…….

이처럼 저속한 생각을 신성한 곳에서 진지하게 떠올리고 있는 안경 캐릭터 미소녀—— 시라세 유리.

종종 잊어버리게 되지만 실은 이 친구도 의외로 성격이 대단하고 욕망에 꽤 충실한 여자였다.

*

연말연시가 지나가고 거리는 밸런타인데이 시즌을 맞이했다.

정기시험도 다 끝나서, 학교 여학생들도 이 청춘의 향기가 나는 이벤트를 앞두고 떠들썩하게 이야기를 나누고 있었다.

"유리! 이번 주말에 우리 집에서 같이 초콜릿 만드는 거야, 알았지?"

"으, 응. 시험 보기 전부터 약속했으니까."

교실 한구석에서 책상을 사이에 두고 즐겁게 이야기를 하는 여자들. 한편 남학생들은 곁눈질로 그 장면을 보면서 초조하게 잡담을 나누었다.

"밸런타인데이인가——…… 솔직히 말하자면, 커플이나 여자들이 서로 주고받는 우정 초콜릿 교환 이벤트란 느낌이 드는데."

"그런 상대가 없는 외로운 남자한테는 그냥 불편한 이벤트 아냐?"

"하~~…… 여자 친구 있었으면 좋겠다."

"욕심은 안 부릴래. 공평하게 쫙 뿌리는 초콜릿이라도 받고 싶다."

"엄마한테 받은 걸 초콜릿 한 개라고 카운트하고 싶진 않아."

참으로 부정적인 음울한 분위기를 뿜어내는 남자들.

그들은 필연적으로 초콜릿을 받을 가능성이 있는 후유키와 나—— 타치바나 유우키에게 화살을 돌리게 되었다.

"타치바나랑 쿠루시마는 좋겠다~. 너희 둘이서 우리 반 여자애들의 초콜릿을 독점하는 거 아냐?"

"아, 아하하…… 아니, 후유키는 그렇다 쳐도 난 별로……."

"야, 은근슬쩍 나를 희생양으로 삼지 마라."

일종의 원한까지 느껴지는 남자들의 시선과 말이 쏟아지자, 나와 후유키는 서로에게 희생양 역할을 떠넘기려고 했다.

그때 우리 반에서 인기——아니, 학교 전체에서 인기 1, 2등을 다투는 미소녀 두 명——레이와 시라세가 우리의 등 뒤에서 말을 걸었다.

"유우, 후유키. 나랑 유리는 밸런타인데이 재료를 사러 가야 하니까 오늘은 먼저 갈게."

"나, 나도 너희 둘을 위한 초콜릿을 만들 건데. 어쩌면 이상할지도 몰라. 미리 사과할게."

"후후, 뭘 만들까ー. 유우, 후유키. 둘 다 기대해! 그럼 안녕~."

"어, 그래…….""

"으, 응…… 안녕……."

최악의 타이밍에 튀어나온 최악의 내용인 대사. 나와 후유키의 얼굴에서 식은땀이 흘러내렸다.

레이와 시라세를 떠나보낸 우리가 뒤를 돌아보자, 그곳에는 남자 두 명의 처형 방법에 관해 논의하는 우리 반 애들이 있었다.

"".................""

나와 후유키는 서로 마주 보고 고개를 끄덕였다. 그리고 전력질주로 거기서 탈출했다.

"도망친다! 쫓아!"

"젠장! 네토라랑 시라세한테 받았으면 그걸로 끝 아니냐고!"

"부의 독점이다! 저것들의 목을 매달아라!"

*

——어쩌다 이렇게 되어버린 걸까.

나—— 시라세 유리는 낯선 욕실에서 목욕탕 의자에 앉아 있었다. 샤워기의 물이 머리에서부터 온몸으로 쏟아진다. 물론 알몸이었다.

"으으…… 유리, 진짜 미안해."

"아, 아아아아뇨. 신경 쓰지 마세요……."

그리고 내 등 뒤에는 마찬가지로 알몸이 되어 욕조에 들어가 있는 레이가 있었다.

사건이 일어난 것은 몇 분 전.

우리는 레이네 집에서 열심히 밸런타인 초콜릿을 만들고 있었다. 그런데 "앗!" 하는 레이의 한마디에 내가 뒤를 돌아봤을 때, 휘핑크림이 들어 있는 그릇이 빙글빙글 회전하면서 나에게 날아왔다.

다행히 앞치마가 방어해준 덕분에 옷은 더러워지지 않았지만. 나와 레이는 둘 다 머리 부분은 온통 크림 범벅이 되어버렸다.

"이, 이거 어떡해?!" 하고 레이는 평소와는 달리 당황했다. 그녀는 어쩔 줄 모르면서 강제로 나를 네토라 가족의 욕실로 끌고 들어가 버렸다.

예전부터 생각했는데 레이네 집은 상당한 부잣집이었다.

마치 호텔처럼 세련되고 멋있고 넓은 욕실이었다.

욕조도 우리 둘 정도는 한꺼번에 들어가도 별로 좁다고 느껴지지 않을 정도로 컸다.

그래. 둘이서 같이 들어가도 좁지 않았다.

지금 레이와 같이 들어와 있으니까 알게 된 것이다. 그 사실을.

"……후후, 실은 좀 동경하기도 했어. 친구와 둘이서 욕조에 들어가는 거."

"아―, 네. 그러게 말입니다."

나는 완전히 말투가 붕괴되었다. 정신없이 눈을 번뜩이면서 레이의 육체를 내 눈에 새겨 넣었다.

이러면 정말―. 조금만이라면, 내가 살짝 만져 봐도 되지 않을까?

손으로 레이의 몸을 씻어주는 것 정도는 해도 될 것 같은데. 난 이미 이성과 싸우느라 지쳐버렸다.

그런 생각을 하면서 레이가 주도하는 잡담에 건성으로 대꾸하고 있었는데, 갑자기 어떤 말이 내 뇌에 꽂혔다.

"――응, 그러니까 유리, 너도 좋아하는 사람이 있으면 나한테 말해줘. 알았지? 내가 온 힘을 다해 응원해줄게!"

　　──레이의 너무나 잔혹한 한마디. 나는 이 욕조에 채워진 목욕물의 열기가 싹 사라진 듯한 착각을 느꼈다.

　　아니, 어쩌면 '분노'에 가까운 격정이 내 체온을 욕실의 열기보다도 더 뜨겁게 만들어버린 걸지도 모른다.

　　"……레이."

　　"응, 왜? 유리──."

　　서로 가슴이 닿을 정도로 나는 레이에게 바싹 다가갔다.

　　내가 불쑥 가까이 다가오자 레이는 곤혹스런 표정을 지었다. 나는 그 얼굴을 정면에서 쏘아보면서 고했다.

　　"저, 저기, 유리?"

　　"……레이. 난 너를 좋아해. 정말 좋아해. ……그냥 그게 전부야. 나 먼저 나갈게."

　　나는 레이의 대답을 기다리지 않고 욕조에서 일어나 욕실 문 밖으로 나갔다.

　　뿌드득 소리가 날 정도로 어금니를 악물었다.

　　타치바나에게도, 쿠루시마에게도 넘겨주지 않을 거야.

　　레이는── 그녀는 내 거니까.

＊

　　응, 대충 이 정도면 됐나.

　　유리가 나가버린 욕실에서 나── 네토라 레이코는 생각에 잠겼다.

남자들에 비해 아무래도 공격력이 낮고 자꾸만 뒤로 물러나는 경향이 있는 유리에게 드디어 불이 붙었다. 그래서 나도 겨우 안심했다.

운 좋게 입수한 레즈비언 NTR 요원이 이대로 페이드아웃 해버리면 너무 아깝지 않은가.

연애에서 중요한 것은 그거다. 괜히 겁나서 약해지는 사랑의 마음을, 뒤에서 살짝 밀어주는 아주 작은 용기. 그래서 나는 유리에게 준 것이다. 욕망이란 이름의 용기를⋯⋯.

자, 나도 슬슬 나가서 초콜릿 만들기를 재개해볼까.

나는 젖은 몸을 수건으로 닦으면서 '어떻게 유리를 가지고 놀아줄까?' 하고 생각했다.

*

밸런타인데이 당일이 되었다.

"유리, 해피 밸런타인! 이 초콜릿 받아."

"고마워, 레이야! 자, 답례 초콜릿이야."

아침 HR 시간 전에 나와 유리는 바로 우정 초콜릿을 교환했다.

"와―! 유리, 고마워! ⋯⋯뭐, 실은 같이 만들었으니까 뭐가 뭔지는 다 알고 있지만."

"아하하⋯⋯ 그래도 같이 초콜릿 만드는 거 즐거웠어. ⋯⋯저기, 내년에도 또 같이 만들어줄래?"

"당연하지! 내년에는 더 예쁘게 만들어보자!"

그렇게 꺅꺅 신나게 여자들끼리 떠들고 있는데, 마침 등교한 같은 반 여자애들도 나와 유리 주위에 모여들었다.

"네토라, 이거 받아. 우정 초콜릿이야."

"우와, 고마워! 그럼 나도 줄게."

"레이코, 나도, 나도—."

"고마워—. 그럼 이걸 받아주세요—."

아무리 그래도 우리 반 애들 모두에게 줄 초콜릿을 직접 만들기는 어려웠다. 그래서 적당히 친한 우리 반 친구들한테는 시판 제품으로 답례를 했다.

"시라세한테도 초콜릿 줄게. 받아—."

"우와아, 고, 고마워. 이, 이거. 답례야."

"유릿치—, 초콜릿 교환하자—."

"으, 응. 이건 시판 초콜릿인데. 괜찮을까?"

오, 유리도 우리 반 여자애들한테 둘러싸여 있구나.

입학 당시에는 이 교실에서 외톨이로 지내고 있었는데. 그럭저럭 나와 유우 말고도 새 친구를 사귀게 된 것 같아서 다행이다.

덕분에 나도 뿌듯해졌다. 나는 팔짱을 끼고 꼿꼿하게 서서 '옳지, 그래야지' 하고 뒤에서 흐뭇하게 바라봤다.

"——아, 안녕? 레이."

"안녕—? 레이랑 시라세, 너희 둘 다 아침부터 기운이 넘치는구나."

우정 초콜릿을 교환하느라 시끌벅적해진 여자들의 기세에 압도된 걸까. 약간 조심스런 어조로 유우와 후유키가 우리에게 인사를 했다.

"앗, 유우! 후유키! 안녕?"

나는 활짝 웃으며 두 사람에게 다가가 예쁘게 포장한 상자를 건네줬다.

"자, 이거 받아! 해피 밸런타인!"

"고, 고마워, 레이. 저, 정말 기뻐."

"땡큐, 레이. 늘 고마워."

유우는 티 나게 얼굴을 붉혔고, 후유키는 미소를 지으면서 깔끔하게 나의 초콜릿을 받아줬다.

뭐, 표면적인 모습은 어떻든 간에 둘 다 좋아하는 여자한테 초콜릿을 받았으니까 속으로는 어쩔 줄 모르고 있을 것이다. 내 눈에는 그게 훤히 보였다. 아이 맛있어.

"아 참, 상자는 둘 다 집에 가서 열어줘. 알았지? 초콜릿을 주는 것 자체는 선생님도 너그럽게 봐주실 테지만, 학교에서 먹는 건 아마 안 될 테니까. 선생님한테 몰수당하면 나 화낼 거다?"

내가 단호하게 말하자 둘 다 고개를 끄덕였다.

물론 진짜 이유는 따로 있었다.

두 사람에게 건네준 초콜릿에는 각각 메시지 카드가 들어 있었기 때문이다. 의미심장한 내용을 손글씨로 적어놓은 메시지 카드가.

아마도 그럴 일은 없겠지만, 설령 두 사람에게 이 장치를 들키더라도 괜찮을 것이다. 내가 적은 메시지는 어디까지나 '의미심장한 내용'일 뿐이지 직접적인 문언은 단 하나도 적혀 있지 않으니까.

거의 아무런 위험도 없이 남자 둘의 성적 욕구를 자극한다. 그런 행동을 안 할 이유는 없었다.

NTR은 하루아침에 이루어지는 게 아닌 것이다.

나는 장기적 계획성이 있는 여자. 매일 조금씩 꾸준히 해나가는 작업을 마다하지 않는다.

아차, 이렇게 느긋하게 있을 때가 아니지.

모처럼 찾아온 밸런타인데이니까. 나도 마음껏 즐겨야겠다.

나는 초콜릿을 담은 손가방을 들고 교실 안을 이리저리 배회했다. 목적지는 아까부터 이쪽을 힐끔힐끔 훔쳐보고 있는 남자들의 자리였다.

"사토, 이거 받아."

"어? 네토라, 초콜릿 주는 거야?"

"의리로 주는 거야―. 답례는 필요 없어―."

"우와―! 땡큐―!"

"곤도, 너도 받아."

"오―! 진짜 기쁜데? 고마워, 네토라!"

"대용량 초콜릿인데 너무 좋아하는 거 아냐―? 아무튼 학교에선 먹으면 안 돼―."

아아, 유우와 후유키가 엄청난 눈빛으로 이쪽을 보고 있다. 미치겠네!!

내 등에 꽂히는 두 사람의 시선. 나는 온몸에 전류가 흐르는 듯한 쾌감을 느꼈다. 야한 동인지처럼.

『회개하지 않으면 천벌 받을 것이다.』

문득 새해 첫 참배 때 뽑았던 제비의 문구가 뇌리를 스쳤다.

자주 잊어버리긴 하지만, 사실 지금 내가 있는 이 세계는 전생의 세계와 '비슷한' 패러렐 월드다.

제멋대로 활개 치는 사악한 악당한테 천벌을 내리는 신 같은 존재가 실제로 있을 가능성도 고려해두는 게 나을지도 모른다.

즉, 업보 수치가 바닥을 뚫어버리는 사태는 최대한 피해야 한다는 뜻이다. 하지만 그 점에 관해서는 나는 아무 문제도 없을 것이다.

나는 이 세상 누구보다도 인간을 사랑하는 다정한 여자니까.

그래, 그건 마치 인간이 개를 좋아하는 감정과도 비슷하다. 나는 그렇게 인간을 사랑하고 있는 것이다.

어라? 나는 자신이 마음씩 착한 빛의 존재란 것을 설명하고 싶었는데. 어째 개와 인간을 구별하지 못하는 사이코패스가 되어버린 것 같잖아.

말을 하면 할수록 제 무덤을 파는 느낌이 든다. 나는 생각을 중단했다.

그래, 인정하자. 나는 남들보다 조금 더 사악할지도 모른다.

하지만 업보 수치는 아직 만회할 만한 범위 내에 있을 것이다. 아마도 플러스마이너스 제로? 선도 악도 될 수 있는 위태롭고도 무구한 존재가 바로 나다. 그야말로 정석적인 뉴트럴 루트인 것이다.

뭐, 완전히 마이너스로 치우쳤다고? 그건 네 측정기가 고장 난 거겠지.

과거는 바꿀 수 없지만 미래는 바꿀 수 있다.

나는 진정한 빛의 존재로 오늘부터 다시 태어날 것이다……!

앗, 야마다가 교실에 들어왔다. 다시 태어나는 것은 내일부터 하자.

"야마다, 안녕!"

"앗, 네토라. 안————."

"자, 이거. 밸런타인 초콜릿이야!"

나는 야마다에게는 시판 제품이 아니라 직접 만든 초콜릿을 담은 상자를 내밀었다.

"어……? 아, 저기, 이거, 혹시, 네토라가 직접 만든————."

"후후. 너하고는 평소에도 사이좋게 잘 지내고 있으니까. 특별히 주는 거다?"

내가 찡긋 윙크하자, 야마다는 우스울 정도로 심하게 빨개졌다.

"저, 저기, 진짜 고마워. 그, 뭐랄까…… 너무너무 기뻐."

"아하하, 이건 시판 제품과는 달리 금방 상하니까 가능하면 오늘 내로 먹어줘. 알았지?"

나는 그렇게 말하고 살짝 손을 흔들어준 뒤 야마다 곁을 떠났다.

그리고 곧바로 유우와 사이좋게 노는 모습을 보여줌으로써 야마다의 뇌를 박살내줬다. 어우, 맛있다.

"네토라―, 나한테 줄 초콜릿은 없어―?"

"타나카한테 줄 거는 없습니다―. ……하지만 너라면 나의 의리 초콜릿보다 더 좋은 것을 받을 수 있을지도 모르겠는데?"

"뭐?"

나는 의미심장한 미소를 지었다. 그리고 여자 그룹 중 한 명에게 시선을 던졌다.

"……글쎄, 가볍―게 마음의 준비를 해두는 게 좋을걸? 차림새는 단정히. 알았지?"

"어? 앗, 야!"

그 말만 남기고 나는 그의 곁을 떠나 여자 그룹에 끼어들어서 밀담을 나누기 시작했다.

"레, 레이코, 타나카는 좀 어때?"

"느낌 좋아. 밀어붙이면 무조건 성공할 거야."

"우와─! 고, 고마워! 용기를 내볼게!"

나에게 등 떠밀린 여자애가 힘차게 기합을 넣고 타나카의 자리로 다가갔다.

응, 아마 저 둘이라면 틀림없이 커플이 될 수 있을 것이다.

나는 전생에 수많은 커플의 인간관계를 엉망으로 만들어왔다. 그래서 사람 보는 눈에는 절대적으로 자신 있었다. 커플을 부수는 방법을 안다는 것은, 커플을 만드는 방법도 안다는 뜻이다.

그런고로 오늘의 나는 사랑의 큐피드. 말하자면 천사 네토라엘이라고나 할까.

"네, 네토라! 나랑 야스다는 어떨 것 같아?"

"사실 난 코야마가 좀 괜찮아 보이는데……."

"있잖아, 2학년 선배가 말이지─."

방금 그 두 사람이 커플이 될 것 같은 분위기인 것을 보고, 여자들이 줄줄이 나를 붙잡고 연애 상담을 하기 시작했다.

사전 조사를 통해 특별히 문제가 없다고 여겨지는 조합에 대해서는 내가 여자애의 등을 살짝 밀어주면 된다. 또 승산이 별로 없다 싶은 경우에는, 내가 정신 유도와 세뇌를 통해 남자를 조교해서 훗날 적당한 기회를 마련해주기로 약속했다.

여자는 남자 친구가 생겨서 행복하고.

나는 유우를 유혹할 가능성이 있는 여자를 치워버려서

행복하고.

그야말로 일석이조. 좋은 일을 하면 기분이 좋구나.

업보 수치가 '선'의 방향으로 넘어가는 것을 느끼면서, 나는 그렇게 남자의 의사는 완전히 무시한 커플 만들기 작전을 짜는 것이었다.

*

나—— 야마다 미노루는 이루어질 수 없는 사랑을 하고 있다.

"앗, 야마다!"

"……으응? 아, 네, 네토라?"

"응, 네토라입니다—. 안녕? 야마다."

아침 통학로.

명랑하게 웃으면서 내 옆으로 뛰어온 소녀의 이름은 네토라 레이코였다.

우리 학교 전체에서 다섯 손가락 안에 드는 미소녀. 그리고 나의 주제넘은 짝사랑 상대이기도 했다.

"아직도 날이 많이 춥네—. 빨리 따뜻해지면 좋겠는데—."

"……응, 그러게."

……좀 더 센스 있는 대답을 할 수는 없는 거냐? 나란 놈은.

나는 이렇게 의사소통 능력이 부족한 나 자신을 부끄러

워했다. 그러나 네토라는 신경 쓰는 기색도 없이 즐겁게 대화를 이어 나갔다.

"——그래서 말이지. 요새는 종이팩 음료수에 푹 빠졌거든?"

"아, 맞아. 너 요새 뭘 노리는지 모를 정체불명의 음료수를 자주 마시는 것 같더라."

"응, 그게 페트병보다도 좀 더 실험정신이 있는 상품이 많아서 재미있거든—. 어쩌다 꽝을 뽑으면 친구들한테 나눠줘서 다 같이 자폭하는 것도 재미있고."

레이와 나란히 걷기 시작한 지 몇 분 후.

어느새 레이의 영향을 받은 것처럼 나는 매끄럽게 혀를 움직이고 있었다.

이런 것을 두고 의사소통 능력이 뛰어나다고 하는 거겠지.

나처럼 교내 계급 피라미드 하층에 존재하는 인간을 그냥 심술궂게 가지고 노는 게 아니라, 나도 대화를 즐길 수 있도록 일부러 대답하기 쉬운 화제를 던져주는 레이. 그래서 나는 속으로 순수하게 탄성을 지르고 있었다.

"아, 맞다. 예전에 네가 읽었던 라이트노벨이 영화화된 거 있잖아. 그거 봤어—. 그 학원물 말이야."

"헉. 네, 네토라, 그걸 봤어?"

"응, 뭐야? 그 반응은. 재미있었거든? ……뭐, 다소 과격한 내용이긴 했지만……."

"이, 일단 이것만은 말해둘게. 난 항상 그런 책만 읽는 건 아니야.”

“응, 알아.”

네토라는 복잡한 표정을 지으면서도 마지막에는 수줍게 웃었다.

이 소녀는 놀랄 만큼 편견이 없는 사람이었다.

소위 오타쿠 취향인 작품이라든가 비슷한 나이대의 여자라면 보통은 얼굴을 찌푸릴 만한 내용이라도, 누가 추천해주거나 본인이 관심을 가졌을 때에는 선입견 없이 그것을 즐기려고 한다.

여자와는 접점이 거의 없는 음침한 오타쿠인 나한테도 레이는 개의치 않고 자주 말을 걸어준다. 듣자하니 같은 반 친구들의 고민이나 연애에 관한 상담도 자주 받아준다고 한다.

소문에 의하면 네토라가 중개해줘서 밸런타인 이후에 맺어진 커플도 상당히 많다고 한다. “난 쓸데없이 남에게 참견하는 나쁜 버릇이 있어”라고 쑥스럽게 웃으면서 말하는 모습을 본 적도 있다. 그만큼 네토라는 이타적인 인격인 것이다.

대체 뭘 어떻게 하면 이토록 선의로 똘똘 뭉친 여자애가 탄생할 수 있는 걸까?

이 세계가 만약 게임이라면 틀림없이 네토라는 빛 속성의 캐릭터가 될 것이다. 그렇게 오타쿠다운 진부한 비유를 할 정도로 네토라는 나한테는 참 눈부신 존재였다.

……그러니까 착각하면 안 된다.

네토라는 같은 반 친구로서 나에게 잘해주고 있을 뿐이다. 그것은 결코 연애 감정은 아닌 것이다.

"……저기, 그런데 오늘은 타치바나가 옆에 없네?"

"어? 유우?"

"응. 네토라랑 타치바나는 거의 언제나 같이 등교하잖아. 그런데 오늘은 왜 혼자야?"

타치바나 유우키.

같은 반 친구. 미남이지만 그렇다고 잘난 척하지도 않고, 누구에게나 예의 바르게 대하는 착한 남자다.

……그리고 아마도 네토라가 좋아하는 상대일 것이다.

"응…… 유우는 말이지, 아무래도 감기 걸린 것 같아. 그래서 오늘은 학교에 안 간대."

"어, 정말?"

"응. 그러니까 이따 방과 후에는 병문안 갈 거야—."

걱정스런 표정. 그런데 분명히 우애 이상의 뭔가가 묻어나는 음색과 감정이 거기에 깃들어 있었다.

……그런 레이를 보기만 해도 나는 심장을 밧줄로 꽉꽉 동여매는 듯한 압박감을 느꼈다.

역시 레이는 타치바나를—.

"아아, 오늘은 '화이트데이'인데 말이지……. 유우한테는 병이 다 나으면 이자 붙여서 돌려 달라고 해야겠어."

그런 네토라의 말을 듣고 나는 퍼뜩 정신을 차렸다. 그리고 용기를 내어 가방 속에 손을 집어넣었다.

"저, 저기, 네토라!"

"응, 왜?"

"이, 이거! 밸런타인데이에 대한 답례야!"

그렇게 말하면서 나는 포장된 쿠키 주머니를 네토라에게 건네줬다.

투명한 주머니에 들어 있는 쿠키를 보고 네토라는 눈을 동그랗게 떴다.

"어, 이건…… 설마 수제 쿠키야?!"

"아, 으, 응. 너도 수제 초콜릿을 줬으니까, 시판 제품으로 주면 미안할 것 같아서……."

……주고 나서 깨달았는데, 사귀지도 않는 남자한테 수제 과자를 받는다면 어떤 기분일까? 보통은 기분 나쁘지 않을까?

뒤늦게 그런 공포가 나를 덮치기 시작했다. 하지만 그런 나를 무시하듯이 눈앞에 있는 네토라는 환성을 지르며 가볍게 폴짝 뛰었다.

"와—! 너무 기뻐! 야마다, 고마워!"

"어, 어—, 그…… 저기, 받기가 좀 뭐하면 버려도 상관없어, 진짜로."

"뭐어?! 무슨 소리야! 이걸 왜 버려?"

"아니, 진짜로 신경 안 써줘도 돼. 곰곰이 생각해보니, 같은 반 친구한테 수제 과자를 받으면 당연히 부담스럽고 기분 나쁠 테니까…….”

“——야마다.”

나는 꼴사납게 자꾸 변명하려고 했는데, 네토라가 그런 내 손을 양손으로 꼭 감싸줬다.

“아앗…… 네, 네토라?”

“내가 오해한 거면 미안한데…… 야마다는 여자랑 이야기하는 게 거북하지?”

“어, 그건——…… 글쎄, 아마 편한 건 아닌 것 같아…… 부끄럽지만.”

나를 똑바로 쳐다보는 네토라의 눈동자 앞에서 나는 그런 한심한 말을 토해냈다.

여자와 이야기하는 것이 편했다면 이렇게 음울한 오타쿠 캐릭터로 전락하지도 않았을 거다.

그때 네토라가 다정한 미소를 지으면서 조금 더 강하게 내 손을 잡았다.

“……그런데 실은 여자와 이야기하는 것조차 거북한데도, 나를 위해 노력해서 쿠키를 만들어준 거잖아? 이렇게까지 해줬는데 기뻐하지 않는 사람은 거의 없어. 알지?”

“네, 네토라…….”

아아, 그만해줘.

그런 식으로 나를 긍정해주면, 이미 포기했던 내가 또다시 꿈을 꾸게 되어버리잖아.

제발 부탁이야. 상처받기만 하는 사랑 따윈 미련 없이

포기할 수 있게 해줘.

그런 내 심정도 모르고 네토라는 내가 만든 못난이 쿠키를 소중히 품에 안더니 자애로운 미소를 지었다.

"……야마다, 고마워. 너무나 기뻐. 정말, 정말로…….
그 마 음 (절 망) 이 너 무 나 기 뻐."

……그녀의 그 말에 나는 간신히 미소로 답했다.

목소리가 떨리지 않도록 배에 힘을 줬다.

"……응, 그래. 나도 그때 네 마음을 받아서 기뻤어. 그러니까 신경 쓰지 않아도 돼."

첫사랑의 맛은 상상했던 것보다 몇 배는 더 씁쓸하고 무거웠다.

*

"네—…… 어머, 레이코."

"안녕하세요. 아주머님."

조용한 주택가의 어느 한 집.

초인종 소리를 듣고 타치바나 유우키의 어머니가 현관문을 열자, 그곳에는 아들의 소꿉친구인 네토라 레이코가 서 있었다.

"혹시 유우키를 병문안하러 왔니?"

감기에 걸려 결석하게 된 아들을 병문안하러 온 건가? 하고 유우키의 어머니가 물어보자 레이코는 긍정하듯이 책가방을 가볍게 들어 올려 보여줬다.

"네. 그리고 학교 프린트물 같은 것도 갖다 주려고…… 아, 그래도 유우의 컨디션이 안 좋으면 그냥 돌아갈게요……."

"아니야, 괜찮아. 독감도 아니고, 열도 점심때쯤에 거의 다 내렸으니까."

"그래요? 다행이다……."

진심으로 안도한 듯이 미소 짓는 레이코. 유우키의 어머니는 마치 훈훈한 장면을 보는 것처럼 따뜻한 기분을 느꼈다.

두 사람에게 직접 물어봐서 확인한 적은 없지만 유우키가 레이코를 좋아한다는 것은 노골적으로 태도에서 티가 났고, 레이코도 유우키를 은근히 좋게 보고 있다는 것은 남들이 보기에도 분명한 사실이었다.

두 사람의 마음은 더할 나위 없을 정도로 확실히 드러나 있는데도 아직 사귀지는 않는다. 정말 새콤달콤하고 순수한 연애의 형태였다. 유우키의 어머니는 스스로도 좋지 않은 취미라고 생각하면서도 무의식중에 그런 두 사람을 재미있어하면서 관찰하고 있었다.

……물론 '첫사랑이 행복한 형태로 성취될 것이다'라고 근거도 없이 믿을 정도로 유우키의 어머니는 철없는 어린애는 아니었지만.

그래도 혹시나 아들이 레이코와 결혼해 가정을 꾸려준 다면, 나는 분명히 며느리를 사랑하게 될 테지. 막연하게 그런 생각을 할 정도로는 유우키의 어머니는 천진난만하고 순진무구한 레이코를 마음에 들어 했다.

"레이코, 너만 괜찮다면 유우키에게 얼굴 좀 보여주지 그러니?"

"어, 그건…… 네, 그럼 잠깐만 실례할게요."

"후후, 이렇게 예쁜 아이가 병문안을 하러 와주다니. 우리 아들도 제법이야?"

"아, 아주머님. 놀리지 마세요!"

유우키의 어머니 말을 듣고 얼굴이 새빨개지는 레이코.

이 아이는 이토록 노골적으로 호의를 드러내고 있는데도, 내 아들은 아직도 결정적인 한 걸음을 내디디지 못하고 있구나. 그런 아들의 한심함에 유우키의 어머니는 무심코 한숨을 내쉴 뻔했다.

아들은 어릴 때부터 내성적인 편이긴 했다. 하지만 레이코처럼 아름다운 소녀가 영원히 솔로로 있어줄 거라고 생각한다면, 위기감이 너무 부족하다고 할 수밖에 없으리라.

아들의 친구인 후유키라든가. 뭐 그런 녀석이 옆에서 채어가기 전에, 아들이 후회 없이 행동을 했으면 좋으련만.

아들 방이 있는 2층으로 올라가는 레이코의 뒷모습을 바라보면서 유우키의 어머니는 속으로 새삼스레 결심했다. 아들의 첫사랑이 이루어지도록 은근슬쩍 도와주는 수준으로는 저 두 사람에게 간섭을 해봐야겠다고.

∗

"──휴. 심심하다."

침대에 누운 채 나── 타치바나 유우키는 멍하니 천장을 쳐다보고 있었다.

새벽부터 느꼈던 오한과 두통은 이미 나았지만, 은근히 기운이 없어서 휴대폰을 들 기력도 없었다. 그래서 그는 환자답게 그저 얌전히 침대에 누워 있었다.

"……화이트데이. 준비는 해놨는데."

책상에 놓여 있는 선물용 캔디를 보면서 깊은 한숨을 한 번 내쉬었다.

캔디를 줄 사람은 당연히 소꿉친구인 그녀였다.

"레이가 보고 싶네……."

"어, 어머. 부끄러워라."

"…………응?"

문득 혼잣말을 중얼거렸는데 누군가가 그걸 듣고 대꾸해줬다.

고개를 옆으로 돌렸다. 그곳에는 뺨이 분홍색으로 물들어 있는 레이가 서 있었다.

"앗, 어엇?! 레, 레이?! 어, 어떻게……."

"어휴, 갑자기 벌떡 일어나지 마. 아주머님은 네가 거의 다 나았다고 하셨지만, 그래도 무리하면 안 돼!"

레이의 깜짝 방문에 놀란 나는 벌떡 일어났다가, 그녀의 훈계를 듣고 다시 침대에 억지로 누웠다.

"저, 저기…… 오늘은, 웬일이야? 레이."

"병문안. 실은 후유키와 유리도 같이 올까 했는데…… 다 같이 우르르 몰려와도 폐가 될 것 같아서. 대표로 왔어."

"그, 그랬구나…….."

친구들에게 걱정을 끼친 게 미안하기도 하고, 친구들이 걱정해주는 게 고맙기도 했다. 그래서 나는 뭐라 할 수 없는 애매한 미소를 지었다.

————헉. 아니, 잠깐만.

나 아침부터 땀을 뻘뻘 흘리고 누워 있느라 샤워도 안 했는데?

스스로는 알 수 없지만 혹시 땀 냄새가 나지 않을까?

"유우, 왜 그래?"

"어, 아…… 아니, 그게…….."

레이가 어리둥절한 얼굴로 나를 바라봤다.

……큰일 났다. 한번 신경 쓰기 시작했더니 나한테서 엄청나게 냄새가 나는 것 같은 느낌이 들었다. 더구나 머리도 까치집이 된 것 같았다.

관심 있는 여자한테 이토록 무방비한 모습을 보여주고 있는 상황이라니. 수치심인지 자존심인지 뭔지 때문에 나는 얼굴이 저절로 뜨거워졌다.

이렇게 거동이 수상해진 나에게 레이는 얼굴을 바싹 들이댔다.

"어? 유우. 너 얼굴이 빨개. 괜찮아?"

그만해! 제대로 꾸미지도 않은 나를 지근거리에서 쳐다보지 말아줘!

그런 말이 입에서 튀어나오기도 전에 레이가 내 이마에 자기 이마를 툭! 하고 맞댔다.

"으응~…… 열은 별로 없는 것 같은데. 힘들면 말해, 알았지? 몸을 좀 닦아줄까? 물이라도 마실래?"

"크흑!"

지근거리에 있는 레이의 단정한 얼굴과 은은하게 풍기는 엄청나게 좋은 향기. 나는 정신이 나가버릴 것 같았다.

"미, 미안! 나, 나 잠깐 세수만 하고 올게!"

"앗, 유우?"

이래저래 허용량이 초과되어버린 나는 도망치듯이 방에서 뛰쳐나가 욕실로 향했다.

"――혁, 허억…….."

찬물로 세수하면서 나는 어떻게든 냉정해지려고 노력했다.

실은 샤워도 하고 싶었지만, 아무리 그래도 레이를 그렇게 오래 기다리게 할 수는 없었다. 나는 가볍게 머리만 정돈하는 수준으로 타협했다.

"……레이가 내 방에 온 건 1학기 스터디 모임 이후로 처음인가."

거울을 보면서 혼잣말을 중얼거렸다.

『모, 목욕. 아직 안 했으니까, 싫어…….』

침대에 누운 채 부끄러워서 얼굴을 붉히던 레이의 모습이 뇌리에 선명하게 되살아났다.
"뭐 생각을 하는 거야?!"
손바닥에서 레이의 가슴의 감촉이 되살아날 것 같았다. 나는 추가로 찬물을 머리에 확 끼얹었다.
"…………와, 인간적으로 최악이다. 나란 녀석은……."
이렇게 망상에 사로잡혀 하반신에 혈류를 집중시키려고 하다니. 나는 심각한 자기혐오를 느꼈다.
레이는 사심 없이 순수한 선의로 병문안을 하러 와줬는데…… 나란 녀석은, 그런 레이를 음란한 눈으로…….
"……아니, 하지만 여자가 방에 놀러 온다는 것은 OK란 뜻이라고, 인터넷에서 본 적이 있는데……."
나는 내 머리에 들러붙은 번뇌를 또다시 찬물로 씻어냈다.

"……유우? 네가 너무 오랫동안 안 돌아오니까 걱정돼서──엇, 뭐 하는 거야?!"
좀처럼 방에 돌아오지 않는 나를 걱정한 레이가 욕실 문을 열어봤을 때. 그곳에는 수도꼭지에 머리를 딱 붙인 채 찬물을 뒤집어쓰고 있는 멍청이가 있었다.

레이가 허둥지둥 나를 세면대에서 붙잡아 끌어내려고 내 등에 딱 붙어 나를 껴안았다.

……잠옷 너머로 레이의 가슴이 '물컹' 하고 부딪혔다.

방금 씻어냈던 번뇌가 시공을 뛰어넘어 배수구에서 숙주를 향해 역류했다.

"앗."

레이의 시선이 나에게 꽂혔다. 엄청난 꼴이 되어 있는 나의 하반신에. 끝났다.

"……저, 정말! 정말! 유우는 변태야! 아주머님도 계시는데 그러면 안 돼!!"

레이가 새빨개진 얼굴로 애써 민망함을 숨기려는 것처럼, 푹 젖어버린 내 머리를 수건으로 박박 난폭하게 문질렀다.

……어머니가 안 계시면 OK인 것 같은 발언은 제발 하지 말아줘. 동정한테는 자극이 너무 강하니까.

아니, 일단 혼자 있게 해줘. 바지에 생겨난 텐트를 좀 숨기게 해줘.

결국 드라이어로 머리를 다 말릴 때까지 나는 레이가 시키는 대로 가만히 있어야 했다. 제발 죽여줘…….

"유, 유우, 미안해. 소란을 피워서…….."

"아―, 으응. 어…… 신경 쓰지 마. 아니, 이것저것 다 잊어주면 고맙겠는데…….."

"네……."

욕실에서 한바탕 소동을 벌인 뒤 방으로 돌아왔다. 왠지 지쳐버린 나는 다시 침대 속으로 기어 들어갔다.

미안해하는 레이한테 이런 말 하기는 뭐하지만, 실은 레이도 좀 문제가 있다고 생각한다. 아니, 보통 본의 아니게 발기해버린 남자한테 그대로 헤어 세팅을 시도한다는 게 상식적으로 말이 되나?

물론 레이도 그때는 혼란스러워서 그랬던 거겠지만. 좀 더 남자에 대한 경계심을 가졌으면 좋겠다는 것이 내 솔직한 마음이다.

그렇게 한없이 착한 것도 레이의 매력이긴 하지만. 이 세상 남자들이 다 나나 후유키 같진 않단 말이다.

레이가 그 선량한 마음씨를 이용해 접근하는 '나쁜 남자'한테 걸려들기라도 하면…… 그런 상상을 하기만 해도 나는 감기보다 훨씬 더 심하게 온몸이 떨리는 오한을 느꼈다.

이처럼 쓸모없는 생각을 하고 있는데, 레이가 시계를 보더니 자리에서 일어났다.

"그럼 난 이만 집에 갈게. 학교에서 또 보자."

"응. ……아, 레이."

"응, 왜?"

나는 집에 가려고 하는 레이를 붙잡았다. 그리고 책상 위에 놔둔 선물 상자를 가리켰다.

"저 상자, 밸런타인 선물에 대한 답례야. 괜찮다면 받아주지 않을래?"

"와, 고마워, 유우! 기뻐!"

꽃처럼 화사하게 생긋 웃는 레이.

그 미소를 보기만 해도 나는 온몸에 활력이 가득 차오르는 것 같았다.

"……………."

"어, 레이?"

갑자기 레이가 침대에 누워 있는 나에게 다가오더니 내 뺨에 살짝 키스를 했다.

"으앗……?!"

"후후, 감기 옮았을지도 모르겠네. 빨리 낫길 바랄게, 유우."

그 말만 남기고 레이는 깃털같이 가벼운 발걸음으로 내 방에서 나갔다.

"으으~~…… 진짜, 뭐야……? 이런데도 우리가 사귀는 사이가 아니라고? 거짓말이지……?"

다시 열이 날 것 같다…….

레이의 마음속에서 나는 도대체 어떻게 취급되고 있는 걸까?

설마 레이는 나를 반려동물 같은 거라고 착각하고 있는 게 아닐까?

나는 침대 위에서 끙끙 괴로워하면서 신음했다.

＊

——졸업식.

떠나는 3학년생들과의 이별을 아쉬워 한다……고 말하고 싶지만, 문예부는 어차피 동아리실에도 안 오는 선배님들밖에 없었고, 졸업하는 사람들 중에는 친하게 지낸 사람도 없었다. 그래서 솔직히 말하자면 별 감흥 없는 이벤트였다. 안녕하세요, 네토라 레이코입니다.

뭐, 기념 고백인지 뭔지는 몰라도, 대화만 좀 나눠본 적이 있는 선배들 몇 명한테 고백을 받기는 했다.

물론 나는 거절했지만.

"이런, 역시 안 되는구만—."

"그렇게 가벼운 마음으로 고백을 받는 사람의 입장도 좀 생각해주세요. 그래서 선배님은 여자 친구가 생겨도 금방 헤어지게 되는 거라고요."

"아하하, 네토라. 넌 정말 가차 없구나?"

이처럼 상대는 차였는데도 별로 충격도 안 받은 것처럼 웃었다. 문화예술 쪽 동아리 활동 회의에서 몇 번 만났던 남자. 경음악부의 날라리 선배님(가칭)이었다.

달콤한 미모를 무기 삼아 여자 친구를 계속 갈아치우는 인재이긴 한데, 우리가 만나는 타이밍이 좋지 않았다.

고등학교에서 알게 되었더라면 부디 나의 외간 남자 올스타의 일원이 되어주세요~라고 했을 텐데. 아무리 그래도 원거리로 2년 동안이나 그를 붙잡아놓는 것은 관리 차원에서 불가능한 일이었다. 아쉽지만 이번에는 그냥 보내줘야겠다.

"혹시 마음 바뀌면 연락해. 자, 이거. 내 아이디야."

그는 반강제로 메모를 나에게 줬다. 나는 들으란 듯이 한숨을 쉬었다.

"어휴…… 일단 받아두긴 할게요. 하지만 괜히 기대하진 마세요, 알았죠?"

"응, 그래도 상관없어. 예쁜 아이와의 인연은 아무리 작은 인연이라도 소중히 여겨야 하니까."

"말은 참 잘하시네요…… 졸업 축하드려요. 여자를 가지고 노는 것도 적당히 해주세요? 그러다 언젠가는 등 뒤에서 칼 맞아요."

뭐, 이건 그야말로 부메랑처럼 나 자신에게도 꽂히는 말이지만.

나는 객관적 시각을 가지고 있는 여자. 유우의 뇌 파괴에 성공하는 날에는 어쩌면 누군가가 내 등을 푹 찌를지도 모른다. 그 정도는 당연히 각오하고 있다.

……하지만 그래도 상관없다.

유우의 뇌를 파괴할 수만 있다면. 그 후의 미래는 나에게는 불필요하다.

내가 도착할 곳 따윈 필요 없어. 그저 NTR을 향해 계속 나아가기만 해도 돼. 멈추지 않는 이상 길은 계속된다.

나는 멈추지 않을 테니까. 유우와 친구들이 멈추지 않는 이상, 그 앞에 내가 있어!

그러니까 말이야…….

멈추지 말라고…….

여전히 밈으로서 멈출 기색이 없어 보이는 모 단장님을 내 머릿속에 떠올리고 있는데, 날라리 선배가 쾌활하게 웃었다.

"아하하, 귀중한 의견 고마워—. 네토라, 너도 타치바나랑 잘되길 바란다?"

"아앗……?! 아니, 어…… 어떻게……?!"

"후후, 마지막으로 좋은 걸 봤네. 그럼 안녕, 네토라."

"서, 선배님! ……아이참!"

빨개진 내 얼굴을 보고 만족했는지 날라리 선배는 의기양양한 표정으로 떠나갔다.

자, 그럼 아까부터 저쪽 그늘에 숨어 몰래 우리를 관찰하고 있는 유우 그룹의 상태는 어떨까?

나는 힐끔 눈알을 굴려서 학교 건물의 한 모퉁이로 시선을 돌렸다.

그랬더니 유우뿐만 아니라 후유키와 유리도 거기에 몰래 숨어 얼굴을 쏙 내밀고 있었다.

혈액 조작으로 강화한 내 눈은 시야각이 넓다.

평범한 사람이라면 눈에 비쳐도 인식할 수 없는 시야 가장자리의 광경. 그것도 나라면 마치 정면에서 주시하는 것처럼 똑똑히 확인할 수 있다.

오오, 날라리 선배 앞에서 얼굴을 붉혔던 나를 보고 도대체 무슨 착각을 한 걸까? 유우와 친구들의 얼굴이 파랗게 질려 있었다.

아마도 자기들이 우물쭈물하는 사이에 어디선가 불쑥 튀어나온 남자가 선수를 쳤다! 하고 오해하고 있는 거겠지. 예상치 못한 보너스다. 아, 맛있어.

어이쿠, 맛있어할 때가 아니지. 이 오해는 잘 풀어주지 않으면 후유키 같은 녀석이 폭주해서 나를 빼앗으려고 덤벼들지도 모른다. 이건 제대로 변명을 해둬야겠다.

"앗—! 유, 유우?! 후유키랑 유리도 있었어?! 다, 다들 왜 여기 있는 거야?!"

"헉, 레이한테 들켰다!"

"앗, 아니, 이건, 그……."

나는 우연히 친구들을 발견한 것처럼 놀란 표정을 지어냈다.

엿보다가 들켜서 당황하는 세 사람. 나는 그 꼴을 보고 내심 미소를 지으면서도 '나 화났거든?!' 하는 태도로 그들에게 성큼성큼 다가갔다.

*

"······크흠. 종업식도 무사히 끝나고 내일부터는 봄방학입니다. 자, 이렇게 1학년 B반 친구들이 모두 모여 뒤풀이를 할 정도로 친해져서 저는 정말 기쁩니다."

초밥과 불고기 등을 저렴한 가격으로 무한히 먹을 수 있는 뷔페식당에서 나는 컵을 한 손에 들고 연설하듯이 이야기를 하고 있었다.

우리 반 반장이 지난 1년을 기념하여 주최한 파티였다. 내 눈앞에는 1년 동안 고락을 함께한 우리 반 친구들이 모여 있었다.

"아마 우리 반 친구들이 이렇게 모두 다 모이는 것도 이번이 마지막일 겁니다. 하지만 2학년이 되어도 통학로에서 마주치면 서로 인사도 하고, 쪽지시험 정보 같은 것도 공유하면 좋겠습니다. ······그리고 학급 위원도 아닌 나한테 이렇게 깜짝 연설을 시킨 것은 용서하지 않겠습니다. 반장은 이따가 나한테 한 잔 따라주러 오세요."

"아니, 그래도 네토라가 나보다 더 우리 반 리더 같은걸."

나와 반장이 우스운 만담 같은 대화를 나누자 모두들 훈훈하게 웃음을 터뜨렸다.

"응, 반장은 좀 존재감이 약했지—."

"선생님도 가끔 진심으로 레이를 반장처럼 취급하기도 했잖아······?"

"후유키, 유리, 너희들까지 동의하지 마! ······어험. 네,

그럼. 건배—!"

"""건배~~!"""

적당히 분위기를 띄운 내가 자리로 돌아가자, 유우가 나에게 따뜻한 말을 건넸다.

"레이, 고생했어."

"고마워, 유우."

둘이서 우롱차가 든 컵으로 가볍게 건배했다.

"지난 1년 동안 많은 일이 있었지~."

"아하하. 레이, 너한테는 이래저래 신세만 많이 졌는데. 정말 고마워."

"내가 뭐 대단한 일을 했다고 그래? 나야말로 유우 덕분에 1년 동안 정말로 즐거웠어!"

나는 컵을 살짝 기울였다가 잠깐 뜸을 들였다. 그리고 좀 쑥스러워하는 얼굴로 뺨을 긁적였다.

"아, 아무튼…… 2학년 때에도 유우와 같은 반이 되면, 좋겠다……."

"으, 응. 그, 그러게……."

"밥 가져왔다—. 유우키. 적당히 세팅해줄래?"

"레이, 접시 가져왔어. 자, 타치바나도 이거 받아."

"으, 응. 둘 다 고마워……."

우리가 새콤달콤한 분위기를 자아내고 있는데 마침 음식을 가져온 후유키와 유리가 끼어들었다.

옳지, 옳지. 노골적으로 나와 유우를 방해하고 있구나?

딱 적당하게 호감도와 질투심이 발휘되고 있어서 참 다행이다.

속으로 히쭉 웃으면서 나는 후유키가 가져온 고기를 굽기 시작했다.

*

“우우~. 싫어~, 유리와 다른 반이 되고 싶지 않아~~.”

“저, 저기, 레이야? 왜 이렇게 술이라도 마신 것처럼 되었어?”

나는 울상을 지으며 유리의 풍만한 가슴에 얼굴을 묻고 있었다.

그런 나를 보고 후유키가 어이없다는 표정을 지었다.

“아―, 신경 쓰지 마. 시라세. 레이는 초등학교 때부터 아주 지독하게 반이 바뀌는 것을 싫어하는 녀석이었거든.”

“예전에는 나나 후유키한테 울면서 매달렸었어. 어, 뭔가 좀, 정이 너무 많다고나 할까…… 그냥 잠시 내버려 두지 않을래?”

“나, 나야 괜찮지만…… 으흣.”

내 등을 쓰다듬는 유리의 손길이 묘하게 야릇해진 것을 느끼면서 나는 속으로 계산하기 시작했다. 언제쯤 이 포옹을 끝내면 좋을까?

나처럼 사람의 마음을 잘 이해하는 인격자한테는 '효과적인 타이밍에 눈물샘을 조종하는 것'쯤은 초보 중의 초보 기술이다. 아니, 기술이라고 할 수도 없는 수준이다.

유리의 손이 내 등에서 가슴 옆쪽으로 이동하기 시작했을 때. 나는 눈물을 역재생처럼 쑥! 집어넣고 유리한테서 몸을 뗐다.

"크흥, 훌쩍. 유리, 미안해. 이제는 진정됐으니까 괜찮아."

"앗…… 으, 응. 다행이다……."

아쉬운 듯이 손을 꼼지락거리는 유리. 그녀가 폭발하지 않도록 나는 마치 니트로글리세린을 취급하듯이 신경 써서 섬세하게 대응하기로 했다.

……현재의 호감도 상태라면, 이런 아슬아슬한 줄타기는 안 해도 유리 NTR 루트는 쉽게 구축할 수 있을 것이다. 그 정도는 나도 안다. 만전을 기한다면 이보다 좀 더 안전한 차트도 있을 것이다.

하지만 그건 내 방식이 아니다.

위험을 회피하는 것에만 집착하는 안정형 차트? 그딴 것은 엿이나 먹어라.

할 거면 전력으로 한다.

하이 리스크, 하이 리턴. 그런 지뢰밭을 전력질주하여 절벽 끝에서 날아오르는 사람에게만 네토라레 신의 축복이 내리는 것이다.

나에게 좀 더 많은 고난과 절망을 줘. 영혼을 뒤흔드는 뜨거움을 줘. 내가 반드시 뛰어넘을 테니까. 나는 그렇게 새삼 결의를 다졌다.

태양조차 능가하는 나의 뜨거운 영혼의 빛이 유우와 친구들의 미래를 하얗게 뒤덮어버리는 착각. 그 속에서 나의 중학교 1학년 생활은 막을 내리게 되었다.

안녕하세요. 이번에 제4회 HJ 소설 대상 전기(前期) '소설가가 되자' 부문에서 상을 받은 니혼메 에비텐만이라고 합니다.

어릴 때부터 오로지 꿈을 이루기 위해 노력하는 소녀——주인공 네토라 레이코와, 그런 그녀를 지지해주는 마음씨 착한 사람들의 상쾌한 청춘 러브 코미디를 여러분께 보여드리는 데 성공했다면 참 기쁘겠습니다.

네, 본디 후기에서는 작품의 비화를 이야기하는 것이 기본일 텐데요. 이번에는 그 전에 이 자리를 빌려 감사 인사를 드리고 싶습니다.

우선 이 작품을 뽑아주신 HJ 문고 노벨스 편집부 여러분.

최종 심사 자리에서 이 작품으로 파란을 일으켜 죄송합니다. 여러분께서 발견해주신 덕분에 이 책을 세상에 내놓을 수 있게 되었습니다. 진심으로 감사를 드립니다.

혹시 이 작품이 소송을 당한다면, 그때는 같이 할복해주세요.

이 작품을 담당해주신 편집자 아라가 님.

거의 왕초보인 저를 끈질기게 포기하지 않고 쭉 함께해주셔서 정말 감사합니다. 평소에 별생각 없이 봤던 소설들이 편집자 여러분의 피 땀 눈물로 되어 있다는 사실을, 이 번에 아라가 님과 공동 작업을 하면서 새삼스레 깨달았습니다. 이 책이 나올 무렵에는 스●치 2가 아라가 님 댁에 도착해 있기를 바랍니다. 참고로 저는 아직 손에 넣지 못했습니다. 스●치 2.

혹시 이 작품이 소송을 당한다면, 그때는 같이 할복해주세요.

그리고 한없이 미려한 일러스트로 이 작품의 등장인물들에게 멋진 모습을 부여해주신 일러스트레이터 사토포테 선생님.

등장인물들이 처음 일러스트로 표현된 순간의 감동을 저는 영원히 잊지 못할 겁니다. 정말 감사합니다. 사토포테 선생님은 또 하나의 네토라 레이코의 부모님이십니다.

네토라 레이코에게 형태를 부여해버렸다는 사실이 선생님한테 지울 수 없는 낙인이 되지 않도록, 제가 한층 더 정진하도록 하겠습니다.

원안인 웹 소설 시절부터 이 작품을 응원해주신 독자 여러분.

여러분이 이 작품과 네토라 레이코에게 보내주신 따뜻한 말씀들은 소설 집필의 강한 원동력이 되었습니다. 인터넷 세계에서 현실 세계로 육체를 얻어 튀어나온 네토라 레이코를 앞으로도 계속 응원해주신다면, 그보다 더 기쁜 일은 없을 겁니다.

혹시 이 작품이 소송을 당한다면, 그때는 익명 게시판과 SNS에서 옹호해주세요.

네, 실은 이 후기 말인데요. 저희 담당자 아라가 님이, 페이지 수로 장장 5페이지나 되는 후기를 저에게 요구하셨단 말이죠. 전자판 특전 단편보다도 이 후기의 글자 수가 더 많다는 뜻인데요. 정신 나갈 뻔했습니다.
그러니까 저는 이제 남은 3페이지 동안에 이 작품의 비화를 이야기해야 한다는 거죠. 여러분, 좀 더 함께해주시길 바랍니다.

그것은 지금으로부터 3년 전. 레이와 4년(2022년) 여름이었습니다.
매년 갱신되는 최고 기온으로 인해 모두가 푹푹 삶아지고 있는 와중에 이 작품의 원안인 웹 소설 투고가 인터넷 세계의 한구석에서 조용히 시작되었습니다.
그때까지 저는 주로 하이 판타지 장르의 소설을 썼었습니다. 현대 일본을 무대로 삼은 러브 코미디 학원물은 이번에 처음 도전해본 거였어요.
이 작품…… 아니, 소설을 쓸 때 제가 의식하는 점이 있습니다. 그것은 '읽는 사람이 고통스러워지는 스토리 전개는 최대한 피하자'라는 신념인데요.
주인공이 악당의 음모에 의해 비참한 상황에 처하거나,

악인한테 부조리한 짓을 당하는 것 같은 소위 '빌드업' 전개는 드라마로서는 중요한 걸지도 모릅니다.

하지만 읽는 사람도 쓰는 사람도 말이죠, 자신이 감정이입하고 있는 주인공이 괴롭고 슬픈 일을 당하면 엄청나게 에너지를 소비하게 된다고 생각하거든요. 그리고 이때 소비한 에너지를 회수하는 것은 쉬운 일이 아니죠. 언제든지 읽다가 그만둘 수 있는 웹 소설이라면 더더욱 그렇고요.

더구나 이 작품은 현대 일본이 무대입니다. 그래서 좋은 의미로든 나쁜 의미로든 여기서 묘사되는 불행은 유독 생생하게 느껴지니까요. 함부로 땅 파는 스토리 전개를 보여줬다가는, 거기서 더 이상 읽지 않고 하차해버리는 독자가 다수 발생하리란 것은 쉽게 상상할 수 있었습니다.

주인공은 그 누구에게도 위협당하지 않는 말랑말랑하고 착한 세계에서 보호받았으면 좋겠다…… 일종의 오락성과는 상반되는 사고방식이긴 한데요. 이에 동감하시는 분들도 적지 않을 거라고 생각합니다.

그나저나 딴 이야기를 하자면요. 저는 쓰레기 같은 여자애를 정말 좋아합니다.

오직 자신의 이익을 위해, 아무것도 모르는 선량한 사람들을 이용하는 비인간적인 여자를 무척 좋아합니다.

하지만 그런 괴물을 이야기 속에 배치했다가는 끝장나는 거죠. 주인공은 파멸을 향해 일직선으로 달려가게 됩니다. 최종적으로는 악당을 격퇴하는 데 성공하더라도, 거기까지 도달하는 과정에서 자꾸만 욕구불만이 쌓이는 괴로운 스토리 전개가 이어질 겁니다. 이러면 안 되죠. 제 방식에 맞지 않습니다.

그런데 이때 번뜩이는 아이디어가 떠올랐습니다.

"그럼 그 무시무시한 쓰레기 캐릭터를 주인공으로 만들고, 그 주위를 마음씨 착한 선량한 사람들로 가득 채우면 되잖아?"

이리하여 탄생한 것이 이 작품의 주인공인 네토라 레이코입니다.

마침 딱 좋게 페이지를 채웠군요. 이번 작품 비화 에피소드는 여기까지만 보여드리겠습니다.

네, 그런데 이 후기를 쓰는 시점에서는 본편의 다음 권이 나올지 어떨지 아직 확실히 정해지지 않았습니다. 표지 오른쪽 아래에 '1'이라고 적혀 있는데도 말이죠.

자세한 것은 저도 모르겠지만요. 아마도 어른의 숫자가 거시기하고, 또 이 작품이 소송을 당하지 않는다면 다음 권도 나올 거라고 생각합니다.

혹시 다음 기회가 생긴다면 그때는 이렇게 후기에서 여러분과 다시 만날 수 있을 테지요. 그날이 오기를 기대하겠습니다. 그럼 이만.

TS Tensei Bisyojo Netora Reiko ha Netoraretai 1

©NihonmeEbitenman
Originally published in Japan in 2025 by HOBBY JAPAN CO., Ltd.
Korean translation rights ©2026 by Somy Media, Inc.

TS 전생 미소녀 네토라 레이코는 빼앗기고 싶어 1

2026년 2월 1일 1판 1쇄 발행

저　　　자	니혼메 에비텐만
일 러 스 트	사토포테
옮　긴　이	한수진
발　행　인	유재옥
이　　　사	조병권
편　집　부	정영길 조찬희 박치우 이소의 정지원 최유정 김혜주
디자인랩팀	김보라 전세연
디지털사업팀	김지연 윤희진 장혜원
라이츠사업팀	김정미 유아현
영업마케팅팀	최연욱 김민
물　류　팀	백철기 이새롬
경영지원팀	최정연
인쇄제작처	㈜코리아피엔피
발　행　처	㈜소미미디어
등　　　록	제2015-000008호
주　　　소	서울시 마포구 토정로222, 502호 (신수동, 한국출판콘텐츠센터)
판매 및 마케팅	(070) 8822-2301

ISBN 979-11-384-8930-0
ISBN 979-11-384-8929-4 (세트)